시를 읊으며 거닐었네

① 신화의 땅

박대우 글 ı 오용길 그림

신선 골짜기의 거사 지팡이 하나 짚고,

월악산 구담 거쳐 도산의 늙은이 찾아왔네.

스스로 이르기를 여러 이름난 산 두루 다녔는데,

내일 아침 웃으며 청량산으로 들어가리라 하네.

仙洞居士攜一筇　月嶽龜潭訪陶翁
自云走遍諸名山　明朝笑入淸凉中

퇴계의 〈贈李居士〉 중에서

시시냇가 정자에 오르면, 詩 한 수 읊거나 그림 한 장 그리고 싶어집니다.
퇴계는 성주星州를 지나다가 〈임풍루臨風樓〉에 올라서,
"바람 맞는 누각에서 잠시 한가로움을 훔치네(臨風樓上且偸閒)."
'且偸閒(차투한)', 얼마나 멋진 말입니까?

사람은 누구나 시심詩心을 가슴에 품고 있습니다. 시인이 시상詩想에 머리가 반백이
된다는 뜻의 '詩斑(시반)'이란 말이 있듯이, 다만 詩로 엮어내지 못할 따름입니다.

추사체의 발문跋文과 청유십육가淸儒十六家의 제찬題讚이 어우러진 '추사의 세한
도'는 학예 일치의 경지입니다.
오늘날, 詩는 시집에, 그림은 전시관에, 소설은 활자活字만으로 모두가 따로따로
입니다.
'詩畵가 있는 소설', 詩 읊조리며 걷는 것은 어떨까요?
＊ 臨風樓 : 1592년 임진왜란 때 왜군이 불태워 없어짐.

차 례

프롤로그

1. 봄나들이 / **7**

2. 샛강江의 소리 / **63**

3. 청량산에 가봐요 / **117**

4. 신화의 땅 / **203**

5. 인간의 길 / **275**

　작가의 말 / **359**

〈부록〉 인용된 詩 / **365**

야송 이원좌, 청량대운도, 4600×670cm, 청송 야송미술관

1. 봄나들이

청량산淸凉山을 가기 위해 청량리역淸凉里驛에서 열차에 오르면서, 역의 이름이 청량산과 같아서 청량산역淸凉山驛이라는 생각이 들었다. 청량리역은 강원도의 영서지역을 통과하지만 소백산을 넘어서 부산의 부전역까지 주로 영남지역을 운행하는 중앙선의 시종역始終驛이어서 당나라의 '신라방新羅坊'이나 LA의 '코리아타운 Korea Town'처럼 '경동시장'을 중심으로 청량리역 주변 지역은 경상도 방언이 왁자지껄하다.

아침 일찍 출발하는 첫차를 타기 위해 모여드는 여행객들은 환승역을 빠져나오자마자 누구나 바쁜 걸음을 재촉한다. 에스컬레이터에 내려서 대합실로 들어섰을 때는 이미 여객들로 가득하였다. 차표를 사기 위해 매표창구를 향해 줄을 서거나 벤치에 앉아 혼자서 왕왕 울리는 TV를 향하고 있는 여행객들도 말없이 열차 시간표에 시선이 자주 간다. 시발역이어서 차표를 구입한 여행객들은 곧장 플랫폼으로 향한다.

열차의 객실 안으로 들어서서 두리번거리면서 지정 좌석을 찾아서 앉으면 누구나 안도감을 느낀다. 출발시간에 맞춰서 전철을 타긴 했지만 평소보다 전철이 느린 느낌에 시계를 자주 보던 조바심과 바쁘게 설쳤던 동작이 정지되면서 신체적 정신적 리듬이 안정을 찾은 것이다.

여행을 망설이거나 미진했던 사정이 있어도 일단 열차가 출발하면 스스로 체념하거나 돌이킬 수 없게 된다. 열차가 출발하는 순간을 어떤 이는, "가슴속이 호연해짐이 마치 매가 새장에서 나와 바로 하늘 높이 올라가는 기세이고, 천리마가 재갈을 벗고 천리를 치닫는 것 같다."고 했다.

중앙선을 달리는 열차는 축지법을 써서 목적지에 빨리 가기 위한 KTX와는 다르다. 태백산맥의 영서嶺西를 느릿느릿 움직이면서 차창에 스치는 높고 깊은 산속의 뙈기밭에 엎드린 촌락들과 교감하면서 각자의 스토리를 엮어가게 한다.

동쪽 하늘이 불그레하게 밝아오는 여명에 아직 졸고 있는 가로등과 잠에 취해있는 아파트의 밀림 속을 비집고 달리던 열차가 덕소역에 가까워지면서 한강이 시야에 들어오는 순간, 아침 햇살에 물고기 비늘 같은 잔잔한 은린銀鱗을 반짝이자, 한강이 살아서 퍼덕이는 생동감에 노래가 절로 새어나왔다. 마치 배를 타고 물 위로 달리는 기분이다.

내 마음의 어딘 듯 한편에
끝없는 강물이 흐르네.
돋쳐 오르는 아침 날빛이
빤질한 은결을 돋우네.
가슴엔 듯 눈엔 듯 또 핏줄엔 듯
마음이 도른도른 숨어 있는 곳
내 마음의 어딘 듯 한편에
끝없는 강물이 흐르네.

김영랑 〈끝없는 강물이 흐르네〉

미사리 모래톱이 내려다보이는 덕소의 석실 뒷산 언덕에 안동 김씨 조종祖宗 김상용, 김상헌 형제의 묘역이 있다.

1636년 12월 14일 적병이 송도松都를 지났다는 소식에 종묘사 직의 신주神主와 빈궁을 받들고 먼저 강도江都로 향하게 하고 임금 은 수구문水溝門을 통해 남한산성南漢山城으로 향했다. 성 안 백성 은 부자·형제·부부가 서로 흩어져 그들의 통곡소리가 하늘을 뒤흔들었다.

1637년 1월 22일 종묘宗廟의 신주神主를 받들고 봉림대군을 시 종侍從하여 강화도에 피신했던 우의정 선원仙源 김상용金尚容이 강 화성이 함락되자 자폭自爆하였다.

1637년 1월 23일 예조판서 청음淸陰 김상헌金尚憲은 최명길이 지은 국서를 찢고 대궐 문 밖에 엎드려 적진에 나아가 죽게 해 줄 것을 청하였다. 이조 참판 소재小宰 정온鄭蘊의 절구絶句에서 남한 산성의 절박한 사정을 짐작할 수 있다.

"사방에서 들려오는 대포 소리 천둥 같은데 외로운 城 깨뜨리니 군사들 기세 흉흉하네. 군주의 치욕 극에 달했는데 신하의 죽음 어 찌 더디나 이익을 버리고 의리를 취하려면 지금이 바로 그 때로다. 대가大駕를 따라가 항복하는 것, 나는 실로 부끄럽게 여긴다."

정온鄭蘊은 차고 있던 칼을 빼어 스스로 배를 찔렀는데, 중상만 입었다. 청음 김상헌도 여러 날 동안 음식을 끊고 있다가 스스로 목을 매었는데, 자손들이 구조하여 죽지 않았다.

최명길이 작성한 항복문서를 찢고 삼전도三田渡의 수모로 자결하려다가 고향 안동 소산素山으로 낙향하였던 청음淸陰 김상헌金尙憲이 '관작을 받지 않고 청淸의 연호를 쓰지 않는다'는 이유로 심양으로 압송되면서, 수치심과 언제 돌아올지 모르고 끌려가는 포로의 심정을 주체할 수 없어, 고국산천 떠나지만 돌아올 수 있을지 기약할 수 없다는 생각을 슬픈 노래로 토해냈다.

가노라 삼각산아 다시보자 한강수야
고국산천 떠나고자 하랴마는
시절이 하 수상하니 올똥말똥하여라

산들바람 부는 고향산천과 정든 고국을 떠나면서 요단강 강물에 인사하는 히브리 노예들의 합창이 들려오는 듯하다.

"오 내 조국, 빼앗긴 내 조국, 내 마음속에 사무치네.

운명의 여신의 하프소리 그리운 가락을 울려 다오.

마음속에 불타오는 추억 정답게 나에게 말해주오.…"

심양에 잡혀와 있었던 최명길崔鳴吉과 김상헌이 만났다. 최명길은 잡혀온 처지가 서로 다를 바 없다고 항변했다.

湯氷俱是水　　끓는 물과 얼음 모두 물이고,
裘葛莫非衣　　가죽옷과 갈포옷 모두 옷입니다.

김상헌은 자신보다 열여섯 살 아래인 최명길에게 주화主和든 척화斥和든 서로 다른 의견이 있을 수 있고, 천운天運에 따라 달라질 수 있으나, 분명한 것은 의義로워야 한다고 타일렀다.

雖然反夙暮　　비록 아침과 저녁이 뒤바뀔지라도
詎可倒裳衣　　치마와 웃옷을 거꾸로 입어서야 되겠는가.
權或賢猶誤　　권도權道는 현인도 혹 그르칠 수 있지만
經應衆莫違　　정도正道는 누구도 어겨서는 안 된다.

당시 조선 인구 500만 명 중에 1만 명이 전사하고 21만 명의 백성이 죽었으며, 60만 명이 끌려갔다. 우여곡절 끝에 환향한 여인들은 '화냥년還鄕女'으로 살아야 했다. 그들을 대하는 시선은 안타까우면서도 마음속으로 도덕적 우위를 가졌을 것이다.

시대는 다르나 일본군 위안부 소녀상은 "너희 중에 죄 없는 자가 먼저 돌로 쳐라(요한 8 : 7)."는 소리 없는 외침이며, 소녀상 옆에 놓인 빈 의자는 진심어린 공감을 의미하는 것이다.

명·청 교체기에 요동을 정벌한 청淸이 사대事大를 요구했을 뿐인데, 명에 대한 임진왜란의 '재조지은再造之恩'으로 이를 거절한 대가로는 피해가 너무 컸다. 전쟁은 승패에 상관없이 아녀자는 유린당하고 백성들은 유리걸식流離乞食하게 된다.

수·당의 침략을 시작으로 요·몽과 왜·호란에 이르기까지 끊임없는 외래의 압박에 한반도의 평화는 오래 계속되지 못했고, 백성은 즐거움을 잃고 강함을 잃었다. 적의 공격에 피할 여유도, 피할 곳도 없는 좁은 땅 한반도의 지정학적 운명은 강하지 않으면 유柔해야 살아남는다.

서희徐熙는 거란의 소손녕과의 담판에서 싸우지 않고도 압록강 강동 280여 리의 영토를 차지할 수 있었다.

퇴계는 병란에 대비한 〈왜사倭使 소疏〉에서, "군신 상하의 분별을 고집한다면 오랑캐의 성질을 거슬리게 하는 결과를 초래하여 치지 않으면 물려고 할 것입니다. 다스리지 않는 것으로 다스리는 것이 깊이 다스리는 것입니다. 治之以不治者 乃所以深治之也"

예나 지금이나, 주화·척화의 논의는 있을 수 있으나, 백성을 생각한다면 전쟁은 기필코 피해야 한다.

1645년 청음 김상헌은 소현세자昭顯世子와 고국에 돌아왔으나, "책임을 회피하고 태만한 죄인으로서 은혜에 사례 드리지 못합니다. 질병에 걸려 기동 못하니 대궐을 바라만 볼 뿐입니다."

청음은 〈전원으로 돌아가다〉를 읊으며 석실에 은거하였다.

夢想平生在一丘　평생토록 꿈은 오직 한 언덕에 있었는데
白頭今日始歸休　머리 허연 오늘에야 돌아와서 쉬게 됐네.
焚香宴坐忘言處　향 피우고 말 잊은 채 조용하게 앉아 있자
雲自無心水自流　구름 절로 무심하고 물은 절로 흐르누나.

그는 인조를 직접 대면하지 않고 석실에 은거하였다. 좌의정에 임명되었으나 거절하였고 효종이 녹봉을 내려 승지가 달구지에 싣고 갔으나 업무를 보지 않았으니 받지 못한다며 돌려보냈다.

그의 은거는 척화斥和의 연장으로 볼 수 있으나, 심양에서 서구 문명에 자극받아 망국의 한을 굴기崛起의 칼날을 갈았을 것이며, 백성의 안위보다 왕권 유지를 위해 던져주는 관작官爵을 결코 받을 수 없었을 것이다. 그의 불굴의 기개氣槪는 전쟁에 패하고도 나라의 독립은 유지할 수 있었으나, 여진족이 세운 중국 대륙의 마지막 왕조 청나라는 지구상에서 사라졌다.

청음은 석실에서 은거하다 생을 마감하고 2년 후 석실서원이 건립되어 청음 형제를 배향하고 그의 후손들의 강학과 수련 공간

이 되었다. 그의 증손 삼주三洲 김창협金昌協과 삼연三淵 김창흡金昌翕은 정관재靜觀齋 이단상李端相(월사 이정구의 손자)의 문인으로 1689년 영의정인 아버지 문곡文谷 김수항金壽恒이 진도의 배소에서 사사되자 석실에 은거하였다. 김창흡金昌翕은 사천槎川 이병연李秉淵, 관아재觀我齋 조영석趙榮祏, 겸재謙齋 정선鄭敾 등의 백악시단白岳詩壇을 이끌며 진경眞景의 진시眞詩 운동을 창도하였다.

　삼주三洲 김창협金昌協의 詩 〈석실서원 달구경〉은 정월 대보름 날 밤 석실서원에서 어유붕魚有鵬·이재李縡·이재형李載亨·이의현李宜顯 제생들과 달구경을 하며 운자를 불러 함께 지었다.

> 구름 한 점 붙지 않은 구만리라 장천에
> 대보름 둥근달이 두둥실 걸려 있어
> 산 위에는 단장 짚은 마을 노인 모였고
> 성 안에는 다리 밟는 소년들이 많구나.

不著纖雲萬里天　放開蟾兎十分圓
山頭扶杖聚村老　城裏踏橋多少年

江에서 멀어지는가 싶더니 갑자기 철거덕거리는 소리에 차창으로 시선을 돌리니 청둥오리 머리처럼 짙푸른 북한강을 가로질러 걸쳐진 양수철교를 건너고 있었다. 검단산과 용마산 그늘의 팔당호가 물안개를 드리운 채 아직 몽롱한 잠에 취해 있었다.

실학자 강산薑山 이서구李書九가 일찍이 영평(포천)에서 대궐로 오던 길에서 한 소년이 책을 한 짐 지고 남양주 운길산 수종사水鍾寺로 오르는 것을 보았다. 10여 일 후에 고향 영평으로 돌아오는 길에서 지난번의 그 소년을 다시 만났다. 그런데 또 책을 한 짐 지고 있었다.

"자네는 누구이기에 글공부는 하지 않고 돌아다니느냐?"

"책을 읽고 절에서 내려오는 길입니다."

"짊어진 책은 무슨 책이냐?"

"《강목綱目》입니다."

《강목綱目》은《자치통감강목資治通鑑綱目》을 일컫는 것으로 중국역사를 다룬 방대한 책이다.

"《강목綱目》을 어찌 열흘 만에 다 읽을 수 있다는 말이냐?"

"읽은 것이 아니라 외웠습니다."

이서구는 수레를 멈추고 그중에 한 책을 뽑아 시험하니, 소년이 돌아서 외웠다. 그 소년은 정약용丁若鏞이었다.

다산茶山 정약용이 태어나서 자라고, 배소에서 돌아와 여생을 보낸 곳은 팔당호반의 강마을 마재(馬峴)이다. 정약용은 마재(馬峴)에서 가까운 석실 미음나루에 자주 왕래하였는데, 그의 외가인 고산孤山 윤선도尹善道의 집안이 있었기 때문이다. 고산孤山의 증손이 공재恭齋 윤두서尹斗緖이고, 다산茶山은 공재恭齋의 외증손자이다.

마재(馬峴)는 남한강과 북한강이 합수하는 곳에 사람의 목젖처럼 돌출해 있었다. 1925년 을축년 대홍수에 허리가 잘리어 소내(笑川)와 갈라졌다가, 1973년 팔당댐 건설로 소내는 팔당호 가운데 섬이 되었다. 다산은 귀양살이에서 고향 소내가 보고 싶어서, '수묵으로 초벌 그림 그려보니 수묵 자국 낭자하여 먹탕이 되고 말았다. 試點水墨作粉本 墨痕狼藉如鴉塗'라고 읊었다.

> 시험 삼아 수묵으로 초벌 그림 그려보니
> 수묵 자국 낭자하여 먹탕이 되고 말아
> 늘 갈아서 그렸더니 손은 점점 익숙해도
> 산 모양과 물빛이 그래도 흐릿한데
> 그것을 당돌하게 비단에다 옮겨 그려
> 객당의 서북쪽에다 걸어두었더니
> 푸른 산줄기 휘감긴 곳에 철마가 서 있고
> 남자주 가에는 방초가 푸르르고
> 석호정 북쪽에는 맑은 모래 깔렸으며
> …
> 물 모이는 곳 지세가 잘 도나 어울리네.
> 뜰에 가득 배꽃 핀 곳 저건 우리 집이지.
> 우리 집이 저기 있어도 갈 수가 없어

날로 하여 저걸 보고 서성대게 만드네 그려.

 다산은 1762년 사도세자가 죽은 해에 태어났으니, 정조는 다산을 자신의 아버지가 환생한 양 그를 아꼈다. 아버지 정재원丁載遠의 임지인 화순·예천·진주·서울로 옮겨 살면서 부친으로부터 경사經史를 익혔으며, 대학자 이가환李家煥과 매부 이승훈李承薰이 성호星湖 이익李瀷의 학문을 계승한 것을 알게 되면서 실학에 관심을 갖게 되었다.
 당시 유럽에서는 산업혁명과 민주주의 정치가 진행되면서, 다산은 중국 중심이던 세계관에서 벗어나 지구상에는 수많은 국가가 있으며 기술문명을 발전시켜야 남의 나라의 지배를 받지 않고 나라의 독립을 유지할 수 있게 된다고 보았다.
 습수濕水(남한강)와 산수汕水(북한강)의 두 물줄기가 마재에 막혀서 숨고르기를 한 후 열수洌水가 되어 흐르듯이, 그는 당색을 초월하여 두 물줄기를 막아서서 국정을 쇄신하려 했지만, 정조의 비호로 명맥만 유지하던 남인 시파時派로서 당시 정국을 주도하던 노론 벽파僻派의 거센 물줄기에 밀려서 마재와 소내처럼 찢어지고 말았다.
 다산은 경상도 장기(영일)로 유배를 갔을 때 〈솔피의 노래 海狼行〉를 지어서, 정조正祖를 고래로 상징하고 고래를 죽인 솔피〔海狼, 범고래〕를 노론 벽파로 표현하였다.

솔피란 놈 이리 몸통에 수달의 가죽으로
간 곳마다 열 놈 백 놈 때 지어 다니면서
물속 동작 날쌔기가 나는 듯 빠르기에
갑자기 덮쳐오면 고기들도 모른다네.
고래란 놈 한 입에다 고기 천 석 삼키기에
고래 한 번 지나가면 고기가 종자 없어
고기 차지 못한 솔피 고래를 원망하고
고래를 죽이려고 온갖 꾀를 다 짜내어
한 때는 고래 머리 들이받고, 한 때는 고래 뒤를 에워싸고,
한 때는 고래 왼쪽을 맡고, 한 때는 고래 바른편 맡고,
한 때는 물에 잠겨 고래 배를 올려치고,
한 때는 뛰어올라 고래 등에 올라타서
상하사방 일제히 고함을 지르고는
살갗 째고 속살 씹고 어찌나 잔인했던지
우레 같은 소리치며 입으로는 물을 뿜어
바다가 들끓고 청천에 무지개러니
무지개도 사라지고 파도 점점 잔잔하니
아아! 불쌍한 고래가 죽고 만 게로구나
혼자서는 뭇 힘을 당해낼 수 없는 것
약삭빠른 조무래기들 큰 짐을 해치웠네.
너희들아, 그렇게까지 혈전을 왜 했느냐?
원래는 기껏해야 먹이 싸움 아니더냐.
가도 없고 끝도 없는 그 넓은 바다에서

너희들 지느러미 흔들고 꼬리 치며 서로 편히 살지 못하느냐.

한국고전번역원 | 양홍렬 (역) | 1994

다산은 1810년 9월, 유배지 다산 초당에서 가稼와 포圃 두 아들에게 편지를 보내어 당부하였다.(한국고전번역원 | 박석무 (역) | 1986)

「육자정陸子靜(육구연陸九淵)은 "우주宇宙 사이의 일이란 바로 자기 분수分數 안의 일이요, 자기 분수 안의 일은 바로 우주 사이의 일이다." 라고 하였다. 대장부라면 하루라도 이러한 생각이 없어서는 안 된다. 우리 인간의 본분本分이란 역시 그냥 허둥지둥 넘길 수는 없는 것이다.

사대부士大夫의 심사心事는 광풍제월光風霽月과 같이 털끝만큼도 가리운 곳이 없어야 한다. 무릇 하늘에 부끄럽고 사람에게 부끄러운 일을 전혀 범하지 않으면 자연히 마음이 넓어지고 몸이 윤택해져 호연지기浩然之氣가 있게 되는 것이다. 만일 포목布木 몇 자, 동전 몇 닢 때문에 잠깐이라도 양심을 저버리는 일이 있으면 그 즉시 호연지기가 없어지는 것이니, 이것이 바로 인人이 되느냐 귀鬼가 되느냐 하는 중요한 부분인 것이다.

다음으로는 말을 조심하지 않으면 안 된다. 전체가 모두 완전하더라도 구멍 하나가 새면 이는 바로 깨진 옹기그릇일 뿐이요, 백 마디의 말이 신뢰할 만하더라도 한 마디의 거짓이 있다면 이건 바로 도깨비장난에 지나지 않는 것이니 너희들은 아주 조심해야 한다. 말을 과장하여 떠벌리는 사람은 일반 사람들이 믿어주지 않는 법이니 가난하고 천한 사람일수록 더욱 말을 참아야 한다.

우리 집안은 선세先世로부터 붕당朋黨에 관계하지 않았다. 더구나 곤경困境에 처한 때부터는 괴롭게도 옛 친구들에게까지 연못에 밀어 넣고 돌을 던지는 경우를 당했으니, 너희들은 내 말을 명심하고 당사黨私의 마음을 깨끗이 씻어버려야 한다.

큰 흉년이 들어 굶어 죽은 백성들이 수만 명이나 되므로 하늘을 의심하는 사람도 있으나, 내가 굶어 죽은 사람들을 살펴보니 대체로 모두 게으른 사람들이었다. 하늘은 게으른 자를 미워하여 벌을 내려 죽이는 것이다. 나는 전원田園을 너희에게 남겨줄 수 있을 만한 벼슬은 하지 않았다만, 오직 두 글자의 신부神符가 있어서 삶을 넉넉히 하고 가난을 구제할 수 있기에 이제 너희들에게 주노니 너희는 소홀히 여기지 말아라. 한 글자는 '勤'이요, 또 한 글자는 '儉'이다. 이 두 글자는 좋은 전답이나 비옥한 토지보다도 나은 것이니 일생 동안 수용需用해도 다 쓰지 못할 것이다. …」

다산은 친구 김이재金履載가 신유사옥辛酉邪獄으로 고금도古今島 귀양에서 해배되어 귀향길에 다산초당을 찾아왔을 때, 그의 부채에 적어 준 다산의 詩〈送別〉을 본 김조순金祖淳이 순조에게 주청하여 다산이 해배되었다고 전한다.

역정에 가을비 내리니 임 보내기 서러워 머뭇거리네,

멀고도 먼 이 고을 강진 땅 누가 다시금 찾아주려나.

반자가 신선이 되어 가는 길 내 어찌 가히 바라겠는가만

이릉은 마침내 한나라로 돌아올 기약조차도 없었으니

아직도 유사의 그 일필휘지 뽑내던 일 눈앞에 삼삼한데

어찌 차마 말할 수 있으리오. 상감님이 돌아가신 날을

대숲에 내려앉았던 달빛은 새벽이 되면서 사위어가고

고향의 동산 회고하니 머리 숙여 눈물이나 흘릴 뿐이네.

驛亭秋雨送人遲 絶域相憐更有誰 班子登僊那可羨 李陵歸漢邃無期
莫忘酉舍揮毫日 忍說庚年墜劍悲 苦竹數叢他夜月 故園回首淚垂垂

다산은 1800년에 유배되어 18년간 귀양 살고 57세에 해배解配
되어, 1836년 세상을 뜰 때까지 18년간 고향에서 학문을 마무리하
였다. 그는 경세의 구체적 실천 방안으로 《경세유표經世遺表》, 《목
민심서牧民心書》, 《흠흠신서欽欽新書》 등 대표작 '2표 1서'는 공전절
후空前絶後의 명저이며, 《마과회통麻科會通》은 홍역과 천연두 치료
법을 모은 책으로 9명의 자녀들 중에 천연두에 걸려 죽은 5명을
지켜보며 눈물로 쓴 책이다.

다산은 마재를 소내(笑川) 또는 두릉杜陵이라고 하였는데, 철마
가 묻혀 있다는 철마산鐵馬山을 등지고 남한강·북한강·초천강苕
天江이 합류하는 풍치 좋은 강마을로서, 5대조부터 살아온 생가 여
유당與猶堂의 뜻은 '살얼음판을 건너듯이 조심하라'는 《도덕경》의
한 대목이다.

여유당 뒷산의 노송老松 사이로 다산의 무덤이 한강을 내려다 보고 있다. 그는 한강을 사랑하여 '다산' 이외에 한강의 또 다른 이름 '열수洌水'라는 호를 쓰기도 했다.

1818년 8월 14일 다산은 유배에서 놓여 강진에서 귀향하여, 마침내 〈소내의 고향집에 돌아오다 還苕川居〉를 읊었다.

忽已到鄕里　갑자기 고향마을 이르렀는데,
門前春水流　문 앞에는 봄 강물이 흐르고 있네.
欣然臨藥塢　흐뭇하게 약초밭 내려다보니
依舊見漁舟　예전처럼 고깃배 눈에 들어오네.
花煖林廬靜　꽃잎이 화사한데 산가 고요하고,
松岳野徑幽　솔가지 늘어져라 들길 그윽하구나.
南遊數千里　남녘 땅 수천 리를 노닐었으나,
何處得慈丘　어디서 이런 언덕 찾으리오.

야송 이원좌, 한수강변도 240×90cm, 야송미술관

1533년 서른세 살의 이황이 '지리산 쌍계사' 여행을 떠났으나, 덕천강 완사계 시회를 마지막으로 성균관으로 발길을 돌렸다.

그는 산과 들을 좋아하는 성격이기도 하지만, 젊은 선비가 세상에 나가 뜻을 펼쳐보고 싶은 것은 동서고금이 다를 바 없으나, 학문이 깊어질수록 출사의 명분이 서지 않았다.

그의 할아버지 이계양李繼陽은 용두산 국망봉에 단을 쌓아 단종이 갇혀 있던 영월 청령포를 향해 충절의 예를 올렸는데, 세조의 손자인 중종은 친형인 연산을 몰아내고 왕위를 찬탈하고 사화士禍를 일으켜 수많은 사림들을 사지로 내몰았으니, 젊은 선비 이황은 출사의 대의명분을 찾을 수 없었다.

문경새재를 힘겹게 넘어온 그는 충주 허흥창에서 세곡稅穀선에 올라 여주·두물머리를 지나 마포나루 광흥창까지 황포 돛을 한껏 부풀린 뱃전에 앉아서 〈배 안에서 읊다舟中偶吟〉를 읊었다.

兀坐舟中何所思	뱃전에 오똑이 앉아서 무엇을 생각하는가?
漁人多了一竿絲	어부들은 낚싯대 하나로 족하구나.
可憐白鳥滄江裏	아 흰 새들은 푸른 강물에서
飛去飛來自得時	제멋대로 훨훨 날아 오락가락하는데.

출사를 위해 상경하는 뱃전에서 무엇을 생각했을까? 그날 이후 70세까지 53회의 사퇴원을 내었던 것은 자신을 성찰하고 오직 敬을 실천하는 위기지학爲己之學에 있었다.

퇴계 이황이 생을 마감 한 1570년에 태어난 청음 김상헌은 왜란과 호란을 온몸으로 견뎌야 했으나 그의 후손은 '삼수육창三壽六昌'으로 장동壯洞 일대에 터를 잡고 번성하였다. 장희빈이 뿌린 씨앗으로 유배와 사사賜死로 폐족 지경에 현손 김제겸金濟謙이 "잡된 술수를 쓰거나 성품이 잡스런 자를 피하라."는 〈임인유교遺敎〉를 받들어 미호渼湖 김원행金元行은 도성을 떠나 석실서원에서 홍대용, 황윤석, 김석문 등의 실학자들을 길렀으며, 김조순金祖淳은 현요顯要한 자리를 피하고 당파를 초월했다. 그러나 정도正道의 청음을 흘려듣고 권도權道의 늪에 빠진 척족세력들에 의해 안동김씨 세도정치의 조종祖宗의 오명汚名을 쓰게 되었다.

퇴계 이황은 죽음을 앞두고 이미 명문銘文을 스스로 지어 놓았었다.

我思古人	내가 옛 성현 생각하고
實獲我心	진실로 내 마음을 얻었네.
寧知來世	미래를 어찌 알겠는가!
不獲今兮	지금 세상도 알지 못하거늘.
憂中有樂	근심 속에 즐거움이 있고
樂中有憂	즐거운 가운데에 근심이 있었네.
乘化歸盡	순리대로 살다가 돌아가노니
復何求兮	여기 다시 무엇을 구할소냐.

청음 김상헌도 죽음을 앞두고 자신의 일생을 돌아보았다.
그의 명문銘文은 광명壙銘(무덤에 넣은 銘)으로 묻혔다.

至誠矢諸金石	지성은 금석에 맹서했고
大義懸乎日月	대의는 일월처럼 걸렸네.
天地監臨	천지가 굽어보고
鬼神可質	귀신도 알고 있네.
蘄以合乎古	옛것에 합하기를 바라다가
而反盭于今	오늘날 도리어 어그러졌구나.
嗟! 百歲之後	아, 백년 뒤에
人知我心	사람들 내 마음을 알 것이네.

인왕산 청풍계(장동壯洞)

다산은 1800년에 유배되어 18년간 귀양 살고 57세에 해배解配
되어, 1836년 세상을 뜰 때까지 18년간 고향에서 학문을 마무리하
였다. 그가 5대조부터 살아온 생가 여유당與猶堂의 뜻은 '살얼음판
을 건너듯이 조심하라'는 《도덕경》의 한 대목이다.

샌델(Michaell J.Sandel) 교수의 '정의란 무엇인가?'가 EBS에 방영
되면서, 2010년, 2011년에 시청률과 《JUSTICE》가 베스트셀러가
되었다. 주로 벤덤(Jeremy Bentham)의 공리주의, 밀(John Stuart Mill)의
자유론, 존 롤스(John Bordley Rawls)의 정의론, 칸트(Immanuel Kant)의
순수이성비판에 근거하여 '정의와 자유'의 딜레마를 토론학습으로
진행해나갔다.

벤덤을 비롯해서 칸트에 이르기까지 그들의 이론은 현대 민주
정치의 근간이라는 데에 이견異見이 없다. 그러나 '정의란 무엇인
가?'의 토론은 이미 기원전 5세기경 소크라테스가 아테네에서 나
눈 대화를 그의 제자 플라톤(Plato)이 정리한 10권의 책 《국가》는 '정
의에 대해서'란 부제가 붙어 있다.

자연과학의 이론은 뉴턴의 중력이론에서 아인슈타인의 상대성
이론으로 그리고 오늘날 양자역학으로, 자연법칙의 패러다임은 '룻
렛게임'처럼 예측할 수 없이 계속 변하고 있다. 사회과학 이론은 자
연과학의 패러다임보다 더욱 빨리 변하고 있다.

미국의 〈독립선언서 The Declaration of Independence〉, "모든 인간은

태어나면서부터 평등하고, 창조주로부터 불가양의 권리를 부여받았으며, 그 권리 중에는 생명의 자유와 행복을 추구할 권리가 포함되어 있다."

프랑스의 혁명에서 〈인간과 시민의 권리 선언〉은 인권에 대한 무지나 망각은 공공의 불행과 정부 부패의 원인이 된다는 경고와 함께 인권이 인간의 자연적이고 포기할 수 없는 권리임을 선언했다. 평등권, 정치적 결사권, 신체권 등의 기본권이 인민에게 있으며 소유권(재산권)의 신성불가침성을 덧붙였다.

그러나 1, 2차 세계대전을 겪으면서 국가기능이 강화됨으로써 정치는 인권을 억압하는 수단이 되었으나, 인권(인간의 기본 권리) 운동은 방송·통신 매체의 발달로 지구상의 곳곳에 들불처럼 번져 나가면서, 정치·경제 사회 전반에 보편화되어갔다.

이 세상에 완전한 것이 없듯이, 인권의 가치를 실현하는 방식이 오늘날 더 이상 이전의 개념과 법체계, 사회구조의 압축적 진행으로 인권실현이 노후화됨으로써 새롭게 정비하여 의미를 부여하고 재구성해야 한다.

근대자유주의 학자들은 인권의 내재적 결함을 발견하고 개선하는 방안을 제시하였다. 데리다(Jacques Derrida)는 파르메니데스(Parmenides)에서 하이데거(Martin Heidegger)까지의 존재론적 전통이 논리적 언어의 틀로 덧씌움으로 왜곡되고, 말을 글로 쓰는 과정에서 많은 생각의 부분이 사장되거나 다 담지 못한 채 구조적으로 배제됨으로써 타자의 고통에 대한 책임이 약화되며, '道可道非常道'라 하듯이, 인권을 인권이라 하면 그것은 이미 인권이 아니다. 로티(Richard Rorty)는 인권을 논리적으로 증명하는 것은 무의미하며, 반인권적 요소를 끊임없이 해체하고 열려 있어야 한다고 주장한다.

자연과학의 패러다임이 변해도 중력은 존재하고 계절은 순환하듯이, 사회과학의 패러다임이 변해도 인권은 최소한의 올바름의 기준이다. 인권만 강조하고 도덕률이 지켜지지 않는 사회에서 인권도 존재할 수 없다. 뫼비우스의 띠처럼 이분법적으로 구분할 수 없는 것들이 허다하다.

안익태가 친일반민족행위자로 선정된 이유에 대해 물었더니,

"만주국 창설 경축식에 〈축전곡〉을 작곡하고 지휘했다나 … 일본국 음악가의 자존감을 꺾었고, 일장기를 태극기로 바꿨다가 신문사가 폐간됐고, 독립선언서로 3·1운동을 촉발시켰다고 옥살이한 것도 반민족이라면 뭐가 애족인지 원…" 그는 투덜거렸다.

2009년 친일반민족행위자 704명 중 안익태는 빠지고, 동아일보 김성수, 조선일보 방응모, 최남선, 김동인, 이광수, 김기창, 현제명 등이 역사의 수레바퀴에 깔려 부관참시剖棺斬屍 당했다.

"至誠矢諸金石, 大義懸乎日月, 백년 뒤에 내 마음 알 것이네." 청음의 명문銘文이 이들의 가슴을 치게 할 것이다. 인권은 산자에게만 있는 것이 아니다.

성북동 길상사吉祥寺는 정·법·재계 인사들이 풍악을 울리던 대원각이었다. 자애로운 성모 마리아를 닮은 관음상과 4사자 7층 길상보탑은 불교와 카톨릭과 개신교의 화합을 상징한다.

유안진 시인은 〈들꽃 언덕에서〉 값비싼 화초는 사람이 키우고, 값없는 들꽃은 하느님이 키우신다고 했다.

길상사관음보살상

들꽃 언덕에서 깨달았다.
값비싼 화초는 사람이 키우고
값없는 들꽃은 하느님이 키우시는 것을

그래서 들꽃 향기는
하늘의 향기인 것을

그래서 하늘의 눈금과 땅의 눈금은
언제나 다르고 달라야 한다는 것도
들꽃 언덕에서 깨달았다.

퇴계 이황의 사단칠정론은 '인간은 무엇이며, 어떻게 살아야 하는지'의 문제를 자연(태극의 流行)에 근거하여 理氣·性情을 이원적으로 분석하여 고봉 기대승과의 치열한 변론을 통해서 실천적이고 당위적인 도덕률을 수립함으로써, 주자학의 아류亞流나 조술祖述에 그치지 않고 독자적 성리학性理學을 구축하였다.

칸트(Immanuel Kant)는 "어떤 행동이 그 자체로 바람직하고 이성에 부합하면 정언명령"이라 하였는데, 퇴계는 "스스로를 속이지 마라. 毋自欺" 했다. 퇴계의 당위當爲적 정언명령은 칸트보다 200년이나 앞선 도덕률이었다.

순리順理대로 살았던 퇴계, 백 년 뒤의 후세까지 떳떳한 청음의 대의大義, 살얼음판을 건너듯 조심하라는 다산의 여유당與猶堂은 '어떻게 살아야 하는지' 오늘날 우리들의 나침반羅針盤이다.

왜, 우리 것은 고리타분하고 샌들의 정의는 신선한 충격인가?

칸트(Immanuel Kant)는 경험을 중시하여, "개념 없는 직관直觀은 맹목盲目이고 직관 없는 개념은 공허空虛하다."고 했다.

독일에서 영국으로 옮겨 다니며 곤궁한 삶의 방편으로 출판한 마르크스(Karl Marx)와 엥겔스(Engels, Friedrich)의 공허한 '자본주의 비판서'는 정치적·사회적 대립을 불러일으키면서 세계가 전쟁의 공포와 죽음·이산離散·기아饑餓의 쓰나미를 겪었다.

지정학적으로 외세의 영향에 민감하며, 상대적 약자로 강점당한 역사를 서로 탓하고 분풀이하는 동안, 저들은 야스쿠니에

전범들을 떳떳하게 모시고 미래로 나가고 있는데, 부정을 성공적으로 행하는 자가 지도자가 되고 정언명령定言命令에 따르는 사람보다 이득을 보고 잘 사는 현실이다.

'아, 정의란 무엇인가?' 부질없는 망상妄想에 젖었는데,

팔당호가 멀어지고 용문산과 정암산 사이로 남한강이 삼전도三田渡 삼궤구고두三跪九叩頭의 수모를 뒤로 감춘 정암산 그늘에 드리운 검은 대탄大灘(한강)이 무겁게 흐른다.

李육사는 '남한산성'에게 제왕에 길들여졌다고 꾸짖었다.

넌 제왕에 길들인 교룡蛟龍, 화석되는 마음에 이끼가 끼어
승천昇天하는 꿈을 길러준 열수洌水, 목이 째지라 울어 예가도
저녁 놀빛을 걷어 올리고 어데 비바람 있음직도 안해라.

정선旌善 아우라지에서부터 오직 뗏목 위에서 외로워 자연발생적으로 읊조렸던 뱃사공의 정선아리랑이 강물 위로 흘렀다.

아우라지 뱃사공아 배 좀 건네주게.
싸리골 올동박이 다 떨어진다.
(아리랑 아리랑 아라리요)

분憤과 한恨의 노래가 흘렀으니, 강은 자신을 비워서 베풀되 결코 소멸하지 않고 과거에서 미래로 이어지는 소통의 길이다.

모든 길은 한 곳으로만 난 것이 아니다. 누구나 삶에서 갈림길을 만나고 또 그곳에서 망설이게 된다. 결국 한 길을 택하게 되고 그것 때문에 모든 것이 달라진다.

"아, 나는 어디로 가고 있나?"

차창에 흐르는 강물에서 나 자신에게로 시선視線을 돌려서, 나의 내면과 소통해 본다.

종활終活(죽음 준비)에 빠진 한 친구가 '메멘토 모리 시리즈'로 수필을 발표하더니, 그의 버킷리스트 중에 자신이 출생했던 '홋카이도(北海道)'로 떠났다.

"나도 여행이나 떠나볼까?"

화계장터에서 쌍계사로 가는 십리 벚꽃길이 눈에 선하였다. 당장 길을 나서고 싶으나, 일상日常이 반복되는 삶이지만 막상 여행을 떠나기란 쉬운 일이 아니었다.

소설 《쌍계사 가는 길》에서 그 시인도 곤양까지 먼 길을 여행할 처지가 못 되었다. 아직 대과에 급제하지 못했으며, 스물일곱 살에 許씨 부인을 여의고 속현으로 權씨 부인을 맞이하였으나 착하디착한 숙맥이었다. 대죽리에서 외손봉사하던 셋째 언장 형이 별세하여 아직 상중喪中인 데다가, 조카들을 가르치고 있었다.

여행은 종착지에 도착하는 것만 목적이 아니다. 만남과 헤어짐이 있고, 보고 듣고 생각이 깊어질 것이다.

"버리고 떠나야 채울 수 있느니라."

이황은 채우기보다 버리기 위해서 길을 떠났을 것이다. 어쩌면 어느 바닷가나 산속, 우레처럼 쏟아져 내리는 폭포, 어디서든 목 놓아 실컷 울 곳을 찾아 길을 떠났을 것이다.

집 떠날 땐 목말라 맑은 얼음 깨진 걸 찾았더니,
돌아올 땐 말안장 위에서 푸른 보리 물결 詩 읊으며 거닐었네.

그는 목말라 맑은 얼음 조각을 찾았으나, 예천 가는 길에서 흉년에 굶어죽은 자식을 버려야 하는 부모의 아픔을 보았고, 의령의 처가에서 꿈에도 보고 싶었던 사별한 아내를 만나서 40행의 〈매화〉詩를 비롯하여 108수의 詩를 지어서 돌아올 땐 푸른 보리 물결 詩 읊으며 거닐었다고 했다.

나는 '쌍계사 가는 길'의 노정路程을 더듬어가다가, 순례의 시종始終은 도산과 봉화의 청량산이라는 것을 알고, 내가 유년幼年을 보낸 봉화 청량산으로 무작정無酌定 길을 나서게 되었다.

예정에 없던 여행이긴 하지만 진작부터 늘 마음자리에 도사리고 있었으니, 여행 떠난 친구에게 자극받아서 갑자기 결행한 것은 아니며, 여행을 떠나지 못할 이유가 없으면서 현실적으로 무료한 일상이 여행을 작정作定한 계기가 되었다.

청량산은 금강산만큼 멀지도 않으면서 선비들이 공부할 수 있는 수많은 암자를 지녔던 이름처럼 청량淸凉한 산이다. 김생과 원효대사, 퇴계를 비롯한 무수한 조선 선비들이 젊음을 불태우며 독서와 호연지기浩然之氣를 길렀던 곳이다.

청량산이나 봉화의 산세가 특별해서 봉화 여행을 떠난 것은 아니다. 청량산은 안동에서 들어갈 수도 있고 동해안이나 일월산 쪽에서도 갈 수 있으나, 봉화에서 청량산 가는 길은 내성천을 따라가다가 산길을 걷고 다시 낙동강을 따라 걷는 길이다.

그 길은 반세기 전 고등학생 때 추석 연휴를 이용하여 나와 친구 둘과 셋이서 난생 처음으로 캠핑을 떠나서 걸었던 길이다. 반세기 동안 경물이 바뀌고 인걸이 떠났지만 그 길을 걸으면서 지난날의 추억을 복기復棋하고, 자아自我를 찾아가는 것이 이번 여행의 목적이다.

요즘, 가끔 나 자신을 돌아보면서, '그때 왜 그랬을까, 지금이라면 그렇게 하지 않았을 텐데', '나는 누구인지, 무엇을 위해 살아가는지, 어떻게 살아야 하는지' 인생길 위에서 미아迷兒가 된 느낌이었다.

부끄러운 일, 죄송하고 미안한 일, 잠을 자다가 깨어나서 얼굴이 화끈거리기도 한다. 퇴계 이황처럼 맑은 얼음을 찾을 정도로 목마름을 참기 힘들 정도이다. 나도 퇴계처럼 실컷 목 놓아 울 곳을 찾아서 어디든 떠나야겠다고 생각했다.

이희춘 시인의 〈어느 방랑자〉의 노래는 어디든 떠나지 않으면 안 되도록 나를 부추겼다.

서른 살에 노름을 하다가
어느 눈보라 많은 날
돈 속에서 삶을 꺼내었네.
마흔 살에 사랑을 안고 자다가
바람과 사랑이
종이 한 장 차이인 줄 알고

다시 연애를 버렸지.
쉰 살까지 가난을 밥 먹듯이 하다가
어느 날 된장찌개 앞에서
깨달음을 얻었지 뭔가
실크로드를 다녀온 후로
낙타를 사랑해서
고비사막을 맛들인 후로
부끄럼을 버렸지.

아무 준비 없이 나를 찾아 떠나는 여행은 한 번도 본 적이 없는 소를 찾아(尋牛) 길을 떠난다는 〈심우도尋牛圖〉와 같다.

처음으로 선禪을 닦게 된 동자童子가 본성本性이라는 소를 찾아서 강을 건너고 산을 넘어서 숲속을 헤매다가 소의 발자국을 찾아서 따라가다가 마침내 소를 발견하여 집으로 돌아온다는 10장의 그림이다.

茫茫撥草去推尋	아득히 펼쳐진 숲을 헤치고 소를 찾는다.
水闊山遙路更深	강은 넓고 산은 멀어 길은 다시 깊어졌다.
力盡神疲無處覓	힘은 빠지고 마음은 피로한데 소는 없다.
但聞楓樹晚蟬音	들리는 것은 단풍나무의 매미소리뿐이다.

동자童子가 소를 찾는 여정에서 자신의 본성本性을 깨우치는 〈심우도〉가 동양적인 사유思惟라면, 《연금술사》의 목동 산티아고는 자신이 '원하는 것이 무엇이고 삶의 의미는 무엇인지' 자아自我

를 찾아 떠난 여정에서 양치기에서 장사꾼으로, 사막을 횡단하는 대상隊商에서 전사戰士로, 변신해 가면서 꿈을 포기하지 않고 우주의 신비인 연금술의 원리, 자아自我의 신화를 찾게 되었다.

마르셀 프루스트(Marcel Proust)는 《잃어버린 시간을 찾아서》에서 우연히 차에 쁘띠 마들렌을 적셔먹다가 '무의식적 기억'을 떠올리는 연상작용聯想作用으로 자기 존재의 의미를 되찾아간다.

〈심우도〉의 동자가 발견한 소의 발자국이 한 번도 본 적이 없는 소를 찾는 단초가 되었으며, 프루스트가 케이크의 부스러기와 차가 입천장에 닿는 순간 '무의식의 기억'을 떠올렸듯이, 과거로의 여정에서 나(自我)를 찾는 실마리를 떠올리는 것이다.

우주의 탄생과 함께 시작된 시간은 마음속에 존재한다. 아무것도 사라지지 않으면 과거의 시간이 없을 것이며, 아무것도 다가오지 않는다면 장차의 시간이 없을 것이며, 아무것도 존재하지 않는다면 현재의 시간도 없을 것이다. 시간의 경과를 기억하지만 미래는 기억할 수 없는 것은 시간의 화살이 미래로만 향하기 때문이다. 생명은 시간의 1차원과 3차원의 공간에서 존재한다. 과거로 향하는 여행에서 1차원의 시간과 3차원의 공간의 유비類比적으로 중첩된 어느 한 시점時點에 나(自我)였던 그 아이가 존재했던 흔적(스토리)의 사금파리들을 찾는다면 오늘의 나(自我)의 실체를 규명할 수 있지 않을까 하는 기대이다.

양평역을 지나면서 강은 시야에서 사라지고, 열차가 치악산과 백운산의 협곡을 구불구불 오르면서 길이 없는 곳에서는 터널과 교량을 번갈아가면서 협곡을 오른다. 새로울 것도 없이 어둑발도 눈에 익은 치악산의 풍경이 스치고 차안은 두런두런 봉놋방이라는 신필영 시인의 詩 〈중앙선〉이 협곡을 느릿느릿 오른다.

구불구불 산의 속길
에워간다 준급행열차

때기밭 밟지 않고
흐르는 물 흐르게 두고

집집이 떡돌림 하듯 발품으로 안부 놓는

봇짐만큼 헐렁한 생각
잡혔다 풀려나며

드나드는 선잠의 터널
어둑발도 눈에 익어

사투리 고향 쪽으로 기대앉는 봉놋방

밥 딜런(Bob Dylan)의 〈걷다 죽게 해다오Let me Die in My Footstep〉
를 흥얼거렸다. '삶의 의미는 바람 속에 흩어지고, 사는 법을 배우
는 대신 죽는 법을 배우고 싶다'는 알듯 모를 듯한 노랫말을 헤아
리는 사이에 원주역에 도착했다.

원주는 1895년 춘천으로 도청 소재지가 옮겨가기 전까지는 강
원도 감영이 있던 곳이다. 강원감영의 정문이었던 포정루와 관찰
사의 집무실 선화당이 잘 보존돼 있으며, 평창동계 올림픽을 계기
로 서울과 강릉으로 통하는 KTX 고속철도가 개통되면서 전통과
현대가 어우러지진 미래형 도시로 발전하고 있다.

치악산稚岳山은 원주의 상징으로서 빼어난 금강송과 맑은 계곡
물이 어우러진 동학洞壑, 의상대사의 창건과 고승들의 설화가 그윽
한 구룡사. 1980년 원주로 거취를 옮겨온 후 토지 4부와 5부를 집필
하고 선생이 손수 가꾸던 텃밭과 평사리마당, 홍이동산, 용두레벌을
꾸며놓은 박경리의 서재書齋는 작가의 체취가 베여있다.

치악산의 비로봉, 향로봉, 남대봉 골짜기의 그윽한 정취를 닮
은 사람들의 성정性情이 바르고 아름답고 순후한 원주는 운곡耘谷
원천석元天錫의 고향이다.

1400년, 왕위에 오른 태종이 스승인 그를 대관大官으로 모시려
했다. 그러나 포은 정몽주와 대장군 최영이 이방원에게 죽임을 당
하자, 그는 고향 원주의 치악산에 은거하였다. 이듬해 왕이 몸소
300리 길을 달려서 그의 집에까지 갔으나, 원천석은 목은 이색의

고향 마을 동해 바닷가 영해 괴시리로 떠나고 없었다.

1542년 8월 퇴계는 암행어사로 평창·춘천·원주 등지를 시찰하면서, 〈원주 빙허루에서 김질부를 생각하여 原州憑虛樓有 懷州 敎金質夫〉를 영주의 김질부(김사문, 김륵의 아버지)에게 보냈다.

此地乖逢又此行	이 땅에서 만나지 못하고 또 이렇게 떠나가니
紛紛離合況平生	분분하게 떨어졌다 만났다 함이 평생 몇 차례인고?
頭因別久欲添雪	머리는 이별한 지 오래기에 눈雪을 더하려 하고
愁爲秋深更築城	근심은 가을이 길어지기에 다시 성을 쌓으려 하네.
鳥過豪英多偉蹟	새 날아가듯 빠른 인생 영웅호걸들 위대한 자취 남기고
龍蟠形勢稱雄名	용이 서린 듯 험난한 형세 큰 이름 일컫고 있네.
思君坐數同襟樂	그대 생각하니 몇 차례나 동문의 즐거움 같이 했나
祇在山中耦舌耕	다만 산속에서 나란히 혀로만 밭을 갈았지.

원주에서 치악산을 굽이굽이 돌아 오르다 제천 봉양역을 지나면서, 중학생 때 전교생이 충주비료공장을 견학하고 귀가하는 차 안에서 내 친구 준雋은 비장한 어조로 말했다.

"나는 장차 화학자가 될 거야!"

1928년에 조치원에서 청주까지 운행되던 충북선을 1958년에 봉양까지 연장하고, 1959년 충주시 목행에 충주비료공장이 우리 기술로 건설되었다. 당시 외국으로부터 2억 5,000만 달러의 원조 중에서 1억 달러가 비료 수입에 쓰였을 정도였으니, 농업 중심이면서 퇴비나 분뇨에 의존하던 농촌에 비료가 절대적으로 필요했다.

사람이 음식물을 먹어야 생명을 유지하듯이 모든 생물은 영양분을 섭취해야만 생육할 수 있다. 식물은 잎의 광합성을 통해 탄소동화작용을 하고 뿌리를 통해 스스로 수소를 얻을 수 있다. 그러나 질소는 식물 자체에서 만들어지지 않는다. 공기 중에는 78%가 질소이지만 삼중결합으로 묶여 있어 식물은 이를 섭취할 수가 없다. 암모늄·질산이온 등의 비료 형태로 식물세포가 이용할 수 있도록 외부에서 공급해 주어야 한다.

1908년 질소비료의 개발은 단위 면적당 식량 생산량이 6배 이상의 효과가 있어 세계 인구는 4배나 증가했을 정도이다. 그러나 화학비료는 식물의 미네랄이 감소하고 토양을 산성화시킬 뿐 아니라 식물이 흡수하지 못한 절반가량이 지하수로 스며들거나 강과 바다로 흘러들어감으로써 수질의 부영양화富營養化 현상을 일으키게 되면서, 오늘날 다시 유기농업과 유기비료로 돌아가려는 노력도 일어나고 있다. 무기비료인 화학비료, 유기비료 어느 쪽이든 지나치거나 모자라면 문제가 발생할 수 있다.

지금도 석유화학공장의 파이프라인이 TV화면에 비칠 때면, 중학교 때 준儁의 비장했던 모습이 어른거린다. 우리는 국내외에서 석유화학공장 건설(plant)에 참여하고 있으나, 아직 공정과정을 설계할 능력이 없는 실정이라고 하니, 서울의 명문 공업학교 화학과에 합격하고도 진학하지 못한 준儁의 그 푸르렀던 꿈이 안타깝다.

《호동서락기湖東西洛記》는 제천의 湖, 금강산의 東, 의주의 西, 한양 용산의 洛을 나타내는데, 금원은 제천—단양—영춘—청풍을 둘러보고 금강산으로 향했다고 한다. 그 책의 서문에

"규중의 여인으로 살아 그 총명과 식견을 넓힐 수 없어 끝내 사라져버리게 되는 것이 어찌 슬프지 않겠는가?"

여행하는 기분은 '마치 매가 새장에서 나와 하늘 높이 올라가는 기세이고, 천리마가 재갈을 벗고 천리를 치닫는 것 같다.'고 했다.

제천의 세명대학교 캠퍼스 인근에 삼한시대에 만들어진 의림지義林池가 있다. 《호동서락기湖東西洛記》의 작가 금원당錦園堂 金씨가 열네 살이던 1830년 남장을 하고 금강산 유람 길에 의림지에 한나절 들러 詩를 지었다.

池邊楊柳綠垂垂　　연못가 수양버들 푸르게 늘어지니
蠟曙春愁若自知　　봄시름을 스스로 아는 듯하고
上有黃隱啼未己　　꾀꼬리 그 위에 숨어서 우는 것은
不堪趣紂送人時　　임을 보낼 때 슬픔을 이기지 못함이리.

원주와 제천역에서 승객이 내린 후 듬성듬성 앉아 있는 승객들은 터널을 들락거리며 산속을 헤매는 창밖 풍경에 심드렁해 졸고 있었다. 열차가 터널 속으로 들어가자, 답답하고 무료해서 차창에 뿌옇게 서린 김을 손으로 문질러 닦아내자 거울이 되었다. 흐릿한 유리창에 열차 안의 군상들이 어슴푸레 비치면서 애니메이션처럼 보이다가 터널을 빠져나오자 거울은 창으로 변했다.

　　나의 건너편에는 의자를 마주하여 놓고 삼십 대의 젊은 부부가 세 아이를 데리고 앉아있다. 열두어 살로 보이는 큰 아이와 서너 살 터울의 동생은 사내아이인 것이 분명한데 어머니 품에 안긴 아이는 알 수 없었다.

　　열차가 다시 터널 속으로 들어가자, 건너편 가족이 애니메이션의 배우로 등장하고 있었다. 어슴푸레하게 비치는 화면 속에 어른 아이 할 것 없이 깡마르고 지쳐 있어 얼핏 보기에도 피난민의 몰골이었다. 해방 후 만주에서 귀국하던 가족처럼 보였는데, 온 가족이 예쁜 꽃신을 신은 것이 특이했다.

　　만주에서 귀국할 때 꽃신을 신고 왔다는 나의 친구 준雋이 생각났다. 그는 해방 이듬해 어머니 등에 업혀서 귀국길에 올랐으나, 이미 러시아군이 삼팔선을 가로막고 있었다. 삼엄한 삼팔선을 숨죽이고 넘었으나, 초승달은 넘어가고 칠흑같이 캄캄한 밤 예성강을 건너다가 미끄러운 강바닥에 어머니가 휘청거리면서 등에 업은 준雋을 잡는 순간, 치마에 싼 신발을 모두 강물에 떠내려 보내고, 선물로 챙겨오던 꽃신을 꺼내어 신었다고 한다.

열차가 터널을 빠져나오자, 애니메이션의 영상이 신기루처럼 사라지고, 세 봉우리가 남한강의 수면을 뚫고 불쑥 솟았는지 도담삼봉嶋潭三峰이 돛단배 되어 강물에 떠 흘렀다.

1548년 4월 19일 단양군수 퇴계 이황은 다섯째 형 징澄이 찾아와서 도담에서 詩 〈도담島潭〉을 읊었다.

何年神物動雲雷　어느 해 영묘한 물건이 벼락을 쳐서
絶境中間巨石開　절경 가운데 큰 돌을 꾸며놓았구나.
萬古不隨波浪去　만고에 파도와 물결에 흔들리지 않고
巍然如待使君來　우뚝 솟아 그대 오길 기다리는구나.

퇴계의 둘째아들 채寀가 외종조부 허경許瓊(퇴계의 처삼촌, 곽재우의 외조부)의 집에서 두 달 전에 병사하였다. 안타깝게도 그는 정혼하여 혼례를 준비하고 있었다.

'시인은 슬픔을 잊을 만큼 자연의 외연巍然에 넋을 잃었을까?'

나는 안타까운 생각에 잠겨 차창을 넘보니, 석회석을 파먹는 시멘트공장이 하얀 석회가루를 덮어쓰고 숨을 몰아쉬고 있었고, 남한강을 가로지른 상진철교를 건너자 이내 단양역이었다. 단양역을 출발한 열차가 단성역을 지나면서 쏘가리를 잡고 무늬석을 찾아 돌을 뒤집던 옛 단양의 추억이 충주호반에 아련하다.

금수산과 소백산의 산협을 휘돌아 나온 남한강이 충주댐에 갇혀 청풍호를 이루면서 옥순봉·구담봉이 발을 호수에 담근 채 비경을 이루게 된다.

단양 군수 퇴계는 5월에 첩보牒報(보고)하는 일로 청풍에 갔다. 하진에서 배를 타서 단구협丹丘峽을 나가 구담龜潭을 경유하여 화탄花灘에서 내렸다. 이튿날 새벽의 서늘한 틈타서 흐르는 물을 거슬러 올라가서 삼지탄三智灘을 지나 내매담洒邁潭 위에 이르러 지붕을 걷고 바라보니, 물이 두 골짜기 사이에서 나와 높은 데서 바로 쏟아지니, 굴러 내리는 돌이 그 아래 있는 뭇 돌을 치며 성난 기세가 분주히 달아나 구름이나 눈 같은 물결이 출렁거리고 용솟음치는 것은 화탄花灘이요, 산봉우리는 그림 같고 골짜기는 서로 마주 벌어져 있는데, 물은 그 가운데에 괴어서 넓고 맑고 엉키고 푸르러 거울을 새로 갈아서 공중에 걸어 놓은 것 같은 것은 구담이다.

퇴계의 〈옥순봉기〉는 읽는 이로 하여금 마치 청풍의 산자수명山紫水明한 풍경을 그림을 보는 듯하다.

碧水丹山界	푸른 물은 단양과 경계를 이루는데
淸風明月樓	청풍에는 명월루가 있다 하네.
仙人不可待	만나려던 신선은 기다려 주지 않아
怊悵獨歸舟	실망 속에 외로이 배만 타고 돌아오네.

프랑스의 생장 피에드포르에서 스페인의 산티아고 데 콤포스텔라까지의 '산티아고 순례길(Camino de Santiago)'은 프랑스에서 피레네 산맥을 넘어야 산티아고로 갈 수 있듯이, 청량산 또한 단성역에서 소백산 죽령을 넘어야 갈 수 있다. 죽령은 중앙선 철로가 열리기 전에는 고갯길을 걸어서 넘었는데 도적떼와 맹수들로 불안하고 힘든 길이었다.

죽령은 신라의 죽죽장군이 죽령 길을 개척하였다는 전설에서 붙여진 이름이라고 한다. 조선시대에는 고갯마루에 죽령사竹嶺祠라는 산신당을 설치하여 길손의 안전을 빌었다.

퇴계의 詩 〈죽령을 넘다 비를 만남 竹嶺途中遇雨〉에서 죽령의 가파른 고갯길이 연상된다.

죽령의 길 깎아지른 듯 막혀 갈 수 없어
새나 오를 길 근심스레 기어오르며 가파른 산마루 바라보네.
만 리 높은 하늘에서 구름 기운 솟아오르더니
울창한 참대 숲으로 빗소리 보내오네.
세상일 견디기 어려워 가로막힘 많고
나그네길 허비함 몇 번이나 흐렸다 맑아졌는가.
무슨 영유로 (缺破) 분명히 들추어 파헤치리
밝은 낮에 가벼이 임금님 계시는 서울 향해 가네.

퇴계는 1548년 1월에 단양군수가 되었다. 그 당시 단양은 오랜 가뭄으로 백성들이 초근목피로 연명하는 형편이었다. 무엇보다 가뭄을 해결할 수 있는 저수지를 만들기로 하고, 그는 한강변을 따라서 소백산 계곡을 답사한 끝에 단성의 탁오대濯吾臺 바위 옆 여울목의 깊고 좁은 곳에 보堡를 쌓아 가뭄을 막고 홍수를 조절하는 다목적댐인 '복도소複道沼'라는 저수지를 만들었다.

퇴계는 그의 형 온계溫溪 이해李瀣가 충청도관찰사로 오게 되자, 형제간의 사사로움을 피하여 아홉 달 만에 풍기군수를 자원하였다. 그가 단양을 떠나 가파른 죽령에 올랐을 때, 단양 관아의 관리가 삼꾸러미(麻束)를 짊어지고 왔다.

"관아의 밭에서 거둔 것입니다. 사또께서 가져가십시오."

"관아의 물품을 내가 사사로이 받을 수 있느냐."

"사또의 전출 노자로 드리는 관례가 있습니다."

"다음 군수에게 기민구제에 쓰시라 일러라."

퇴계가 단양을 떠날 때 짐 보따리는 다만 괴석 두 개가 실렸을 뿐이었다. 그가 떠난 뒤에 단양의 아전들이 관사官舍를 수리하려고 들어가 보니, 방과 창의 도배지는 모두 새것으로 깨끗하고 침 자국이나 물 얼룩이 하나도 없었다고 한다.

열차는 쇠바퀴와 철로의 마찰력으로 나아간다. 선로 기울기가 100m 거리에 높이의 차이가 3m를 넘으면 오르막에서는 기관차가 헛바퀴를 돌고 내리막은 브레이크를 걸어도 미끄러진다. 높이의 차이가 극심한 두 지역을 잇는 산악지대의 철로는 회전터널을 뚫거나 열차가 톱질하는 식으로 전진과 후진을 반복하며 오르는 스위치백(switchback), 그리고 쇠줄로 열차를 끌어 오르내리는 설비인 인클라인 식이 있다.

소백산 죽령은 단성역 쪽이 지대가 높아서, 단성역과 죽령역 사이는 터널 속에서 4.5km를 360도 회전하는 나선형식 루프 터널이다. 암막을 친 것처럼 캄캄하고 답답한 창과 열차의 소음으로 시끄럽고 숨 막히는 터널 속에 10분이 한 시간같이 느껴졌다가 드디어 죽령 터널을 빠져나오자, 봄옷으로 차려 입은 소백산역이 환하게 반겼다. 드디어 충청도에서 소백산 너머 영남으로 온 것이다.

신필영 시인은 죽령 터널을 지나며, 숨찬 고개 넘는 일도 월담하듯 설렜는데 충청도와 경상도의 땅 밑 작업 은밀한 내통 죽령터널을 본다면 소백산 신령님들도 파안대소할 것이라 읊었다.

소백산 역에서 희방사喜方寺 오르는 길은 폭포와 골짜기가 소백산의 절경이다.

어느 해 소백산 스케치 여행에서 하루 종일 내린 눈으로 희방사 토방에 갇혔다가, 발이 푹푹 빠지는 눈 속을 걸어서 하산 길 어둠 속에서 등대처럼 불을 밝히던 동토凍土의 풍기역이 알라딘의 램프에서 빠져나오듯이 기억이 새롭다.

그해 겨울, 희방사 스케치 여행

내리고 또 내리는 소白산 눈꽃

온종일 山寺 토방엔 두런두런 얘기꽃

빈 도화지 하얀 풍경 눈眼 스케치

저무는 하얀 길 미끄러지고 자빠지며

어둠 속 불 밝힌 풍기역 등대

역전 포장마차 가스등 불빛

포장 그림자들 우동 한 그릇 훌훌

언제 그랬냐는 듯 설국 환상은 녹아내리고, 풍기역은 측백나무
울타리 사이로 노란 개나리를 피우고 화사하게 반겼다.

개나리를 보는 순간, '아, 봄이구나' 나의 생각은 화개장터에서
쌍계사 가는 십리 벚꽃길을 걷고 있었다.

고두현 시인은 〈쌍계사 십 리 벚꽃길〉에서 쌍계사 벚꽃길은 밤
에 가야 빛나는 길이라고 한다.

> 쌍계사 벚꽃길은 밤에 가야 보이는 길
> 흩날리는 별빛 아래 꽃잎 가득 쏟아지고
> 두 줄기 강물 따라 은하가 흐르는 길
> 쌍계사 벚꽃길은 밤에 가야 빛나는 길

낮 동안 물든 꽃잎 연분홍 하늘색이
달빛에 몸을 열고 구름 사이 설레는 길
쌍계사 벚꽃길은 둘이 가야 보이는 길
왼쪽 밑동 오른쪽 뿌리 보듬어 마주 잡고
갈 때는 두 갈래 길, 올 때는 한 줄기 길
꽃 피고 지는 봄날 몇 해를 기다렸다
은밀히 눈 맞추며 한 생을 꿈꾸는 길.

'왼쪽 밑동 오른쪽 뿌리 보듬어 마주 잡고, 갈 때는 두 갈래 길,
올 때는 한 줄기 길, 꽃 피고 지는 봄날 몇 해를 기다렸다. 은밀히
눈 맞추며 한 생을 꿈꾸는 길.'

쌍계사 가는 길의 두 갈래 길을 떠올리며 꿈꾸듯이 詩를 음미
하고 있는데, 주머니 안에서 진동모드의 폰이 '드르륵' 신호를 알
렸다. 옛 친구의 미망인이 카카오톡으로 문자를 보내왔다.

"오늘이 그이 기일忌日, 장례차를 타고 떠나던 그날도 오늘처럼
세상천지가 꽃대궐이었지요. 차창 너머 사람들은 꽃구경을 떠나
는데, 나는 그이를 묻으러 산으로 가자니 이런 죄인이 어디 있을
까…….

그 후 만개된 벚꽃은 눈이 아파서 볼 수가 없었고, 매년 이맘때
면 된통 몸살로 앓아누웠지요.

을파소乙巴素 김종한金鍾漢은 〈살구꽃처럼〉에서 '전쟁은 살구꽃
처럼 만발했소'라고 예찬했지요.

...

살구꽃처럼
살구꽃처럼 흩날리는 낙하산 부대
낙화들 꽃이 아니라
쓸어 무삼 하리오.

음악이 혈액처럼 흐르는 이 밤

청제비처럼 날아오는 총알에
맞받이로 정중선正中線을 얻어맞고
살구꽃처럼 불을 토하며
살구꽃처럼 떨어져 가는 융커기機
...

손자가 태어나면서부터 그 몸살도 사라지고, 손자가 맛있게 먹을 것을 생각하면서 기일忌日을 축제처럼 제물祭物을 장만하게 되어요. 세월이 약인가 봅니다. 이젠 벚꽃도 다시 아름다워지고 언 땅을 헤치고 나온 풀꽃도 신비롭고 경이로워 세상사 모든 것을 품을 수 있어요."

'아, 그때가 봄날이었구나!'

그 친구 장례식에 갔던 기억을 떠올리는데, 억센 경상도 방언이 소란해지기 시작했다.

소백의 영봉이 둘러쳐진 풍요로운 들판을 인삼밭과 능금밭 사이로 달리던 열차가 어느새 서천강 철교를 철거덕거리면서 건너기 시작하자, 시나브로 졸고 있던 승객들이 종착역이 가까워지면서 부산해졌다.

건너편의 그 아이들도 부스스 눈을 뜨고 기지개를 펴면서 이리저리 살폈다. 아기를 남편에게 맡기고 자리에서 일어선 여인은 야위고 수척해 보였으나 훤칠한 키에 표정이 밝았다.

엄마 냄새가 멀어지자, 아빠의 품에서 아기가 슬며시 빠져나와 마른 코를 후비며 통로로 내려섰다. 기저귀도 차지 않은 아랫도리의 비쩍 마른 두 다리 사이에 번데기 하나가 꼬물거렸다.

아기는 주위를 둘러보더니 나에게로 걸어와서 앙증맞게 작고 하얀 앞니를 보이며 생긋이 웃었다. 젖내가 솔솔 났다.

"몇 살?"

나이를 묻자, 두 개는 펴지고 손가락 한 개는 엉거주춤 반쯤

펴보였다.

"세 살? 어이구, 똑똑하네. 이름은?"

이름을 묻는 순간, 아기는 쉬를 쏟아내었다. 아버지와 형들은 난감해 하면서 아기의 자존감이 상하지 않게 배려하는 눈치였다.

"이름은 박대준이고요, 첫돌이 겨우 지나 아직 말을 못해요."
둘째 형이 냉큼 오줌을 닦으면서 속삭이듯 귓속말을 했다.

> 빨래줄에 걸어 논 요에다 그린 지도
> 지난밤에 내동생 오줌싸 그린 지도
> 꿈에 가본 엄마계신 별나라 지돈가?
> 돈벌러간 아빠계신 만주땅 지돈가?
>
> 윤동주의 〈오줌싸개 지도〉에서

"그렇구나……"

건성으로 흘러듣다가, 만주에서 귀국했다던 나의 친구 준雋과 이름이 같다는 사실에,

"뭐, 박대준이라고?"

되묻는 순간 통로 쪽에서 걸어오는 엄마를 본 아기가 오리처럼 뒤뚱뒤뚱 바쁘게 걸어갔다. 넘어질 듯이 다가오는 아기를 두 손으로 들어 올려 엄마는 볼을 비볐다.

"대준이가 저 아제 앞에 쉬 했네."

큰 아이가 계면쩍은 표정으로 아기의 실례失禮를 모친에게 알리자, 그녀의 무언의 목례目禮에서 유가儒家의 정중한 의례儀禮가 베었다.

아무리 사소한 과실이라도 건성으로 'I'm Sorry!'나 장황한 변명보다 상대방의 입장에서 진정성을 느낄 수 있어야 한다.

나는 괘념치 말라고 손을 저으면서도 그녀의 시선에서 자애로운 모성母性을 느낄 수 있었다.

선반 위에서 짐을 내리거나 자리에서 일어나 통로를 걸어가는 이들로 열차 안은 분주하고 소란해지는 사이에 영주역 플랫폼에 서서히 멈춰 섰다.

건너편 자리의 그 가족들은 짐을 챙기느라 뒤쪽에 처져 있었다. 나는 혼자서 플랫폼을 걸어 나오다가 그 아기의 이름을 떠올

리며 뒤를 돌아보았다.

아침 햇살이 그들의 뒤쪽에서 서치라이트처럼 쏘아댔다. 두 아들과 남편 뒤에서 커다란 보따리를 머리에 이고 아기를 등에 업은 여인이 햇빛 속에서 긴 그림자를 밟으며 움직이는 듯 멈춰 선 듯했다.

역광逆光에 비친 실루엣이 회갈색 바탕에 아기를 업은 박수근의 흐릿한 그림 속의 여인과 오버랩 되었다.

박수근의 그림 속 여인은 마치 만주에서 귀국한 나의 친구 준의 어머니처럼 느껴진다. 준의 가족이 북만주에서 귀국할 때 첫돌이 막 지난 준을 업고 달빛도 없는 검은 압록강물을 건너고 무장한 러시아 병사의 눈을 피해 칠흑 같은 삼팔선을 넘어왔다.

토성역에서 온몸에 DDT가 뿌려진 후 겨우 기차에 오를 수 있었다. 그리고 지금 영주역에 내려서 꿈에 그리던 고향 땅을 밟았다. 회갈색 바탕에 아기를 업은 박수근의 흐릿한 그림 속의 여인은 준의 어머니요, 나의 어머니요, 윤동주의 어머니였다.

"어머님, 그리고 당신은 北間島에 계십니다.
나는 무엇인지 그리워 이 많은 별빛이 나린 언덕우에
내 이름자를 써 보고, 흙으로 덮어 버리었습니다. 따는
밤을 새워 우는 버레는 부끄러운 이름을 슬퍼하는 까닭입니다.
그러나 겨울이 지나고 나의 별에도 봄이 오면
무덤우에 파란 잔디가 피어나듯이
내 이름자 묻힌 언덕우에도 자랑처럼 풀이 무성할게외다."

윤동주의 〈별 헤는 밤〉에서

2. 샛강江의 소리

봉화奉化는 산이 겹겹이 막아서고 산과 산 사이는 강물이 에둘러 있어 예부터 외부의 접근이 쉽지 않은 오지奧地이다.

겨울이면 영동선의 눈꽃열차가 눈을 구경하기 힘든 남부지역 사람들을 설레게 한다. 눈꽃열차가 가는 곳은 바로 봉화 분천역에서 석포역 사이의 하늘도 세 평, 땅도 세 평이란 숲속에 하늘이 빠끔히 보이는 승부역이다. 태백산 준령이 겹겹이 싸여 있어서 강물도 40여 회 굽이치며 꿈틀거려야 빠져나오는 곳, 양원·비동마을은 그 흔한 도로도 없는 곳, 산이 높고 골이 깊으니 봄눈도 녹지 않는다.

눈꽃열차는 순백의 산록을 뚫고 터널과 교량을 번갈아 설국으로 들어간다. 그 설국이 봉화 땅이다.

산 너머 저쪽에는 누가 사나?
뻐꾸기 영 위에서 한나절 울음 운다.

산 너머 저쪽에는 누가 사나?
철나무 치는 소리만 서로 맞어 찌 르 렁!

산 너머 저쪽에는 누가 사나?
늘 오던 바늘장수도 이봄 들며 아니 뵈네.

정지용 시인의 〈산 너머 저쪽〉

영주와 철암을 잇는 영암선이 1944년 봉화역에서 멈추었다. 정부수립 이후 공사를 재개했지만 6·25 동란으로 중단되었다. 전후 복구와 산업화 촉진을 목적으로 태백산 지역의 풍부한 임산자원과 지하자원을 수송하기 위하여 1953년 승부협곡의 난공사 구간을 재개하여 1955년 철암까지, 1963년 동해북부선(묵호—강릉)과 연결하여 영주에서 강릉까지의 영동선이 개통되었다.

영동선이 개통되면서 철암·태백지역의 탄광이 개발되고, 탄광의 갱목을 공급하기 위한 산림 벌채가 곳곳에서 벌어졌다. 소작농과 화전민들이 탄광과 산림 벌채 현장으로 진출하면서, 영동선 역마다 목재와 무연탄이 산더미처럼 쌓이고 노동자가 전국에서 몰려왔다. 봉화지역의 일자리가 창출되고, 농촌 소득이 올라가고 금융·상업·재재·수송업이 활성화되면서 봉화는 잠에서 깨어나기 시작했다. 소작농일지라도 농사가 대본인 줄 알았는데, 농사보다 소득이 높은 광산과 산판山坂으로 사람이 몰렸다.

철암·태백지역의 탄광이 개발되었지만, 열악한 자금과 기술 부족으로 안전에 무방비한 탄광의 잦은 매몰사고로 희생자가 속출하고, 탄광의 갱목을 공급하기 위한 산림 벌채가 곳곳에서 벌어지면서 무허가 남벌로 울창하던 숲이 파괴되기 시작했다. 천년 오래인 연륜年輪에 찌들은 유암幽暗한 산림이 한순간에 사라지게 되었다.

브라질의 아마존 상류 밀림지대의 순박한 삶이 문명에 의해서 파괴되는 현상을 인류학자 레비스트로스(Claude Levi Strauss)는 이를 '슬픈 열대熱帶(Tristes tropiques)'라고 하였다.

시계가 자근자근 가슴을 따려
불안한 마음을 산림이 부른다.
천년 오래인 연륜年輪에 찌들은 유암幽暗한 산림이
고달픈 한 몸을 포옹할 인연을 가졌나보다.

산림의 검은 파동우으로부터
어둠은 어린 가슴을 짓밟고
이파리를 흔드는 저녁바람이
쏴 - 공포에 떨게 한다.

멀리 첫 여름의 개고리 재질댐에
흘러간 마을의 과거는 아질타
나무름으로 반짝이는 별만이
새날의 희망으로 나를 이끈다.

윤동주 〈山林〉 1936년 6월 26일

1980년대 이후부터 석탄이 석유로 대체되면서 봉화의 탄광이 사양길로 접어들었고, 갱목으로 쓰이던 목재의 반출도 줄어들게 되자 일자리를 찾아서 사람들은 도시로 떠나갔다. 철도에만 의존하던 봉화지역이 국도확장 등으로 봉화와 태백(31번), 봉화와 울진(36번), 봉화와 안동(35번) 간 국도가 확장되고, 철도도 경강선 고속철과 태백선으로 분산되면서 영동선의 역할도 줄어들게 되었다.

숲이 제자리를 찾게 되면서 때맞춰 백두대간 수목원이 조성되었고, 산업화와 인구밀집 등으로 도시의 공해문제가 심각해지자, 봉화의 자연환경이 청정지역으로 인정받기 시작했다.

봉화는 승부역뿐 아니라 봉화에서 강원도 동점역까지의 영동선 열차가 지나는 연변의 마을마다 금강송 숲에 송이가 자라고 노루 사슴이 뛰어다니며 고선계곡·구마계곡·우구치계곡·사미정계곡·반야계곡·매호유원지·청옥산휴양림 등의 산과 계곡이 관광 유원지로 개발되고 물 맑은 내성천과 낙동강에는 천연기념물 열목어가 서식하니, 연비어약鳶飛魚躍이요 무릉도원이다.

봉화읍 도촌리, 물야면 개단리, 춘양면 의양리 등의 고인돌이 선사시대의 흔적을 의미하고 있으며, 고구려에서 신라로 불교가 전파되는 과정에서 물야면 북지리에 거대한 마애불과 석조반가사유상, 축서사의 석조여래 좌상과 석탑, 춘양면 의양리의 각화사覺華寺 터에 삼층쌍탑을 남겼다.

강원도와 접경하여 고구려 장수왕 때는 고구려의 고사마현古斯

馬縣이었을 정도로 경상북도의 최북단 지역으로 태백과 소백의 백두대간이 병풍처럼 둘러쳐져 있고, 태백에서 소백으로 산맥이 이어지는 지점의 문수산을 중심으로 촌락을 이루고 살았으니, 1,207m의 문수산文殊山은 봉화의 진산鎭山이다.

봉화奉化의 '奉' 자는 나무가 우뚝 솟은 형상이듯이 문수산은 금강송을 비롯한 침엽수가 숲을 이루었다. 깊은 슬픔이 있을 때 심산유곡을 소요하면, 격정이 수그러들고 차차 안정을 찾게 되는 것은 갖가지의 소리를 감춘 숲의 침묵 속에는 초자연적인 어떤 힘을 느낄 수 있기 때문이다.

봉화는 고려 초에 봉화현이 된 후, 후기에는 봉화를 본관으로 하는 금의琴儀, 정도전鄭道傳을 배출하였고, 조선 중기에 안동의 선비들이 옮겨와서 향촌에 성리학적 질서를 세웠다. 봉화 사람들은 자신들이 살고 있는 땅을 존중하여 지명 하나에도 가벼이 여기지 않고 깊은 의미를 부여하였다.

봉화군의 군청소재지를 내성乃城, 상서로운 상운祥雲, 산물이 풍성한 물야物野, 양지바른 춘양春陽, 봉화현 소재지 봉성鳳城, 첩첩산중 소천부곡小川部曲의 소천小川, 낙동강 최상류의 석포石浦, 군의 중심지 법전法田, 호수같이 맑은 명호明湖, 산세가 아름다운 재산才山 등 10개 면의 명칭이 각기 그 지역의 자연적 특색을 표현하고 있어, 이름만 들어도 그 지역의 산물과 인심이 묻어난다.

《논어》〈옹야〉편에, 지자知者는 물을 좋아하고 인자仁者는 산을 좋아하듯이(知者樂水 仁者樂山), 퇴계는 산을 좋아하여 〈산에 사는 취미〉를 읊었다.

산의 취미 다름 아니라 다만 편안한 마음 지니는 것이나
고개 돌려 이따금 다시 유독 나 자신을 근심하네.
내년에는 꽃의 군자 기다릴 만하니
구름과 노을 향해 서서 쓸쓸히 살아감 원망하지 않는다네.

山趣無他只晏如 回頭時復獨愁予
明年好待花君子 不向雲霞恨索居

외부에서 접근이 쉽지 않아 병화兵禍가 적은 봉화군에는 조선 왕조실록을 보관하는 태백산 사고를 비롯해서 금강송 목재로 지은 정자와 고가古家들이 바래미, 황전, 닭실, 오록, 버저이, 조래, 춘양, 노루골, 서벽, 도심 등에 집성촌을 이루고 살았을 뿐 아니라, 전통 민속의 원형을 그대로 전승·보존하고 있다.

법전면 소천리 어은골의 서낭당은 금강송으로 둘러싸인 언덕에 거북바위(음석) 알바위 개바위와 팔각 돌무더기 위에 얹힌 바위(남근석)가 외로 꼰 새끼금줄로 묶여 성역을 표시하고 있고, 향鄕·소所·처處·장莊 의미의 계단 부곡部曲은 옹기, 질그릇, 유기를 생산하는 경공업단지를 형성했던 흔적이 남아 있고, 신흥리 유기는 조선의 방짜유기의 원조로 지금도 이어지고 있다.

봉화군 지도에서 눈에 띄는 것은 영동선 철도였다. 인접한 영양군·울진군은 철도가 없는 반면에 봉화군은 10개 면 중에 6개 면을 열차가 통과한다. 이 구간의 영동선은 봉화의 심장부를 지날 뿐 아니라, 태백산맥의 깊숙한 골짜기 속을 뚫고 지나는 철로 연변의 촌락마다 민초들의 삶이 있고, 원시의 금강송과 강물이 어우러진 비경 속을 목이 아프도록 젖히고 올려다보면서 굽이굽이 산골짜기를 빠져나가게 된다.

영동선 선로를 따라서 지도 위에 줄을 그으니 마치 동물의 등뼈처럼 보였다. 영동선에서 상운·명호·삼동·울진으로 통하는 네 곳의 도로를 선으로 긋고, 석포에서 청옥산을 넘는 도로와 춘양에서 문수산 주실령을 넘어서 물야로 이어지는 반원형의 두 도로를 그렸더니, 두 개의 육봉과 네 개의 긴 다리를 가진 동물 모양이 그려졌다. 석포에서 반야계곡으로 오르는 산길과 봉화에서 영주로 통하는 짧은 도로를 그렸더니 반야 길은 낙타의 머리, 영주로 통하는 도로는 꼬리로 보였다. 영락없는 쌍봉낙타 한 마리가 지도 위에서 꿈틀거렸다.

영동선의 선로는 뱀처럼 구불구불한 곡선의 연속이지만, 현동에서부터 석포역까지는 태백산 협곡을 뚫고 흐르는 낙동강을 따라서 철교와 터널을 연속으로 번갈아 빠져나가는 철도는 산과 강이 어우러진 스위스 산악철도와 같이 경관이 빼어나다. 영동선은 본래 석탄과 목재를 운반하는 산업철도로 건설하였으나, 지금은 석탄의 이용도가 낮아지면서 광산이 폐광이 되면서 영주에서 동해안의 정동진까지 여객열차가 운행하고 있다.

철도청에서는 이 지역의 빼어난 청정 환경을 이용하여 서울역에서 출발해 제천에서 철암역까지, 철암역에서 제천을 지나 서울역까지 운행하는 중부내륙순환열차(O—Train), 중부내륙지역의 산악구간을 왕복하는 백두대간협곡열차(V—train)를 운행하고 있다.

O—train의 O는 'One'의 약자이며 순환을 상징하는 모양으로, 중부내륙 3도(강원, 충북, 경상북도)를 하나(One)로 잇는 순환열차를 의미한다. V는 'valley(협곡)'의 약자이며, 동시에 협곡의 모양을 의미한다. 분천·양원·승부·철암 구간(27.7km)을 운행하고 있으며, 특히 가장 아름다운 분천에서 승부에 이르는 구간은 시속 30km로 천천히 이동하며, 태백준령의 비경을 충분히 감상할 수 있도록 배려하는 관광 전용 열차이다.

이 열차는 숲속과 협곡의 청정자연을 느낄 수 있게 천정을 제외한 공간을 유리로 처리한 길고 넓은 창문은 관광객의 시야를 넓혀서 청정자연의 공기를 그대로 느낄 수 있다.

나는 지도에 나타난 백두대간협곡에 끌렸다. 돈키호테(Don Quixote)가 되어 애마 로시난테(Rosinante)를 타고 풍차를 향해 돌진하는 호탕한 기분으로 미지의 백두대간협곡을 둘러보고 싶었다. 부산의 부전역에서 출발하여 울산과 경주를 거쳐서 중앙선을 쉼없이 달려온 로시난테에 올랐다.

봉화역까지는 영주역에서 15분이면 갈 수 있는 지척이다. 영주역을 출발한 로시난테가 영주 시가지를 벗어나자 곧바로 봉화 땅 문단이었다. 간이역이 된 문단역을 통과하면서 문단역 앞 원구마을의 옹기종기 모인 집들이 스쳐 지나갔다. 그때 앞쪽 출입문이 열리더니 하얀 도포에 커다란 갓을 쓴 신선처럼 보이는 한 노인이 하얀 수염을 날리면서 성큼성큼 걸어왔다.

요즘 보기 드문 죽장망혜竹杖芒鞋(대나무 지팡이와 짚신) 단표簞瓢 (표주박) 차림의 노인은 내 앞에서 멈춘 뒤 나를 지그시 내려다보았다. 나도 모르게 나는 자리에서 벌떡 일어섰다. 그러자 노인은 비어 있는 나의 옆자리에 앉았다. 나는 목례로 인사를 올렸다. 그 노인은 나에게 은근한 미소를 짓더니 차창으로 고개를 돌렸다.

나는 조심스럽게 제자리에 앉아서 생각했다. 간이역인 문단역에서 분명히 열차가 멈추지 않았는데 홀연히 나타난 그는 시·공간을 자유자제로 운행하는 신선이라는 생각이 들었다.

나는 그의 은근한 미소를 대하는 순간, 그는 돈키호테, 나는 그의 충실한 종복從僕 산초 판사(Sancho Panza)로 전락하고 말았다.

문단역에서 골래(花川 꽃내)를 건너고 도촌마을을 지나서 적덕마을 산모롱이를 돌아나가자, 호골산 아래 범들(虎野)과 내성천이 S자로 몸을 비틀며 봉화읍이 저 멀리 모습을 드러내기 시작했다. 나는 고향냄새에 취한 한 마리 연어가 되었다. 문전옥답 범들을 곡간穀間으로 품은 의성김씨 집성촌 바래미(波羅尾, 海底) 전통문화마을이 나지막한 학항산 아래 옛 모습 그대로 전통미를 간직한 채 살아가고 있었다.

"저 마을은?" 돈키호테가 마을을 가리키며 묻자,

"바래미 마을입니다." 나는 '산초 판사'답게 공손히 대답했다.

"의령여씨宜寧余氏 마을?"

"네, 여씨들이 살았으나, 지금은 의성김씨 집성촌입니다."

의령여씨는 백제 의자왕의 왕자 여풍장余豊璋의 후손으로, 바래미에 입향한 여홍렬·여성렬 형제의 유덕을 기리는 경체정景棣亭을 짓고 살았으나, 지금은 몇 가구를 제외하고 의성김씨 팔오헌 김성구의 후손들이 대를 이어 살고 있는 마을이다.

봉화의 초입에 있어, 바래미는 봉화 사람들의 자존감이요, 바래미 고택들은 봉화의 랜드마크다. 학록서당과 큰 샘을 중심으로 윗마을 만회고택과 토향고택, 아랫마을 김건영 가옥, 해와고택, 남호구택, 소강고택, 개암종택, 팔오헌종택이 옛 모습 그대로 보존되고 있어, 마을 입구의 독립운동기념비를 뒷받침하는 실존적 자료가 되고 있기 때문이다. '만회고택'은 심산心山 김창숙金昌淑 선생이 이곳에서 고종황제의 밀서密書 '파리장서巴里長書'를 초안하여, 이를 1919년 파리강화회의에 보내 우리 민족이 독립을 절실하게 염원하고 있음을 세계만방에 전파하였다.

로시난테는 봉화역에 서서히 들어섰다. 여행객들이 붐비던 청량리역 풍경에 비하면 한적한 시골역이다. 봉화역 측백나무 울타리 사이로 샛노란 개나리에 봄 햇살이 내려앉아 있었다.

이희춘 시인은 개나리를 오솔길로 찾아온 별이라고 읊었다.

얼마나 그리우면 별로 내려앉았으랴,
못 견디게 아픈 날도 어둠을 뚫고 와서
초롱한 가슴만 사는 오솔길로 오셨을까.

이희춘 〈개나리 앞에 앉아〉

1940년대에 건설되기 시작한 영동선 철로는 1944년 봉화가 종착역이었다. 전쟁으로 중단되었다가 전쟁복구와 산업화를 위해 철로를 철암까지 연장하여, 1955년 영암선이 완공되면서 태백산 지역의 목재와 석탄, 해산물을 실어 나르고 수천 년을 잠자던 두메산골을 산업현장으로 변화시켰다.

봉화역이 위치한 솔안(松內) 마을의 환수정還水亭 정자는 1512년 성균관대사성이던 류숭조柳崇祖 선생이 황해도 감사로 떠나려다 갑자기 세상을 뜨자 그를 기리기 위하여 그의 후손이 내성천 자라바위에 건립하고, 그 이듬해 1513년 퇴계의 숙부 송재 이우李堣 공이 〈환수정기還水亭記〉를 지었다. 이 환수정기에서 내성 지역의 자연과 정자의 규모를 짐작할 수 있다.

「내성乃城은 현이 작고 부에서는 멀며 영주와 봉화가 닿는 곳에 끼여 있다. 풍속이 순박하고 백성들은 기뻐하며 반기니 힘을 맡기기에 편리하다. 정자는 작고 제도가 간략하여 번거롭지 않아 자재를 다듬고 짓기 한 달이 지나지 않아 깨끗하고 아름다운 정자가 되었다. 물이 갈라져 흘러 사방에 고라를 만들어 잔잔하다가 우렁찬 소리를 치며, 혹은 거문고나 비파의 소리가 되기도 하고, 혹은 바람이 몰아치며 울부짖는 것 같기도 하다. 뛰는 물결과 산산이 부서지는 물방울은 빈창에 뿌려지기도 한다.

(…) '청산이 서북쪽에서 지느러미를 묶고 눈썹을 검게 칠하여 누웠다 일어나니 곧 소백산이요, 산이 나뉘어져 남으로 튀어나와

뭉쳐지고 벗기어 잘라져 척추가 되는 것은 죽령이고, 구름이 걷히고 안개의 장막이 나타나서 은은히 하늘 끝에서 보이는 것은 학가산鶴駕山이다. 용개가 동쪽에서 우뚝 솟고 문수산이 북을 누르는데 양 산을 끼고 중간에 웅거한 것은 태백이다……」

經來山水設關東　지나온 산수는 관동을 말했고,
太白連南地勢窮　태백산이 남으로 이어져 지세가 험하다.
中有孤城當面目　가운데 있는 외로운 성 경치를 보니,
晴波碧巘四邊空　비 갠 후 푸른 산봉우리뿐 사방이 비었네.

진일재眞一齋 류숭조柳崇祖는 1504년 연산군에게 직간하다가 원주로 유배되었던 그는 18년을 성균관에서 성리학의 학풍을 진작振作시켰다. 그는 천문·역상曆象에 통달해 혼천의渾天儀를 직접 제작하여 천체의 운행을 관측하기도 하고, 경전經典을 쉽게 풀이한 그의 《칠서언해七書諺解》는 언해의 효시嚆矢가 되었다.

차창 밖으로 지나가는 솔안마을을 이리저리 살피던 돈키호테가 물었다.

"환수정還水亭 정자가 보이지 않는데?"

"그 정자는 새로 옮겨지었습니다."

솔안은 자연하천이었던 내성천에 제방(堡)을 쌓으면서 생긴 보밑마을이다. 환수정은 제방을 쌓기 전에 솔안마을 앞 내성천 강가에 있었으나, 어느 해 큰 홍수에 유실되었다. 지금부터 100여 년 전에 후손 류범규柳範珪가 솔안마을 안으로 옮겨지었으며, 정자 옆에는 류숭조 선생의 위패를 모신 존덕사尊德祠가 있다.

로시난테가 봉화역을 출발하면서부터 나는 봉화군청 뒤 언덕에 하얗게 솟은 충혼탑과 봉화초등학교를 살폈지만, 우시장이 있던 보밑마을에 건물들이 들어서서 시야를 가리는 틈에 어느 사이에 봉화 시가지를 벗어난 로시난테는 내성천 철로 위를 덜컥거리며 건너고 있었다. 철교 아래 흐르는 내성천이 봉화읍을 돌아나가며 삼강 나루까지 긴 여정을 시작하고 있었다.

로시난테가 유곡 터널을 눈 깜짝할 사이에 빠져나오자, 왼쪽 차창으로 충재沖齊 권벌權橃의 고향 전통마을이 들어왔다. 산을 뒤로 하고 고택들이 즐비한 마을 앞 숲속에 청암정 지붕이 살짝 보이자,

"오, 상충 공의 마을이구나!"

돈키호테가 나직이 외쳤다. 그는 문단 사람으로서 권상충과는 호형호제하는 사이라고 했다. 영문을 모른 체 어리둥절해 있는 나를 보더니, 나의 이름을 묻기에 대우大雨라 했더니, 자신은 홍습洪霫이라고 하면서,

"나는 홍수, 그대는 큰 비?"

돈키호테는 큰소리로 웃었다.

닭실마을을 뒤로하고 터널을 빠져서 곧 한적한 봉성역을 지나게 되었다. 1960년대의 봉성역은 재산과 명호 등지에서 벌채하여 옮겨온 목재들이 역두에 산더미처럼 쌓여 있었는데, 지금은 열차가 정차하지 않는 폐역이 되었다.

로시난테는 봉성역을 지날 때면 더벅머리 총각이 생각난다고 했다. 명호면 풍호리의 한 총각이 봉성 장에서 소(牛)를 팔아 부모님 몰래 서울로 가려고 봉성역에서 밤차에 올랐다. 이튿날 아침에 승무원이 도계역에서 그 총각을 깨웠을 때 열차를 잘못 탄 것을 알고 부랴부랴 내렸지만, 그는 탄광지대를 전전하면서 지금까지 도계에 살고 있다고 했다.

어차피 인생은 운명대로 살다가 운명대로 사라지는 것이지만
타고난 운명을 그대로 그저 사는 인생이 있고,
스스로 만들어 가는 운명을 사는 인생이 있습니다.

조병화 〈인생은 운명이라 하셨지만〉 中에서

봉성역에서 곧 터널 속으로 빨려들었다가 어둠에서 빠져나오니, 왼쪽으로 전주이씨 집성촌인 법전면 풍정리 시드믈마을 앞 들녘을 돌아나가고 있었다.

이 마을의 입향조入鄕祖 추만秋巒 이영기李榮基는 태종의 7대손으로 석천石泉 권래權來의 사위가 되어 유곡마을에 살다가 이곳에 사덕정俟德亭(문화재자료 249호)을 지어 후학을 가르쳤다.

"추만은 권상충 공과 남매지간이지."

돈키호테는 추만 이영기와 절친한 친구 사이라고 하였다. 나는 400여 년 전의 역사적 인물과 친구라는 그의 언행이 이해할 수 없어서, 그가 현실과 환상을 잘 구분하지 못하는 것 같아서,

'돈키호테가 확실하군······.'

그렇게 생각하면서도 겉으로는 그의 충직한 종복으로서, 그를 존경하는 표정을 지었다.

"아, 네 그러시군요, 어르신."

추만 이영기의 아들 송월재 이시선李時善은 송월재라는 서당을 지어 후학을 가르쳤다. 송월재松月齋는 추사의 '세한도'처럼 《논어》〈자한子罕〉편의 '날씨가 추워진 뒤에야 소나무와 측백나무가 늦게 시듦을 안다.(歲寒然後知松柏之後凋세한연후지송백지후조)'에서 따온 것이다.

이시선은 성리학의 여러 서적과 사서史書·병가兵家·지리地理·복서筮 서적 등 학문 전반을 섭렵하여 당대 유학의 대가로 알려졌으며, 호쾌 활달한 문장으로 유명했고 많은 저서를 남겼다.

성호星湖 이익李瀷은 《송월재집松月齋集》 서문에서 "학문은 예전의 투식套式에 빠지지 않고 새로운 지식을 발명하였으며, 왕도王道를 높이고 패도覇道를 천시하여 간편한 것을 따르고 공功을 숭상하는 비루함을 없애려고 힘썼다."고 하였다.

시드물마을이 차창에서 멀어지자, 오른쪽으로 돌다리(石橋) 마을의 지붕이 몇 채 내려다보이더니, 왼쪽 차창에 법전면 버저이마을의 고택들이 보였다. 의금부도사 강윤조姜胤祖의 두 아들 잠은潛隱 강흡姜恰과 도은陶隱 강각姜恪 형제가 병자호란 때 부모를 모시고 내려와 이곳에 터를 잡으면서 이 지역 진주姜씨들의 입향조가 되었다.

"저 마을, 저 고택들은 어떤 분들이 사시는가?"

"버저이마을입니다. 작은 실개천을 사이에 두고 형 강흡은 음지마을에, 아우인 강각은 양지마을(陽村)에 자리 잡고 우애 있게 살았는데, 강흡의 후손들은 노론, 강각의 후손들은 소론으로 서로 다른 정파에 속하였지요."

"강흡이라고?" 돈키호테는 생소한 듯 되물었다. 로시난테는 법전역을 지나면서 왼쪽으로 방향을 튼 뒤 터널을 지나고 철거덕거리며 높다란 철교를 건너서 비행기가 선회하듯 춘양시가지 위를 돌았다. 춘양시장과 버스터미널, 면사무소, 현말의 만산고택을 내려다보면서 우측으로 돌아나가자 권진사댁과 기상관측소, 춘양중학교와 서동리 삼층석탑이 좌측에 보이더니 의양교를 건너자 운곡마을 앞 춘양역에 닿았다.

푸르른 시그낼이 꿈처럼 어리는
거기 조그마한 역이 있다.

빈 대합실에는 의지할 의자 하나 없고
이따금 급행열차가 어지럽게 경적을 울리며 지나간다.

한성기 〈역驛〉 中에서

춘양은 만석봉 아래 봄볕처럼 따뜻하다는 데서 유래하였다. 춘양창春陽倉과 도심역驛, 도연서원道淵書院, 태백산사고太白山史庫가 있던 곳으로 1905년까지는 봉화의 중심지였었다.

우구치의 금정광산과 태백산 지역의 탄광이 개발되면서 영동선이 개통되고 국도가 확장되면서, 영주—서울 또는 안동—대구 방향이나 춘양에서 태백 또는 울진 방향으로의 교통이 다양하고 도로가 고속화되어서, 교통이 편리하고 산업활동이 활성화되면서 교육을 비롯한 문화수준이 높은 곳이다.

춘양은 80년대까지만 하여도 소천면·석포면·법전면·명호면·봉성면의 주민들은 물론 울진군이나 태백시에서도 춘양장을 이용할 정도로 상업 활동이 번성하였다. 당시에는 태백산 지역에서 벌채된 목재가 춘양역두에 쌓였다가 서울이나 대도시로 운송되면서 금강송이 '춘양목'으로 불리기도 했다.

백두대간이 태백에서 소백으로 이어지는 도래기재를 경계로 동쪽은 태백산계이며, 서쪽은 소백산계로 양백지역 또는 이백지역이다. 도래기재 너머 북쪽은 남한강수계이며, 남쪽은 낙동강지류인 운곡천이 태백산사고가 있었던 각화산과 문수산, 구룡산 등 이백지역의 심산유곡을 흘러서 춘양을 지나면서 산물이 풍성한 들녘을 이루고 한수정寒水亭 앞을 흘러서 법전의 창애정과 사미정 앞을 지나 명호에서 낙동강으로 흘러들게 된다. 마치 백두대간이 춘양을 활처럼 둘러서서 운곡천을 쏘아서 흐르게 하는 듯하다.

자연을 산수山水라 하는데, 영검이 있는 산수의 대지에서 걸출한 인물이 태어나고 살아간다. 봉화의 자연환경은 시대와의 불화를 빚은 선비들이 자발적으로 은거해 자신들의 뜻을 추구하기에 최적의 조건을 갖추고 있다.

1637년 병자호란의 치욕을 당하자 봉화로 옮겨온 후 춘양 문수산의 와선정臥仙亭에서 자연을 소요하며 나라를 걱정했던 다섯 명을 태백오현太白五賢이라 일컫는데, 청양군 심의겸의 손자 심장세, 만전당 홍가신의 손자 홍우정, 송강 정철의 손자 정양, 참판 강집의 현손 강흡, 영의정 홍섬의 증손 홍석이다.

"태백오현이라고?"

처음 듣는 이름인 듯 돈키호테는 고개를 갸우뚱하였다. 그는 봉화의 인걸과 사적史蹟을 신기할 정도로 자세히 알고 있으면서 병자호란 이후의 것은 전혀 기억하지 못하고 있었다.

퇴계는 세상길에 나아가 바람과 티끌이 뒤덮는 속에서 여러 해를 보내면서 돌아오지도 못하고 거의 죽을 뻔하였다. 그는 을사년 난리에 거의 불측한 화에 빠질 뻔하다, 권간權奸들이 조정을 어지럽히는 꼴을 보고는 되도록 외직에 보임되어 나가고자 하였고, 얼마 후 형 해瀣가 권간을 거슬러 억울한 죽음을 당하자, 그때부터는 물러갈 뜻을 굳히고 벼슬에 임명되어도 대부분 나아가지 않았다. 나이가 들어서 산수山水가 좋은 도산陶山에 집을 짓고 호를 도수陶

叟(도산에 은거하는 노인)로 고치기도 하면서, 비로소 세상의 굴레에서 벗어나 늘그막을 편히 보낼 곳을 구하였다.

퇴계는 은퇴하여 만년을 즐기는 데는 두 가지 종류가 있는데, 첫째는 결신난륜潔身亂倫과 조수동군鳥獸同群에 빠질 현허玄虛와 고상高尙을 목표로 하는 노장선老壯仙의 은거방식을 거부했다.

둘째는 벼슬을 마치면 귀향하여 도의道義(仁義禮智)를 즐겨 심성心性 기르는 것이 선비의 삶이라고 했다.

"퇴계 선생은 길재와 같이 세상과 인연을 끊고 은거하는 것은 은거하는 자체가 세속의 명리名利를 좇는 것으로서, 자신을 속이는 일이라고 보았는데……"

돈키호테는 무엇이 못마땅한지 혀를 끌끌 찼다. 나는 그의 종복 산초 판사의 입장에서 맞장구를 쳤다.

춘양역을 출발한 로시난테는 봉화에서 울진으로 통하는 국도와 나란히 달리다가 800m의 화장산 노루재를 넘지 못하고 산기슭을 돌아 슬금슬금 임기역으로 들어갔다. 석탄광산의 갱목으로 쓰일 목재가 산더미처럼 쌓였던 임기역은 태백지역의 탄광이 폐광되면서 그 역할이 줄어들었지만, 춘양에서 9.7km와 현동역까지 5.1km의 구간에 위치한 무인역이 되었다. 임기林基의 지명처럼 심산유곡 두메산골에 몇 채의 빈집들이 남아서 대한석탄공사 임무소 시절의 모습을 상상할 수 있었다. 임기역에서 남쪽으로 멀리 보이는 가야산 장군봉과 일월산(1217.7m)의 준봉들이 겹겹이 가로

막아선 골짜기로 낙동강이 돌아내린다.

벌써 반세기 전에 있었던 일이지만, 일월산 속 우련전 화전민의 딸 영순이가 이미 가을부터 서울 시내버스 차장으로 취업해 있다가 그 이듬해 초등학교 졸업식을 맞아, 밤차를 타고 와서 임기역에서 내린 후 영양군 일월면의 문암초등학교 용화분교장까지 30리 일월산의 오르막길을 오르고 대티를 넘어갔었다.

로시난테는 일월산의 산새, 그 영순이를 서울에서 임기역까지 태워준 것을 자랑스럽게 여겼다.

> 산새는 오리나무 우에서 운다.
> 산새는 왜 우노 시메산골
> 영 넘어가려고 그래서 울지
> 눈은 내리네 와서 덮이네.

오늘도 하룻길 칠팔십 리
돌아서서 육십 리를 가기도 했오.

불귀불귀 다시 불귀 산수 갑산에 다시 불귀
사나이 맘이라 잊으련만 십오 년 정분을 못 잊겠네.
…
　　　　　　　　　　　　　　김소월의 〈산〉 中에서

　로시난테는 자신이 하늘을 달리는 은하철도 999라는 기분으로
백두대간의 협곡을 드나들고 있다. 임기역을 출발한 로시난테는
나뭇가지가 손에 닿을 듯 수림지대의 협곡을 아슬아슬하게 지나서
낙동강과 만나고, 또 숲속을 달리다가 강가에 한두 채 드문드문 촌
락을 이룬 두음마을이 보이는가 싶더니 어느새 강가 언덕에 위치
한 현동역에 닿았다.

　현동은 소천小川의 골짜기 물줄기들이 모여서 낙동강으로 합수하
는 곳으로 청옥산의 고선계곡과 일월산의 남회룡 계곡에서 흘러내린
물줄기가 화장산 노루재를 넘지 못하고 소천에서 낙동강으로 흘러들
어간다. 노루재는 태백과 울진으로 통하는 길목이어서 왜적을 막는
요충지였으며, 겨울철 눈이 내릴 때면 설악산의 미시령과 같이 터널
이 생기기 전에는 차량이 통행하지 못하고 애를 태우던 곳이다.

　소천부곡小川部曲은 신라부터 고려 말까지 있었던 말단 행정구
역으로 국가 직속지인 둔전屯田·공해전公廨田·학전學田 등을 경작
하였으며, 때로는 군사요충지에 동원되어 성을 수축하는 역을 부

담하기도 하였다. 소천은 부곡部曲이 있을 만큼 정착의 역사가 오래된 곳으로 소천중고등학교가 위치한 창용마을에는 군량미를 보관하던 창고가 있었으며, 임진란 당시 600명의 춘양의병이 이 고개에서 왜군을 맞아 싸웠던 소천석성小川石城과 홍제사 등은 험준한 산지와 조화를 이루는 대표적 문화유적지다.

봉화군의 연평균 기온은 10℃ 정도로 낙동강 하류의 김해지역보다 4.4℃ 낮은 편이며, 고온 지속시간이 짧고 여름철에도 20℃ 전후에 일교차가 커서 무·배추·고추·약초 등 고랭지채소 재배에 적당하고, 산지가 대부분인 봉화군의 산림자원은 입목뿐 아니라 숲속에는 산나물과 토종벌·고라니 등 야생 동식물이 서식하고 맑은 물이 흐르는 계곡을 따라 열목어가 서식한다.

열목어는 시베리아·몽골·만주·한반도의 차갑고 깨끗한 산간계류에서 살면서 여울의 모래와 자갈바닥에 알을 낳는다. 한반도가 열목어 서식의 남방한계선인데 봉화군 석포면의 열목어 서식지를 천연기념물 74호로 지정하여 보호하고 있다.

현동에서 울진과 태백으로 갈라지는데, 청옥산(1,278m)을 넘어 태백시와 석포면으로 통하고, 울진으로 통하는 길은 분천을 지나서 낙동정맥 답운치踏雲峙를 넘고 불영계곡을 굽이굽이 돌아 동해에 닿게 된다. 울진에서 춘양장을 드나들었던 울진 상인들의 십이령길, 남회룡에서 일월산 우련전까지 통하는 길은 청록파 시인 조지훈의 〈승무〉의 외씨버선길이기도 하다.

얇은 사紗 하이얀 고깔은 고이 접어서 나빌레라.
파르라니 깎은 머리 박사薄紗 고깔에 감추오고
두 볼에 흐르는 빛이 정작으로 고와서 서러워라.

빈 대臺에 황촉黃燭불이 말없이 녹는 밤에
오동梧桐잎 잎새마다 달이 지는데,
소매는 길어서 하늘은 넓고
돌아설 듯 날아가며 사뿐히 접어 올린 외씨보선이여!

까만 눈동자 살포시 들어
먼 하늘 한 개 별빛에 모두오고,
복사꽃 고운 뺨에 아롱질 듯 두 방울이야
세사世事에 시달려도 번뇌煩惱는 별빛이라.

휘어져 감기우고 다시 접어 뻗는 손이
깊은 마음속 거룩한 합장合掌인 양하고
이 밤사 귀또리도 지새우는 삼경三更인데
얇은 사紗 하이얀 고깔은 고이 접어서 나빌레라.

현동역에서 낙동강을 따라 굽이를 돌고 돌아 약 10분 만에 분
천역에 도착하였다. 분천汾川은 물줄기가 돈다는 데서 비롯된 이
름으로, 안동의 하회마을이나 영주의 무섬처럼 낙동강이 굽이 도
는 모래톱에 위치한 역이다.

분천역은 1956년 1월 1일 영암선 개통과 함께 문을 열고, 봉
화·울진의 산지에서 벌목한 목재를 전국으로 운송하면서 일거리
를 찾아 사람들이 몰려들었으나, 1980년대 들어 벌목업이 쇠퇴하
면서 승객이 하루 10명 정도이던 이곳에 2014년 12월 산타마을이
처음 문을 열면서 관광명소가 되었다.

코레일이 V트레인(영주─철암, 백두대간 협곡열차)과 O트레
인(서울─철암, 관광열차)을 연계해 관광열차를 운행하고 있다.
석탄과 목재를 실어 나르는 산업철로 구간이 풍경을 즐기는 관광
코스로 바뀌었다. 분천역에서 강원 태백시 철암역까지 27.7km를
오가는 열차는 루돌프와 산타클로스 장식으로 꾸몄으며, 크리스마
스 복장을 한 승무원이 승객을 맞이하고 지역 특성과 유래를 설명
한다. 분천 역사는 산타클로스 집 모양으로 바뀌었다.

열차 승강장에서 마을 입구까지 150여 미터 구간에 산타 철로

자전거와 산타의 집, 산타 이글루, 대형 크리스마스트리를 설치했다. 이곳 주민들도 산타 옷을 입고 카페와 장터, 농산물을 판매한다.

겨울철에만 볼 수 있는 눈썰매장과 얼음썰매장에는 썰매 타는 인파로 북적거린다. 루돌프를 대신해 당나귀가 분천역 주변을 한 바퀴 도는 당나귀 눈꽃마차, 군고구마와 어묵, 호빵 등 간식거리를 파는 가게는 사람들로 늘 북적인다.

분천역에서 승부역까지 도로가 없고 오직 철로뿐인 구간이다. 여름, 겨울에 문을 여는 산타마을뿐 아니라, 분천역—비동마을—배바위고개(800m)—승부역 약 10km 산악구간의 트레킹코스는 계곡의 맑은 물줄기를 따라 화전민의 삶, 춘양목을 실어 나르던 멧갓길(산판길), 무장공비가 넘은 길이 4시간 정도 이어진다.

산이 높아 태백인가 눈이 많아 태백인가,
바다가 그리운 강물은 태백을 돌고 돌아 남해로 내리고
산을 뚫고 강을 거슬러 눈속을 달리는 영동선 열차
항지潢池행 연어인가 설국행 열차인가.

분천역에서 승부역까지는 낙동강이 첩첩이 둘러선 산협을 돌아 나오는 곳으로, 산기슭의 바위와 금강송이 어우러진 강을 따라 난 철로는 터널을 지나고 철교를 건너면서 숲속의 협곡을 달린다. 겨울엔 눈이 내려 산천이 눈꽃으로 덮이고, 여름철에는 태백산 협곡을 돌아내리는 강바람이 시원하고, 파란 하늘 가득한 별과 반딧불이를 볼 수 있는 곳이다.

현동역에서 석포역 사이의 약 20km는 도로가 없이 낙동강을 따라 터널과 교량을 건설해야 하는 난공사 지역이어서 공사가 중단되기를 수차례 끝에 영동선이 개통되면서, 장비와 기술이 부족하던 열악한 건설 환경에서 우리의 기술로 이루어진 대한민국 건국 이래 최초의 가장 큰 토목사업이었다. 1955년 승부역에 이승만 대통령의 친필 휘호 '영암선개통기념榮嚴線開通記念' 높이 3.4m의 기념비가 세워져 있다.

승부역 앞으로 흐르는 낙동강을 가로질러 출렁다리가 놓였다. 연탄을 연료로 쓰던 1960~80년대에 이곳 초등학교 아이들은 낙동강을 까맣게 칠했다고 한다.

로시난테는 50여 년 전에 한 젊은이를 이곳 승부역에 내려놓고 간 것을 가슴 아파했다. 제주도가 고향인 그 총각 선생은 제주에서 사범학교를 졸업하던 해 경상북도 상주시 은척의 한 초등학교로 발령을 받았다. 제주도 바닷가에서 까마득한 수평선을 바라보던 그가 소백산에서 속리산으로 이어지는 백두대간의 두메산골에서 앞산과 뒷산만 바라보는 숨 막히는 외로움을 벗어나기 위해 바다가 있는 울진군으로 전보를 희망했더니, 교육청에서는 당시 울진군에 속해 있던 승부 분교장으로 발령을 냈다. 울진군에서 기차역이 승부역이 유일하니, 방학 때 고향 제주도에 갈 수 있도록 배려한 것이다.

50여 년의 세월이 지나고 나서, 부산에서 정년퇴직한 그가 가족과 함께 승부역를 찾았을 때, 로시난테는 그를 보는 순간 너무 반가워서 어쩔 줄을 몰랐다. '어디에서 어떻게 지냈는지?'

꽃밭도 세 평, 마당도 세 평, 하늘도 세 평.
영동의 심장 수송의 동맥.

승부역 詩비

그는 《오름아리아》를 비롯해서 여러 권의 수필집을 낸 수필가이다. 그의 수필집 중 《어멍아 어멍아》에 실려 있는 〈승부의 추억〉에서 당시 승부 사람들의 삶을 짐작할 수 있다.

「경북 봉화군 석포면 승부리는 마음속에 늘 신화처럼 똬리를 틀고 있는 곳이다. 내가 근무하던 1966년도에는 행정구역이 경북 울진군 서면 승부리였다. 탄광지대인 통리 밑자락 바위틈에 가까스로 서 있는 이곳에는 참나무 껍데기로 지붕을 이고 흙으로 벽을 쌓은 오두막집 두 채가 산비탈을 등지고 마주보고 있다. 내가 근무한 학교는 울진군 서면 광회초등학교 승부 분교장이었다.

… 승부 분교장 전교생은 열일곱 명이었다. 이 산, 저 산 구석구석 독가촌에서 모인 학생들이다. 나는 2, 4, 6학년 여덟 명의 담임이었다. 함석지붕을 네 개의 나무기둥이 떠받치고 있는 교실에서 3복식複式 수업을 했다. 6학년 음악시간에는 2, 4학년 동생들이 수학, 사회공부를 하다 말고 같이 노래를 부르곤 했다. 교실 밖은 곧바로 산비탈에 가꾸는 옥수수밭 천지였다.

언덕 아래 도랑에 아이들을 데려다가 목의 때를 씻겨주고 가재, 피라미를 잡다 보면 하루해가 저물곤 했다. 미술시간, 시멘트 포대를 도화지 크기로 잘라낸 누런 종이에 그린 그림에는 낙동강 원류가 새까맣게 흐르고 있다. 낙동강 상류 지역이 온통 탄광지대이기 때문이다. 두 달에 한 번 꼴로 남학생들에게 이발을 해주면서 언덕 아래 승부역을 지나는 화물열차 소리에 〈기찻길 옆 오막살이〉 노래를 흥얼거리기도 했다.

어느 날, 수업이 끝나자 2학년생 만덕이가 자기 집에 가자고 한다. 집이 어디냐고 했더니, 저기 터널을 지나 조금 올라가면 된다면서 터널을 가리킨다. 화물열차가 수시로 지나다니는 걸 아는 터라 까만 터널 입구를 보는 순간 소리를 질렀다.

"얘들아, 죽을라고 환장했냐!"

"선상님, 걱정 마이소."

한 학생이 철로 위에 엎드려서 레일에 귀를 갖다 댄다.

"선상님, 지금 기차가 안 오니더. 터널을 두 번 걸어 지나도 괜찮니더."

겁에 질린 나를 안심을 시키려고 했다. 이 아이들은 늘 이런 식으로 터널을 지나다녔다. 터널이 아니면 절벽뿐이니, 다른 도리가 없었다. 깎아지른 듯 한 절벽 틈새의 기찻길 터널을 지나는 동안, 금방이라도 기차가 터널 속으로 들어올 것 같아서 귀를 곤두세우고 침목 위를 걷는 동안 온몸이 저리고 진땀이 났다.

그로부터 사십여 년, 테마여행이라는 이름으로 다시 승부에 갔더니 상전벽해가 실감났다. 승부는 환상선 눈꽃열차를 타고 온 사람들로 북적대었고, 학교 앞 오두막집 두 채는 그냥 있는데, 학교는 폐교가 되고 그 자리는 고랭지 채소밭이 되어 있었다. 나와 함께 뛰놀던 제자들 중 나이 많은 학생은 육십이 다 됐겠다.

동행한 아내는 내 마음을 아는지 모르는지 그저 관광객 속의
한 사람이었지만, '백 투 더 타임머신'을 탄 나는 사십여 년 전의
세상에 빠져들었다. 나를 터널로 유인했던 만덕이, 그 늙은 아이
가 나를 보고 웃고 서있는 옆에 레일에 귀를 대고 있는 아이들의
등이 구부러져 있다.

　　오두막집까지 따라오는 증기기관차 공포
　　강냉이술 한 사발을 단숨에 마셔버렸다.
　　군대 간 아들 편지 대필하며 주거니 받거니
　　한 주전자 다 비우고서 기차소리 멈췄으나
　　그날의 기억은 지금도 칙칙폭폭 거린다.

지금도 문득, 정말로 문득문득 승부역을 지나는 석탄열차가 나를 닮았다는 생각을 뜬금없이 할 때가 있다. 통일호가 지나가고 무궁화호가 지나간다. 열두 시간 만에 한 번 여객열차가 멎는 간이역에 비둘기호가 구구거리는 것 같다.

　승부역에 내리면 달랑 한 명뿐인 역무원과 얘기를 나눈다. 조상 탓, 신세타령하다가 춘양 장날 같이 가서 빈대떡에 대포 한잔하자면서 눈을 맞추고 나면 학교로 통하는 언덕길이 그렇게 가벼울 수 없었다.

　승부는 예나 지금이나 속세를 내려놓은 곳이다. 소리도 비워놓고 침묵하는 곳이다. 순백의 자연이 온전히 살아있는 승부는 소멸과 생성, 무無와 유有가 공존하며 넘나드는 곳이다. 시간은 모든 것을 변하게 만드는 것인가. 불현듯 내 마음 한편을 두드리는 소리가 내 안에서 들린다. 학교는 없어졌지만 아이들의 혼은 승부 골짜기마다 살아 있다고.」

　그가 실타래처럼 풀어놓은 〈승부의 추억〉에서 승부가 '상전벽해'로 변했다고 했듯이, 승부역 뒤 언덕 위의 화전민촌에 있던 분교장이 고랭지 채소밭으로 변한 지 오래며, 지금은 승부역에서 석포역 사이에 강을 따라서 산협으로 도로가 나 있어서 승부역과 석포면 사무소를 오가는 마을버스가 운행하고 있다. 승부역에서 석포역까지는 낙동강을 따라서 10분이면 갈 수 있는 거리다.

기차가 지나가 버리는 마을
놋양푼의 수수엿을 녹여 먹으며
내 좋은 사람과 밤이 늦도록
여우 나는 산골 얘기를 하면
삽살개는 달을 짖고
나는 여왕보다 더 행복하겠오.

노천명 〈이름없는 여인이 되어〉 中에서

석포역은 영동선 중 봉화군 최북단에 있는 역으로서, 다음 역
인 동점역부터는 강원도 태백·철암의 탄광지대이다.

분천역에서 석포역까지의 백두대간의 산협을 뚫고 흘러가는
낙동강과 700m 이상의 고산지대가 만들어놓은 비경은 마치 설악
산 천불동 계곡과 수렴동 계곡, 금강산 만폭동을 연상케 한다.

산은 산대로 우뚝하고, 물은 물대로 광분하고, 돌은 돌대로 괴
석이니, 그대로 모든 것이 온자蘊藉(도량이 넓고 얌전함)하고 곱고
아름다워, 산자수명한 계산미溪山美가 천불동·만폭동에 비겨도 손
색이 없다는 생각에 내가 "승부동천承富洞天!"이라 하였더니, 돈키
호테도 고개를 끄덕였다.

'승부동천'에서 터널을 빠져나오자, 곧 석포면 소재지의 석포역
이었다. 태백산 깊은 골짜기 낙동강 최상류 강변에 아연광을 제련
하는 석포 아연광 제련소가 수증기를 내뿜고 있다.

1960년대 석포면 대현광산에서 채굴된 아연광석을 이곳에서
선광하였으나, 지금은 경제성이 낮은 아연광산은 폐광하고 값이
싼 호주산 아연광석을 수입하여 동해항에서 태백준령을 넘어 이
곳으로 수송하고 있다.

석포역에는 이곳에서 생산되는 황산 및 아연화물을 수송하는
전용 선로가 있으며, 둥근 통속의 컨베어 시스템(Conveyor System)
을 통해 제련소 안으로 옮겨지고, 제련소 직원과 주민을 위해 영
동선의 모든 열차가 석포역에 정차한다.

석포역 플랫폼에 침통한 얼굴로 서 있던 돈키호테는 홀로 떠나가는 애마 로시난테를 돌아보지도 않은 채 석포역을 나와서 아무말 없이 성큼성큼 걸어갔다. 나는 돈키호테의 충실한 종복 산초 판사로서 당연히 그의 뒤를 종종걸음으로 따라야 했지만, 로시난테는 또 다음 역으로 가야 하는 처지였다. 로시난테는 이별의 기적을 울리며 육송정 쪽으로 꼬리를 감추었다.

돈키호테가 사라진 석포역 앞 언덕으로 올랐더니 천태종 연등사였다. 절간 마당 끝에 서니, 마을과 학교, 시장이 비집고 들어선 시가지를 비롯하여 수증기를 뿜어내는 제련소와 강 따라서 굽이 돌아가는 영동선 철로가 한눈에 내려다보였다. 낙동강이 세 개의 공장 사이로 바짝 붙어 수태극水太極을 이루며 흘러가고 있었다.

제련소에서 뿜어져 나오는 수증기가 제련소 주변 산으로 뭉개구름이 되어 피어올랐다. 뼈대만 남은 고사목들이 담배연기를 싫어하는 비흡연자처럼 코를 막고 고개를 옆으로 돌려서 아우성을 지르는 것 같았다.

〈승부리의 추억〉에서, 승부는 속세를 내려놓은 곳, 소리도 비워놓고 침묵하는 곳이라 했다. 순백의 자연이 온전히 살아있는 승부는 소멸과 생성, 무無와 유有가 공존하며 넘나드는 곳이라 했다. 학교는 없어졌지만 아이들의 혼은 승부 골짜기마다 살아있다고 했다. 그 아이들이 승부동천의 정령이라면, '저 뼈대만 남은 고사목들 속에 정령이 있을까?'

인류의 역사는 석기시대로부터 청동기시대를 거쳐, 철기시대에 비로소 인류의 문명生活이 시작되었다고 볼 수 있을 정도로, 철은 우리가 사용하는 금속의 90% 이상을 차지한다. 이 세상에 영원한 것이 없듯이, 철(Fe)은 산화하여 녹이 슬기 때문에, 철 자체로 공기 중에서 오래도록 존속할 수 없다. 오늘날의 철제품은 아연 도금이 되어있어 잘 부식되지 않는다. 철판에 아연을 도금한 것을 함석이라 하는데, 스테인리스강에 비해 값싸게 생산되므로 널리 사용된다. 아연과 구리의 합금인 황동(놋쇠)은 통신장비, 악기, 물 밸브, 주화 등에 광범위하게 사용된다. 아연 화합물들은 페인트 안료, 인광체, 자외선 차단제, 의약품, 유기 합성 시약 등으로 요긴하게 사용된다.

제련소에서 아연 제련의 원료인 정광을 950도의 불로 태우는 '배소 공정'을 통해 황산과 소광(산화아연)으로 분리한 후, '조액 공정'에서 소광을 용해·여과하여 아연액을 만든다. 그 아연액을 '전해공정'에서 박리를 통해 알루미늄 판에 붙은 아연을 분해하고, '주조공정'에서 아연 금속판을 전기로에 녹인 후 주조기를 통해 소비자가 원하는 형태로 만든다.

석포제련소의 연간 아연 생산량이 36만 톤으로 단일 사업장 생산능력은 세계 4위, 자매회사인 고려아연 온산 제련소(연산 55만 톤)는 세계 1위다. 고려아연의 해외 계열사인 호주SMC(22만 톤)을 합하면 영풍그룹의 연간 아연 생산량은 113만 톤으로, 전 세계

시장점유율 10%로 세계 최고 아연생산 기업이다.

아연의 약 70%는 광석에서 직접 생산되며, 나머지 30%는 폐제품에서 회수되어 재활용하며, 전 세계적으로 정련 아연(정광을 제련한 아연) 수요는 2016년 말 기준으로 1,357만 톤에 이른다.

석포 제련소는 대현광업소에서 아연 원석을 캐면서 시작되었으나 원석의 아연 함유량이 적은데다가 비용 대비 채산성이 낮기 때문에 지금은 아연 원석의 전량을 수입에 의존하고 있다.

아연은 여러 비철금속들 가운데 가장 먼저 한국이 자립에 성공한 금속으로서, 매년 안정된 내수공급을 유지하면서 상당량을 수출하고 있다고 한다. 산업에서 발생하는 환경오염은 정도에 따라서 차이가 있지만, 생산과정에서 분출되는 중금속이 공기나 토양, 수질을 오염시키고 2차적으로 땅속으로 스며들면 지하수를 오염시키며, 토양에 축적이 되면 미래의 후손이 살아갈 수 없는 황폐화된 국토로 변한다.

2008년 당시 안동지역 국회의원이 국회 예결특위에서 공개한 자료에 의하면, '91년 황산을 실은 15톤 탱크로리 전복, 94년 황산 누출, 96년 유독성 산업폐기물 불법매립, 98년 황산탱크로리 전복, 2002년 5월 담수 저주조 폭발사고' 등 크고 작은 환경사고가 끊이지 않은 것으로 조사됐다.

2014년 11월 5일 제련소에서 가까운 낙동강 근처 도로에서 제련소를 오가던 탱크로리 차량이 넘어지면서 실려 있던 황산 200ℓ

가 낙동강에 흘러들었다. 그날 밤 아래쪽 강에서 물고기 수백 마리가 죽은 채 물 위로 떠올랐다고 한다.

기준치 초과 폐수 유출과 불법 지하수 관정 개발, 결국 강 상류의 주민과 하류의 주민이 생존권을 놓고 논쟁을 벌이게 된다. 봉화에서 부산까지 낙동강 수계에 살고 있는 670만 주민들은 누구나 맑고 신선한 생명수를 원한다.

모든 산맥들이 바다를 연모해 휘달릴 때도 차마 이곳을 犯하던 못 하였으리라. 끝임없는 광음을 부지런한 계절이 피어선 직 큰 江물이 비로소 길을 열었다. 지금 눈 나리고 梅花 향기 홀로 아득하니 내 여기 가난한 노래의 씨를 뿌려라.

이육사의 〈절규絶叫〉 중에서

박경효의 《입이 똥꼬에게》는 서로 다른 입장의 주체가 논쟁을 벌이는 내용이다.

「어느 날 입이 말한다. "또록또록 말을 하고 아름다운 노래를 부르며 뽀뽀도 할 수 있고 촛불도 끌 수 있다."며, 코·눈·귀·손·발이 질세라 제 자랑을 늘어놓는데, 갑자기 똥꼬가 방귀를 뀐다. 입과 그 친구들이 냄새나고 더러운 똥꼬가 없어졌으면 한다. 그리고 소망대로 똥꼬가 사라졌다.

입이 음식을 먹는다. 음식은 입, 위, 소장, 대장을 통해 똥이 되지만 똥이 나갈 똥꼬가 없다. 부글부글 끓던 똥들이 다시 대장, 소장, 위를 통해 입으로 뿜어져 나온다. 코에서는 콧물이, 눈에서는 눈물이 나온다. 입이 정신을 차리고 보자, 베개에 축 늘어진 채 침을 흘리고 있었다. 꿈을 꾼 것이다.

입이 똥꼬에게 말한다. "미안하다. 넌 소중한 친구야."

똥꼬는 이 말을 들었는지 안 들었는지 피식 웃는다.」

이 동화의 주제主題는 각 주체 간의 갈등이다. 제련소를 둘러싸고, 강 상류와 하류지역 주민의 갈등을 암시적으로 볼 수 있다.

"무릇 물이 없는 곳에서는 사람이 살 곳이 못된다."

이중환이 《택리지》에서 물의 중요성을 말하지 않아도 물은 생명을 잉태하고 생명을 유지할 수 있게 하는 생명의 원초이다.

구상 시인은 〈기도〉에서, 두 이레 강아지 눈만큼이라도 마음의 눈을 뜨게 해달라고 하였다.

저들은 저들이 하는 바를 모르고 있습니다.
이들은 이들이 하는 바를 모르고 있습니다.

이 눈먼 싸움에서 우리를 건져 주소서.

두 이레 강아지 눈만큼이라도
마음의 눈을 뜨게 하소서.

이곡李穀(이색李穡의 아버지)은 그의 〈차마설借馬說〉에서,

"간혹 빌려서 타는 말이 걸음이 느리면 비록 급한 일이 있어도 감히 채찍질을 가하지 못하니, 조심하다가 곧 넘어질 것 같은 때도 있었다. … 무릇 사람이 가지고 있는 것 가운데 빌리지 아니한 것이 없다. 임금은 백성으로부터 힘을 빌려서 높고 부귀한 자리를 가지게 됐고, 신하는 임금으로부터 권세를 빌려 은총과 귀함을 가지게 됐고, 아들은 아비로부터, 지어미는 지아비로부터, 비복婢僕은 상전으로부터 힘과 권세를 빌린 것이다."

대다수의 사람들은 남의 것을 오랫동안 빌려 쓰고 있으면서 자기의 소유가 아니라는 것을 깨닫지 못한다고 했다.

우리의 국토는 선조로부터 물려받았지만, 앞으로 이 국토에서 살아갈 후손들에게 돌려주어야 한다. 우리는 후손들에게서 국토를 빌린 것이며, 빌린 것을 돌려줄 때에는 온전한 상적광토常寂光土를 돌려주어야 함은 당연하다.

강江은 낮은 곳으로 흐르면서 가는 곳마다 뭇 생명에게 베풀고 생성과 소멸을 거듭하면서 무상無常 속의 영원을 순환해 왔다. 지구상의 물은 수증기·물·얼음으로 그 형태를 달리하면서 끊임없이 하늘과 땅 그리고 바다를 순환한다. 인간이 필요로 하는 담수의 근원은 바다 표면에서 증발한 후 약 80%는 바다에 내리고, 나머지 20%가 육지에 내리며 바다에서 증발된 양의 약 9%가 육지로 돌아온다. 그리고 다시 강물이나 지하수의 형태로 바다로 흘러

가 전체적인 물의 균형이 이루어진다.

지난 한 세기 동안에 인구는 두 배로 늘어난 반면 물 사용은 6배로 늘어났다. 인구의 도시 집중과 이상기후에 따른 가뭄이 세계적인 물 부족을 가중시키고 있으며, 최근에는 수소가스 및 바이오에탄올 등 대체 에너지 생산을 위한 물 이용의 증가가 더욱 커질 것으로 전망되고 있어 우리나라와 같이 식량 및 에너지 등을 외국에 의존하고 있는 국가의 경우 물 부족이 더욱 심화될 수 있어, 한 방울의 물도 소중히 다루어야 한다.

제련소 측은 각 공정마다 집진기를 설치해 미세먼지나 가루가 외부로 나가는 것을 철저히 방지하고 있으며, 공장 주변에 저수구에 해당하는 비트를 만들어서, 정화되지 않은 오염수가 낙동강으로 유입되지 않도록 나름대로 최선을 다하고 있다.

당연히 그렇게 해야 하고, 그 과정이 제3자에 의해서 공정하게 관리되어야 한다. 진정한 용서와 화해는 진실과의 정직한 대면을 통해서만 가능하다. 상황을 있는 그대로 직시하고 해결할 때만 진정한 치유가 될 수 있기 때문이다.

북한이 핵사찰을 받겠다고 밝히면서, 핵사찰 수위가 어느 정도가 될지에 관심이 쏠리고 있다. IAEA의 사찰은 크게 임시 사찰, 일반 사찰, 특별 사찰 등 3가지로 구성된다. 임시사찰은 NPT 가입국이 IAEA에 신고한 핵시설과 핵물질 미보유 현황이 실제와 맞는지를 확인하기 위해 실시하는 사찰이다. 가입국이 최초로 신고한 플루토늄, 우라늄 등 핵물질과 원자로 가공공장, 재처리공장 등을 시찰하고 계량 기록과 작업 기록 등을 점검하며 주요 핵시설에는 감시카메라에 봉인 등을 설치한다.

일반 사찰은 핵물질과 핵시설의 변동 상황을 점검하기 위해 정기적으로 실시하는 사찰이고, 사찰은 핵물질 재고 파악, 봉인 및 감시 장비 작동 점검 등으로 1년에 3~4회 실시한다.

특별 사찰은 IAEA가 일방적으로 실시할 수 있는 사찰이다. 북한이 '핵사찰'을 받아들였다고 하는 것은 마지막 단계인 '특별 사찰'까지를 긍정한 것이며, 궁극적으로 CVID(완전하고 검증 가능하며 돌이킬 수 없는 핵 포기)어야 진정한 의미가 있다.

진정한 용기는 진실에 대하여 양심을 저버리지 않는 '무자기毌自欺'이다. 사도 바울은 에베소에서 갈라디아 사람들에게, "스스로 속이지 말라 …… 무엇으로 심든지 그대로 거두리라. (갈라디아서 6:7)". 불가佛家의 성철스님도 남을 속이는 것이 좀도둑이라면 자기를 속이는 것은 큰 도둑이라고 하였다.

석포역 앞을 지나는 저 강은 태백산에서 발원하여 구문소를 빠져나온, 아직 걸음마도 제대로 못하는 젖먹이 어린 강이다. 남해 바다까지 그 먼 길을 가야 하는 저 어린 강, 이제 첫걸음을 아장아장 걷는 저 어린 강을 보고 어떤 이는 사랑을, 어떤 이는 슬픔을,

어떤 이는 죽음을 생각한다.

　이희춘 시인은 〈샛강江의 소리〉에서, 어린 강이 반쯤 눈을 감고 젖을 빨고 있다고 노래했다.

　아장아장 눈을 뜨는
　어깨고운 새벽안개

　젖을 물린 강물들이
　반쯤만 눈을 감고

　다가와 가슴에 앉는
　후조候鳥들의 기침소리

어린 강물들이 반쯤만 눈을 감고 젖을 빨고 있는데, 독극물을 젖병에 넣어 주는 어머니가 있을까?

"너희 중에 누가 아들이 떡을 달라고 하는데 돌을 주며, 생선을 달라 하는데 뱀을 줄 사람이 있겠느냐? 무엇이든지 남에게 대접을 받고자 하는 대로 너희도 남을 대접하라." (마:7)

'남에게 대접을 받고자 하는 대로 너희도 남을 대접하라'는 동서고금을 막론하고 황금률黃金律(golden rule)이다.

영양군 일월면 용화리 대티마을의 아연 선광장은 작업이 중단된 지 수십 년이 지났지만, 지금도 대티 야생화 단지에 흉물스럽게 괴물처럼 버티고 있으며, 그 괴물이 커다란 세 개의 입으로 쏟아낸 독극물들이 흘러내린 강바닥은 그 흔적이 오래도록 남아 있었다. 베트남전쟁 중에 뿌려진 고엽제가 식물을 말라죽게 하고 물을 오염시켰는데, 참전용사들 중에는 그 고엽제로 인하여 각종 병에 시달리고 있으며, 그들의 2세까지 기형아가 출산되고 있는 실정이다.

육당六堂 최남선崔南善이 어느 해 심춘순례尋春巡禮 여정에 올랐다가 전라남도 화순의 어느 동네로 들어섰다. 깊은 골짜기에 시내를 끼고 있는 아늑한 마을이었다. 무슨 동네인지 알려고 이 아이를 붙들고 물으면 도은동, 저 아이를 붙들고 물으면 도언동, 다시 물으니 "두은동이라 하오." 하고 화를 버쩍 냈다.

양안에 도화 피어 도원桃源이라 하시는가.
문에 오류五柳 드리웠다 도은陶隱이라 하시는가.
구름이 동구를 막으매 두운杜雲인가 하노라.

아이야, 이 아이야, 바른 대로 일러다오.
발 감고 찾는 내 봄 멀고먼 제 있나니
이곳이 도원桃源이라도 머물 나는 아녀라.

도은道隱 도은 하니 무슨 도를 숨기신고?
임께로 가는 직로直路 행여 잡아 두셨거든
천금을 내 내오리라 바로 일러주소서.

안동 하회마을에서 출생한 류종개柳宗介는 부친상을 당하여 봉화현 상운면 문촌리에 와서 살았는데, 3년 친상을 마치고 조정에 복귀하려던 중에 왜란이 일어나자, 춘양에 살고 있는 예천사람 윤흠신, 윤흠도 형제, 김인상 등 600명의 춘양의병을 지휘하여 소천 화장산을 중심으로 왜적의 길을 차단하였지만, 마침내 적의 대부대가 몰려오자 소수의 의병들이 지탱하기에는 중과부적衆寡不敵으로 결국 포로가 되었다. 그들은 죽음을 각오하고 이 땅을 지키기 위해 싸웠다.

"얼굴을 벗기어도 굴하지 않고 의젓하게 적을 호령하다가 장렬하게 순국하였다네."

돈키호테는 마치 자신이 적에게 굴하지 않았던 것처럼, 진지하고 의연하게 말하였다. 나는 돈키호테가 존경스럽고, 그의 충실한 종복 산초 판사로서 긍지를 느꼈다.

돈키호테는 제련소에서 뿜어 나오는 수증기가 숲을 뒤덮으며 뭉게구름처럼 하늘로 피어오는 것을 한참 동안 바라보더니, 엄숙한 표정으로 〈수양산首陽山〉을 읊었다.

수양산에 내린 물이 이제夷齊(伯夷叔齊)의 원루寃淚되어
주야불식晝夜不息하고 여흘여흘 우는 뜻은
지금에 위국충성爲國忠誠을 못내 슬퍼하노라.

돈키호테는 나를 그윽이 바라보며 진지한 자세로 말했다.

"그대, 애국가 한번 불러볼 수 있겠나?"

나는 돈키호테의 비장한 표정에 거부할 아무런 이유를 찾지 못한 채 명령에 복종하였다. 석포역 뒷산이라는 것도 잊은 채 마치 백두산에 올라서 천지를 내려다보는 기분으로 나는 애국가를 부르기 시작했다.

돈키호테가 표표히 사라진 것도 눈치 채지 못하고, 마치 〈밤하늘의 트럼펫(Il Silenzio)〉을 연주한 니니 로소(Nini Rosso)가 된 기분으로 애국가를 불렀다.

동해물과 백두산이 마르고 닳도록
하느님이 보우하사 우리나라 만세
무궁화 삼천리 화려강산
대한사람 대한으로 길이 보전하세.

3. 청량산에 가봐요

봉화역 측백나무 울타리 사이로 샛노란 개나리에 봄 햇살이 내려앉아 있었다. 새벽부터 불을 밝히고 붐비던 청량리역 풍경에 비하면 정겨운 시골역이다.

1944년도에 건설된 철로는 봉화가 종착역이었다. 6·25 동란이 나던 해, 전쟁을 피해서 기차를 타고 남쪽으로 가던 사람들이 종착역인 이곳에 머물게 되었다. 그 속에 나의 가족과 나의 친구 준馬의 가족도 있었다. 임시로 지은 판잣집 지붕의 루핑 조각처럼 각 지방의 방언이 더덕더덕 묻어났었다.

양조장 아래기(술 막지)를 먹거나, 산나물을 뜯거나, 소나무 껍질을 벗겨 먹을 정도로 모두가 주머니 사정이 비슷하니 남을 헐뜯을 일도 없었으며, 전방의 전황을 살피며 하루하루 불안한 삶이었다. 전쟁이 끝나갈 무렵부터 전쟁 복구와 산업화를 위해 철로를 연장하여, 1955년 영동선이 완공되면서 태백산 지역의 목재와 석탄, 해산물을 실어 나르게 되었다.

내가 타고 온 열차가 봉화역에 나를 비롯하여 겨우 몇 사람의 승객을 풀어놓고 떠났다. 열차가 사라진 철로 위로 봄 햇살에 아지랑이가 남실거린다. 그 아지랑이 속에 내 친구 준雋이 봄나비가 되어 팔랑팔랑 아른거린다. 신필영 시인은 〈봄봄〉에서 봄을 첫나들이 햇것의 나날이라 한다.

어찌 예사로울까
첫나들이 햇것의 나날

말하지 않는 말로
제 몸 밝혀 피는 꽃이나

더듬이 그 꽃에 기댄
한 마리 나비거나

준雋이 피난지 풍호리에서 봉화읍으로 옮겨왔을 때, 그는 또래 아이들은 군청과 양조장 사이의 전봇대 근처에서 놀았으나, 준雋은 참새처럼 측백나무 울타리에 올라앉아서 놀았다. 어떤 아이가 반칙을 저지르고 또 잘 우기는지 환히 내려다볼 수 있어서, 마음속으로 심판이 되고 코치가 되기도 했다.

혼자인 줄 알았는데, 준雋이 앉아 있는 나무에서 세 번째 나무에 또 한 아이가 있었다. 준雋은 그 아이가 집으로 가는 뒷모습을 보면서, 내일도 그 자리에 올 것이라 생각했다. 역시 이튿날도 준雋이보다 일찍 와 있었다. 준雋이 누룽지를 나눠주었더니 훈이라는 아이는 손가락에 묻은 밥풀까지 핥아먹었다. 그 아이는 형제들이 많아서 큰 집에 살았다. 준雋의 작은형은 그 집을 고아원이라 했다.

"내 친구 훈이는 고아원이 집이래."

"그래? 어린 것이 피난통에 부모를, 쯧쯧……."

준雋의 어머니는 훈이가 가여운지, 국수를 썰고 남은 것을 불에 구워서 빵처럼 부풀게 하여 훈이와 나눠먹게 했었다.

훈이는 찰고무공과 빨간 양철자동차를 갖고 있었다. 준雋의 작은 형이 만들어 준 실패 탱크는 훈이의 자동차에 비할 바가 못 되었다. 태엽을 감으면 앞으로 내닫는 훈이의 빨간 자동차는 작고 앙증맞았으며, 찰고무공은 천장까지 탱탱 튀어 오르기도 하지만 향긋한 냄새까지 좋았다. 작은형은 그 장난감들이 크리스마스 선물로 받은 구호물자라고 하였다. 준雋은 그 장난감이 갖고 싶어서,

'나도 고아가 되었으면 좋겠다.'라고 생각했다.

동네 아이들이 학교에 가고 텅 빈 골목길에서 늘 심심했지만, 장날이면 달랐다. 장날에는 구경거리가 쏠쏠했다. "뻥!" 하면서 튀 밥을 쏟아내는 고소한 냄새와 약장사의 라이브 악기 연주는 구경 거리를 찾아서 장판을 헤매는 꽃제비들을 불러 모았다.

장꾼들이 둘러선 가운데 큰 고무코가 달린 알이 없는 뿔테안경 에 피에로(Pierrot) 모자를 쓴 약장사가 발을 옮길 때마다 북소리가 '둥둥'거렸고, 바이올린이 깽깽거렸다. 혼자서 북치고 장구 치고 춤까지 추면서 돌아가자 사람들이 악기소리를 듣고 몰려들었다. 준雋은 훈이와 북소리가 들리는 곳으로 냉큼 달려갔다.

약장사는 악기를 내려놓고 시퍼렇게 날이 선 칼로 자신의 팔뚝 에 상처를 내자 붉은 피가 뚝뚝 떨어져 흘러내렸다. 그럴 때마다 준雋은 얼굴을 돌리거나 손으로 눈을 가렸다. 신기하게도 그 약장 사가 칼로 그은 상처를 수건으로 닦아내고 조그만 양철통에 든 약 을 바르면 그 상처가 금방 없어졌다.

얼굴에 연지곤지 찍고 입술을 빨갛게 칠한 젊은 여인이 속바지 가 드러나는 짧은 치마를 입고 약상자를 들고 한 바퀴 돌면, 마술 에 홀린 사람들처럼 너도나도 그 약을 사기 시작했다. 아이들이 앉아 있는 곳으로 그 여인이 가까이 오더니,

"아이들은 저리 가라!"

약장사에게서 배척당하고 집 앞 골목길에 왔을 때였다.

하로는 집에 혼자 안저서 심히 궁금한 찌에 문앞에 엿장사〔飴商〕
가 지나가면서, "헌-유긔〔鍮器〕나 부러진 숫갈로 엿을 사시오"
하는지라, 이 말을 듯고 엿은 먹고 십흐나 얼은들의게 드르매
  "엿장사는 아희들에 불알〔腎〕을 베혀간다"는 말을 들은지라
  무섭기는 하나 엿은 먹고십허서 방문 걸쇠를 걸고 엿장사를 불넛다
  주먹으로 문구먹을 뚤코 부친께서 자시는 조흔 수깔을 발노 듸듸 부
르질너 가지고(헌수깔이라야 엿을 주는 줄 안 때문) 절반은 두고 절반은
문구먹으로 내여보내엿드니 엿을 한주먹 뭉처서 들여보내주는 지라…

백범白凡 김구金九의 〈엿장사飴商〉 백범일지 上 (유년시대)

골목 끝에서 엿장사의 가위질 소리가 들려왔다. 준儁은 집으로 달려가서 마루 밑 구석 끝까지 기어들어가서 먼지와 거미줄을 머리에 온통 뒤집어쓰고 나와서, 고무신 한 짝과 빈병 한 개를 들고 엿장수를 놓칠까 냅다 뛰어나오다가 대문 문지방에 발이 걸려 넘어져 눈물이 나도록 아팠지만, 금방 일어나서 또 뛰었다. 훈이도 뒤를 따랐다.

이튿날, 훈이와 준儁은 같은 측백나무에 올라갔다. 훈이는 어제 먹은 엿이 생각나서 입맛을 다시면서 말했다.

"나는 커서 엿장수가 될 테야."

"나는 약장사가 될 테야."

준儁은 약장사처럼 북 치고 장구 치면 신이 날 것 같았다. 둘이는 엿장수와 약장사에 대하여 한 치의 양보도 없이 하루 종일 우겼다.

유엔군이 인천에 상륙하면서 북한군은 퇴각했으나, 미처 후퇴하지 못한 패잔병들이 산속으로 숨어들면서, 봉화에도 유엔군이 주둔하게 되었다. 봉화역 구내에 커다란 드럼통을 반으로 잘라서 엎어 놓은 듯한 미군의 퀀셋(Quonset) 막사가 들어서면서, 미군들이 가끔 내성천 목조다리를 건너왔다. 당시 전쟁으로 폭파된 교량을 나무로 만들어 놓았던 것이다. 미군들은 상점을 기웃거리면서 골목을 이리저리 몰려다녔다. 그들이 껌을 질겅질겅 씹으면서 읍내에 나타나면, 동네 조무래기들은 그들을 졸졸 따라다녔다. 그 아이들 속에 훈이와 준雋도 있었다.

백인이든 흑인이든 처음 보는 키다리 외국인이 신기하기도 하고, 간식이란 생각도 못하던 배고픈 처지에 초콜릿과 츄잉껌을 얻어먹는 재미가 쏠쏠했고, "헤이, 초콜릿 김 미!" 준雋의 첫 영어는 신기할 정도로 유창했다.

준雋이 베트남에 파병되었을 때, 그는 매주 2회 사이공에서 한국군이 주둔한 낫짱(백마부대), 퀴논(맹호부대), 다낭(청룡부대)까지 위문품을 수송하는 임무를 맡았었다. 준雋은 자신을 태우고 우편물을 수송하는 공군조종사 崔소령을 대할 때마다 생텍쥐페리(Antoine de Saint-Exupéry)의 소설 《야간비행(Vol de Nuit)》의 아르헨티나 남방우편기 조종사 파비앵이 생각났다.

그날, 사이공 탄손누트(Tan Son Nhat) 공항에서 위문품을 잔뜩 싣고 이륙한 C-46 수송기가 캄란베이(Cam Ranh Bay) 미군기지에서 기체를 정비하는 동안, 준雋은 야자수가 늘어선 해안을 따라서 다음 기착지 낫짱(Nha Trang)까지 혼자서 걷기로 했다.

그 당시 캄란베이 안에는 비행장, 보급창, 해군기지 및 컨테이너 부두 등 동양 최대의 미군 병참기지가 있었다. 고막을 찢는 듯한 제트엔진 테스트의 굉음에서 벗어나, 시원한 해풍이 불어오는 캄란베이 연육교를 건널 때에는 해변의 야자수와 파도를 생각하면서 휘파람까지 불었는데, 수진마을의 시가지로 들어서면서부터 서울사진관, 아리랑식당 간판들이 반가웠으나, 뜨거운 태양이 따 갑기도 하고 검은 옷을 입은 민병대들이 성가셔서 지나가는 세발 승합차 람브레타(Lambretta)에 올랐다.

한 소년이 어머니인 듯한 여인과 단둘이 타고 있었다. 그 소년 이 낯선 외국 군인인 준雋에게 눈인사를 했다.

"chào(안녕)"

준雋이 답례로 그 소년에게 껌 한 통을 건네주는 순간, 어릴 때 그 흑인 병사의 기억이 떠올랐다.

훈이와 준雋은 새벽 안갯속을 걸었다. 봉화읍 소재지에서 십 리나 떨어진 미군부대에 가기로 일주일 전에 약속하였던 것이다. 미군들을 앉아서 기다리기보다는 그들을 직접 찾아가는 적극적인 마케팅을 택했다. 경쟁자가 없는 곳에서 단독 대시(dash)하게 되면 초콜릿과 추잉 껌뿐 아니라, 운이 좋으면 C−레이션(전투식량)까지 덤으로 생길 수 있다는 계산으로 커다란 헝겊주머니도 옆구리에 차고 갔다.

미군이 주둔한 막사들이 안갯속에 조용히 잠들어 있었다. 막사 사이를 기웃거리며 돌아다니다가, 고깔모양으로 지붕이 뾰족한 집 안에 쪼그리고 앉아 끙끙거리는 한 병사를 발견하고,

"하이, 굿모닝!" 손을 들고 인사하였다.

두루마리 휴지뭉치를 손에 든 흑인 병사가 두툼하고 붉은 입술 사이로 하얀 이빨을 보이며 히죽이 웃었다. 기회를 놓칠 수 없었다. "헤이, 초콜릿 김 미!" 그 병사는 웅크리고 앉은 채 아직 잠에서 덜 깨어난 쉰 목소리로, "게러웨이!" 하며 한 손을 들어 휘저었으나, 준雋과 훈이는 절호의 찬스에 쉽게 물러설 수 없었다. "초콜릿 김 미!" 그 순간 흑인 병사의 얼굴이 험악해지더니 흥분된 목소리로 고함을 질렀다.

"벅@#$%! 쏼라쏼라……"

무슨 말인지 알아들을 수 없었지만, 그가 좀 성가셔서 그렇지, 미군들은 착하다는 것을 알고 있었다.

"헤이, 초콜릿 김 미!" 가까이로 대시하자,

"벅@#$%! 쏼라쏼라."

그 병사가 큰 소리를 지르면서, 한 손은 허리춤을 잡고, 한 손으로 두 아이를 붙잡으려고 엉거주춤한 자세로 일어선 흑인 병사의 눈은 붉게 충혈되어 있었고 두툼한 입술은 더 튀어나왔다. 갑자기 돌변한 험악한 공격 자세에 위기를 감지하고 엉겁결에 뒤로 슬금슬금 물러서다가 기찻길 위를 냅다 뛰었다. 그가 침목을 두세 칸씩 성큼성큼 건너뛸 때, 아이들은 겨우 한 칸씩 종종 걸음으로 앞만 보고 뛰었다.

"귀여운 아가야, 나와 함께 가지 않으련?"

기찻길 위로 아지랑이가 마왕의 혀처럼 날름거렸다.

"준아, 같이 가. 으아앙!"

겁에 질려 구원을 외치는 훈이를 힐끔 돌아다봤을 때, 훈이는 호랑이를 요리조리 피해 달아나는 가냘픈 어린 톰슨가젤이었다.

준隽이는 걸음을 멈추고 그 자리에서 숨을 몰아쉬면서 헐떡였다. 그때, 미군 병사가 훈이의 뒷덜미를 잡아채서 번쩍 들어올리자, 나오미 왓츠처럼 킹콩의 굵은 팔뚝에 달랑 들린 채 발버둥치는 훈이의 다리가 떠오르는 붉은 햇살에 활활 타고 있었다. 그 순간 귀가 멍해지면서 무성영화처럼 아무 소리도 들리지 않았다. 준隽은 철로에 고꾸라져서 눈물과 콧물과 토사물이 입가에 범벅이 된 채, "초콜릿, 추잉 껌 다 싫다. 이 나쁜 양키 놈아."

준隽의 일그러진 표정에, 그 베트남 소년의 어머니가 소년을 끌어안았다.

나는 '준儁의 일그러진 표정'을 기억 속에서 떨쳐버리듯 자리에서 벌떡 일어나서, 역사驛舍를 빠져나와 봉화 읍내로 향했다.

나는 유년시절을 봉화에서 보냈었다. 봉화역에서 읍내까지의 길은 12세 때 시력을 잃은 가수 안드레아 보첼리가 눈을 감고도 노래하듯이 눈을 감고도 갈 수 있는 기억 속의 길이다.

조금 홀가분하거나 혹은 아쉽거나 잃고 또 얻은 점수 서투르게 복기復棋하며 되짚는 시간의 발자국 낯익은 듯 생소한 듯,

갈때도 저 나무들 저기 있었던가 서로 기대 주고받는 귀엣말 알 것 같아 눈뜨고 놓쳤던 세상 어렴풋 마음 창에

한 번쯤 사는 길도 되밟아 볼 일이구나 그리움 수소문하며, 한눈도 좀 팔아가며 원전의 거북함보다 더 정겨운 리메이크처럼.

신필영 시인의 〈돌아오는 길〉 중에서

기차역에서 내성천 다리까지의 보밑(洑) 들판 가운데로 뚫린 신작로에 자동차 먼지를 뒤집어 쓴 미루나무들이 길 양편으로 줄지어 있었고 내성천 방둑 쪽으로 우시장이었으나, 지금은 시장과 주택이 신시가지를 이루고 있었다. 변하지 않은 것은 영동선 철길의 건널목이 그 자리에 빨강·초록 두 눈을 부릅뜨고 긴 장대 들고 서 있을 뿐이었다.

내성천 다리 위에서 바라보이는 멀리 호골산을 돌아나가는 강물은 천둥벌거숭이들이 자맥질하던 큰 거랑이 분명한데, 하얀 모래톱은 사라지고 천변의 둔치에 눈에 거슬리는 운동시설들이 널려 있었다. 지난 날, 가끔 유랑극단이 들어오면 그 모래사장에 온갖 깃발을 펄럭이며 커다란 천막을 공처럼 부풀게 쳤었다. 고깔모자를 눌러쓴 피에로를 앞세우고 북 치고 나팔 불며 내성천 다리를 건너온 유랑 곡마단이 아이들을 몰고 돌아다녔다. TV나 영화관이 없던 시절의 아이들과 전쟁의 공포에 질린 사람들을 즐겁게 했던 그 곡마단은 한 번 천막을 치면 보통 한두 달 눌러 있었다. 우리 동네 아이들 중에는 하루도 안 빠지고 구경했지만 입장료를 내고 들어간 아이는 한 놈도 없었다.

나는 내성천 다리를 건너서 곧장 시내의 중심가 십자 골목 쪽으로 발을 옮겨갔다. 십자 골목에서 봉화군청까지의 도로는 5일장을 펴던 광장으로 장꾼들이 웅성거리던 장판은 사라지고, 봉화 군청이 옮겨간 자리에 보건소가 들어섰다. 군청을 둘러싸고 있던 측백나무 울타리가 사라졌으니 그 당시 준(寯)과 훈이의 둥지가 없어진 것이다. 보건소 뒤 언덕의 충혼탑에 올랐다. 준雋의 아버지가 미망迷妄 속을 헤맬 때, 그가 아버지를 찾아서 올랐던 곳이다. 그때 준은 아버지가 왜 충혼탑에 가는 지를 미처 몰랐었다.

나는 죽었노라 스물다섯 젊은 나이에 대한민국의 아들로 나는 숨을 마치었노라 질식하는 구름과 바람이 미쳐 날뛰는 조국의 산맥을 지키다가 드디어 나는 숨지었노라.

내게는 어머니 아버지 귀여운 동생들도 있노라 어여삐 사랑하는 소녀도 있었노라 내 청춘은 봉오리지어 가까운 내 사람들과 이 땅에 피어 살고 싶었나니 아름다운 저 하늘에 무수히 나는 내 나라의 새들과 함께 자라고 노래하고 싶었노라 그래서 더 용감히 싸웠노라 그러다가 죽었노라.

모윤숙 시인의 〈국군은 죽어서 말한다〉 중에서

수업 중에도 담임교사가 눈짓을 하면, 준雋은 교실 뒷문을 살짝 열고 충혼탑으로 달려갔었다. 짐작한 대로 그날도 준雋의 아버지는 충혼탑 앞에 넋이 나간 듯 멍한 표정으로 미망 속에 갇혀 있었다.

'칠흑같이 어두운 밤, 맏아들 화준이 강을 건너다 말고 강물에 서서 울었다. 아들에게 손을 내밀자, 맏아들 화준은 화염 속에 피범벅이 된 얼굴로 변하면서, 살려주세요! 하고 울부짖고 있었다.'

아버지는 환청과 환영으로 괴성을 질렀다. 준雋은 아버지에게 매달려서 울었다. 아버지의 광란이 진정되자, 아버지와 준雋은 말 없이 앉아 있었다.

준雋은 전쟁이 나기 전에 안동에서 있었던 일이 생각났다.

"아부지, 그거 생각나?"

아버지는 아무 반응이 없다.

공산군 측의 선전포고 없이 6·25 침공을 당한 국군이 후퇴를 거듭하다가 인천상륙작전으로 압록강까지 올라가서 곧 전쟁이 끝난다더니, 겨울이 되자 중공군의 개입으로 다시 삼팔선까지 후퇴했다가 밀고 당기는 전투가 계속되는 동안 소식이 없던 아버지에게서 연락이 와서, 준雋의 가족은 고향 역개마을에서 봉화읍으로 옮겨왔다.

어느 날, 준雋의 외종형이 영주에서 결혼식을 했다. 외종형은 사범학교 3학년 때 전쟁이 터지자, 3대째 외동인 그를 남쪽으로 피란을 보냈는데, 영천고등학교에서 국군학도병에 지원하였다. A-19 정찰기를 조종하여 적진지를 정찰비행 중에 평강 지역 상공에서 적탄에 엔진이 정지된 채 활공비행(Glide Flight)으로 무사히 부대로 돌아올 수 있었다. 충무무공훈장을 받은 후, 광주 육군항공대 비행교육대장으로 복무할 때, 한의원을 하는 안동권씨 댁 규수와 영주에서 결혼식을 올렸다.

육군항공대의 한국군·미군 동료 조종사들이 3대의 비행기를 몰고 와서 안동·영주·봉화 상공을 선회 비행한 뒤 영주의 서천 강변에 착륙하였었다. 결혼식 후에 신랑 신부가 인사 차 준儁의 집에 왔었다.

"이게 누구야, 꼬맹이 대준이? 많이 컸구나. 너, 내가 해방시켜 준거 기억나지? 하하하……."

6·25가 발발하기 바로 전에 안동에서 있었던 일이다. 그 당시 여섯 살이던 준儁은 매일 식사 때마다 밥투정을 하는 버릇이 있었다.

"누가 내 밥을 퍼갔어. 내 밥 내놔. 앙앙!"

준儁은 밥 먹다가 뒷간에 가는 버릇이 있어서, 뒷간에 갔다 와서 자신이 먹어서 생긴 숟가락 자국을 다른 이가 먹었다고 생트집을 부렸다.

만주에서 귀국했을 때, 지쳐 쓰러질 것 같은 제 어미 젖가슴에 파고드는 손자를 할머니는 "저놈이 애미 죽인다!" 고 탄식하였었다.

'음식에 탐심이 많은 것은 젖배를 곯은 탓이지.'

결국 어머니한테서 밥 한 숟가락을 더 받아냈다. 그러나 준儁의 고집이 늘 통하는 것은 아니었다.

"누구든지 절대로 풀어주지 말아라."

어느 날 또 밥투정을 부리자, 아버지가 준雋을 뒷산 참나무에 매어 놓고 출근했다. 아버지의 명령에 형들이 준雋을 풀어줄 수 없었지만, 동생의 밥투정에 짜증이 났던 형들은 해가 중천에 떴는데도 동생을 풀어주지 않았다.

준雋은 배도 고프고 기진맥진하여 얼굴에 눈물자국인 채로 매달려 있었다. 그날, 고모 댁에 왔던 외종형이 참나무에 묶인 준雋을 풀어주었다.

"아, 참나무에 매달렸던 그 도련님? 참 귀엽게 생겼네요."

서울에서 살았던 새아주머니가 서울말로 준雋을 아는 체하였다. 그때 외종형님이 자신을 해방시켜준 것은 고맙지만, 형수가 그것을 알게 된 것이 늘 못마땅했었는데, 충혼탑에 아버지와 둘이 마주앉아 있자니, 준雋은 갑자기 그 생각이 떠올랐던 것이었다.

"밥투정한다고 날 참나무에 매달았제?"

그제야 고개를 돌려 준雋을 멍하니 보더니, 아버지는 준雋의 두 손을 꼭 잡은 채,

"니, 내하고 약속할 수 있나?"

무슨 뜻인지 몰라 머뭇거리자,

"니는, 군대 갔다 와서 장가가야 한다. 알았제?"

형수 생각이 스쳤다. 준雋이 씩 웃으며 일어나자, 아버지도 일

어섰다. 호골산虎骨山 위로 노을이 펼쳐지고 내성천이 붉게 굽이쳤
었다.

나는 그때 준이 앉았던 충혼탑 계단에 앉아서 봉화역 철로와
하얗게 굽이치는 내성천과 그 너머의 들판을 내려다보았다.

봉화군의 군청소재지이긴 하지만, 다른 지역의 군소재지에 비
하면 작은 소읍에 지나지 않는다. 그러나 봉화읍은 내륙에서 동해
로, 동해에서 내륙으로 들고나는 관문이었다. 문경새재가 서울과
영남을 넘나드는 고개였듯이 동해안에서 내륙으로 넘어오는 십이
령이 있었다. 울진군 북면 두천1리 십이령길 초입의 '울진내성행
상불망비'는 1890년 보부상들이 세운 철비鐵碑는 봉화장을 관리하
는 반수(우두머리) 권재만과 접장(장터 관리인) 정한조의 은공을
기리기 위해 세운 것이며, 울진 흥부(지금의 부구) 지방에 전해오
는 십이령가에서 당시 보부상들의 역할과 봉화장의 규모를 짐작
할 수 있다. 영동선 철로가 생기면서 보부상들의 자취는 그들이
넘었던 십이령 숲속에 묻히었다.

봉화읍도 달라지고 있다. 시외버스 터미널이 구舊 시가지에서
내성천 보밑 들녘으로 옮겨가면서 터미널 주변에 신시가지가 형
성되자 군청郡廳도 그곳으로 옮겨갔다. 그러나 젊은이들은 영동선
열차를 타고 꿈을 찾아 대처로 떠나가고 노인들만의 일상日常은
농촌 중심지의 현실이 전개되고 있다.

명동길 외국 어느 낯선 거리를
걸어가는 착각에 허둥거린다.
알아볼 사람 없고 누구 하나 말해볼 사람 없이
언어가 통하지 않는 이 거리 에트랑제는
시간과 과잉이 질질 흐르는 사람 틈에 끼어
물결처럼 물결처럼 떠간다.
…

누구 하나 같이 갈 사람 없어
극장 광고판을 우두커니 쳐다보고
나는 담배꽁초를 다시 피워문다.

한하운 〈명동거리〉 중에서

코엘로의 소설 《연금술사》의 목동 산티아고가 꿈을 쫓아서 떠난 고난의 여정에서 자신을 끊임없이 변화시켰듯이 봉화의 젊은이들은 봉화에 안주安住하지 않고 객지를 돌면서 변신을 거듭하고 있다.

이튿날 아침, 나는 봉화읍에서 청량산까지 걷기로 했다. 차를 타고 주마간산走馬看山격으로 지나갈 수도 있지만, 마을길이나 농로·산길을 걸으면서 산촌의 풍물을 완상玩賞한다면 여행의 의미가 깊어질 수 있다.

자동차가 많이 다니는 다덕로를 피해서 석천계곡으로 들어가기로 했다. 설악산에 천불동계곡이 있다면, 봉화에는 석천계곡이 있기 때문이다. 내성천이 너래 반석 위를 흐르는 냇가에 앉은 석천정사石泉精舍는 산과 내와 정자가 어우러져서 신선이 노니는 곳이란 뜻의 '청하동천青霞洞天'이다. 준儁이 다니던 봉화초등학교 옆을 지났다. 100년 전통의 오래된 목조 교사校舍를 헐고 새로 지은 현대식 3층 건물이 아담하였다. 학교를 지나면서 준儁의 소풍 사건이 생각이 나서 소풍 가는 기분으로 걸었다.

준儁은 석천정사에 소풍을 갔었다. 1학년 첫 소풍인 데다 그날은 어머니가 보리밥에 쌀을 좀 낮게 섞어서 도시락을 싸고 고구마한 개도 특별히 얹어주었다. 모처럼의 별식에 준儁은 "띵호와!"를 외쳤다. 준儁이 며칠 전부터 기다렸던 첫 소풍이었고, 또 생전 처음으로 도시락을 들었으니 신바람이 났다.

그러나 첫 소풍에서 준寯은 평생 잊지 못할 사고를 치고 말았다. 학교 교문을 나서면서부터 아이들과 합창으로 소풍의 흥을 돋우며 동요를 흩날렸다. 나는 그날의 준寯이가 걸었다던 그 길을 따라서 석천계곡으로 들어섰다. 삼계리 내성천 다리를 건너서 오른쪽으로 꺾어들어 냇물을 따라서 난 오솔길을 걸어 들어가면 석천계곡이다.

석천계곡 초입의 암각 '청하동천靑霞洞天'은 충재 선생의 5대손인 권두응權斗應이 쓴 글씨를 바위에 새기고 주사 칠을 한 것인데, 초서체의 글씨가 마치 뱀처럼 구불구불해서 그 앞을 지날 때는 외면한 채 숨도 죽이고 빠른 걸음으로 지나간다. 그날은 '청하동천靑霞洞天' 바로 앞을 지나면서도 준寯은 겁나지 않았다.

석천정사 앞 너럭바위는 오랜 세월 물에 닳고 닳아서 경사면에 홈이 파져 있어 천연 미끄럼틀이다. 여름철 하동夏童들은 너나없이 알몸으로 너럭바위에서 물 미끄럼을 탄다.

지난여름에 준寯은 훈이와 너럭바위 미끄럼을 수도 없이 탔었던 기억이 새로웠다. 콧노래를 흘리면서 언덕을 오르자 금강송 숲 사이로 석천정사가 아침 햇살로 말끔히 세수하고 흐르는 물에 발을 담그고 준寯을 반겼다. 준寯은 시선視線을 석천정사를 향한 채 언덕에서 너럭바위로 건너뛰었다. '오 마이 갓!' 일생의 첫 도시락을 든 채 반석 홈통에 빠지고 말았다.

준寯은 정자 축대 밑에 쪼그리고 앉아 있어야 했다. 옆반 여선생님이 물에 헹궈서 볕바른 너럭바위 위에 널어둔 옷이 마를 때까지 벌거숭이 알몸으로 웅크리고 앉아 있어야 했다. 당시에는 팬티가 따로 없었다. 짓궂은 아이들이 혀를 날름거리며 놀렸다.

"박대준 궁둥이는 빨게, 빨간 건 사과……"

"얼래리 꼴래리, 얼래리 꼴래리……"

코찔찔이 동이가 큰 소리로 놀리자, 여학생들도 힐끔힐끔 돌아보며 저희들끼리 희죽거렸다. 봄이긴 하나 5월이라도 아직은 쌀쌀한 날씨에, 한여름철의 석천과는 다르게 물 미끄럼 타는 아이는 없었다. 여학생들은 둘러앉아서 수건돌리기를 하고, 사내 아이들은 정자 난간에 매달리거나 종아리를 걷어 올린 채 피라미를 찾아서 막대기로 바위 밑을 쑤시고 다녔다.

석천정사 돌 축대 아래
바알간 고무공 하나

공은 돌돌 굴러서 사라졌다.
"박대준을 찾아라."

얼굴만 빼쏨 내밀고 있었다.
커다란 너럭바위 그늘 물속에서…

이튿날, 준焦은 참을 수 없을 정도로 기침을 콜록이고 몸이 불덩이 같이 달아올랐다. 어머니가 한의원에 데려가서 약을 지어왔다. 부엌에는 약탕관이 끓고 있었고, 어머니는 준焦의 이마에 물수건을 얹어주고 녹두죽을 쑤어 주면서, 아픈 자신보다 어머니가 더 아파했다. 그런 엄마를 더 이상 속일 수는 없어서 준焦은 이불을 머리까지 둘러쓴 채 쉰 목소리로 더듬거렸다.

"소 풍 날 물 속 에 숨 어……."

"숨바꼭질? 숨을 데가 없어 찬물 속에 숨었나? 너도 참……."

물야천과 창평천 내성천이 모이는 삼계三溪에는 충재 권벌權橃선생의 학문과 덕행을 추모하기 위해 위패를 모신 삼계서원三溪書院이 있다. 서원 앞 내성천변에서 석천 초입으로 돌아드니 도깨비가 썼다는 붉은 뱀처럼 구불구불한 글씨를 새겨 놓은 큰 바위가 있어서 '준焦의 소풍날'을 떠올려보니, '青霞洞天' 암각이 반갑고 정겹게 느껴졌다.

'青霞洞天' 속으로 들어가니, 암각의 조화인지 별유천지비인간別有天地非人間이었다. 이백은 "복숭아꽃 물 따라 아득히 흘러가는 곳 桃花流水杳然去"이라 했으니, 햇볕 따스한 금강송 숲에서 청노루가 금방이라도 뛰어나오고, 유유히 흐르는 시냇물에 복숭아꽃이 떠내려올 것 같았다. 저 물굽이를 돌면 '무릉도원武陵桃源'이 있을 것 같은 느낌에 분명히 암각의 바깥과는 다른 세상이었다.

소나무 숲 언덕에 올라서니, 아름드리 금강송들이 늘어뜨린 가지 사이로 건너편 산기슭에 난간을 두른 헌함이 덩그런 정자가 거울처럼 맑은 물에 자신의 모습을 비춰보고 있었다. 정자는 한 마리 순한 사슴이었다. 박목월 시인의 詩구가 떠올랐다.

"봄눈 녹아 흐르는 옥 같은 물에 사슴은 암사슴 발을 씻는다."

석천정사는 높다란 돌로 쌓은 축대 위에 지어져서 멀리서 보면 정자가 아니라 높다란 누樓로 보인다. '亭'자의 옛 글자는 높은 곳 위에 세워진 집이란 뜻이며, 누樓는 기둥이 층받침이 되어 가운데 亭이 높이 된 다락집이다. 석천정사는 정자이면서 누樓이기도 하다.

석천정사 앞 너럭바위는 옥 같이 맑은 물을 한 가득 담고 있다가 너럭바위 위로 흘려보내어 미끄럼을 타고 내리는 여름철 봉화 아이들의 에버랜드였다. 정자 뒷마당의 시원한 석간수 한 모금 마시고 정자에 오르니, 소나무 숲 사이로 내성천이 S자로 비틀며 흘러내리는 시냇물이 숲과 어우러진 장관이 펼쳐졌다.

정자 난간에 앉아서 너럭바위를 흐르는 냇물과 정자 축대 근처를 내려다보면서 그날, 물에 빠진 준雋이 벌거벗은 채 고무공처럼 쪼그리고 있던 정자의 그 돌축대와 석천정 기와지붕이 말끔히 단장된 것으로 보아 근래에 새로 수리한 것으로 보인다.

준雋이 몸을 숨겼던 그 바위가 궁금해서 살펴보았지만, 냇물에 몸을 담그고 앉아 있는 해맑은 바위들이 모두가 그것 같았다.

건너편 언덕에서 강 쪽으로 늘어뜨린 소나무가 솔바람 소리를 내면서 가지를 흔들어 가리켰지만, 어느 바위인지 가늠할 수가 없었다. 너럭바위·물·소나무·바윗돌에 걸쳐진 외나무다리, 보이는 것 모두가 있을 자리를 찾아서 제자리에 있어 보였다.

정자를 건립한 청암 권동보는 〈석천정사石泉精舍〉詩에서 정자의 운치를 글로써 그려냈다.

肩輿溪上路	작은 가마가 지날 수 있는 시냇가 길에
書舍水雲間	글 읽는 정사가 물과 구름 사이에 보이네.
風雨三秋夜	깊은 가을밤에 내린 비바람과
烟霜十月寒	뿌연 서리에 시월의 공기 차갑구나.
葉凋巖竇密	나뭇잎은 떨어져 바위틈에 빽빽하고
苔厚石稜斑	이끼는 바위틈에 두껍게 끼여 아롱졌네.
百歲徜佯地	백세토록 조상께서 거니시던 이곳에
親朋幾往還	친한 벗들 얼마나 오갔던고.

야송 이원좌, 봉화유곡 45×34cm, 1992

정자에서 뒷문을 나서니, 석천정사 관리사管理舍에 지금은 사람이 아무도 보이지 않지만 적막한 산속의 외딴 집에서, 박목월 시인의 〈윤사월〉의 '산지기 소녀'가 엿듣고 있을 것 같았다.

송화松花 가루 날리는 외딴 봉우리
윤사월 해 길다 꾀꼬리 울면
산지기 외딴 집 눈먼 처녀사
문설주에 귀 대고 엿듣고 있다.

언덕 아래 크고 작은 바위들 틈으로 요리조리 흐르는 계곡물 소리 들으면서 소나무 숲 오솔길을 쉬엄쉬엄 돌아나가니, 너른 들판 뒤로 산기슭에 늘어선 닭실마을 촌락들이 한눈에 펼쳐지고, 들판 가운데 우묵한 숲속에 정자 지붕이 보였다.

숲속의 청암정은 해자를 두른 큰 바위 위에 올라앉아서 돌다리를 건너야 정자에 오를 수 있었다. 후손들의 공부방·충재 박물관과 종택 건물들이 정자 주위에 둘레둘레 있었다.

충재 권벌은 1545년(인종 1년) 5월 의정부우찬성이 되었고, 7월에는 명종이 즉위하자 원상院相이 되어 어린 임금을 보필하였다. 소윤 윤원형의 세력이 대윤 윤임의 세력을 배척한 을사사화가 일어나고, 이어서 1547년 양재역벽서사건에 연루되어 이듬 해 유배지 삭주朔州에서 세상을 떠났다.

퇴계는 지난날 권벌과 도성에서 경상감영까지 동행하였던 기억을 되살리며, 충재공의 사화 당함을 안타까워하면서 청암정의 정취를 〈유곡청암정寄題酉谷靑巖亭〉으로 읊었다.

我公平昔抱深衷 우리 공 지난날 깊은 충정 품었으나,

倚伏茫茫一電空 화와 복은 아득히 한 줄기 하늘의 번개 같았다네.

至今亭在奇巖上 지금껏 정자 기이한 바위 위에 있는데,

依舊荷生故沼中 여전히 연꽃 옛 연못 속에서 피어나네.

滿目烟雲懷素樂 눈 한가득 드는 운무 평소의 즐거움 품어보고,

一庭蘭玉見遺風 온 뜰의 지란과 아름다운 나무는 공의 유풍 나타나네.

鯫生幾誤蒙知奬 하찮은 몸 몇 번이나 지우의 잘못된 칭찬 입었던가.

白首吟詩意不窮 흰 머리 되어 시 읊으니 그 뜻 끝이 없구나.

야송 이원좌, 청암정 30×20cm, 1993

酉谷先公卜宅寬　유곡酉谷은 선공께서 너르게 닦은 터,

雲山回復水彎環　구름 낀 산 두르는 데다 물은 고리처럼 굽어도네.

亭開絶嶼橫橋入　떨어진 섬에 정자 지으니 다리 놓아 들어가고,

荷映淸池活畫看　연꽃 맑은 물에 비치니 그림이 살아 움직이는 듯.

稼圃自能非假學　농사일이야 본래 잘해 일부러 배우지 않으셨고,

軒裳無慕不相關　수레며 관복 사모하지 않아 마음에 두지 않았다네.

更憐巖穴矮松在　바위 구멍에 작은 소나무 있음 더욱 어여쁜데,

激厲風霜老勢盤　바람과 서리 거세고 혹독하여 늙은 기세 서렸다네.

닭실마을은 청암정과 충재박물관 등 종택의 부속건물이 모여 있는 큰마, 큰마의 서편 동막골은 충재 권벌의 재사가 있는 가내 골·정심골을 지나 물야의 계단이나 북지로 통하고 있으며, 동 쪽의 중마와 함께 10여 개의 자연부락을 형성하고 있다.

닭실마을 앞 영동선 철둑으로 터널을 빠져 나온 영동선 열차 가 길게 늘어서서 지나가기도 하고 고개를 넘어온 자동차들이 마을 앞 철교 아래로 쉴 새 없이 지나다니며, 앞산 언덕에는 봉 화 변전소의 고압선 철탑이 있어서 마을의 이미지가 여느 민속 촌과는 다른 어수선한 분위기이다.

청암정을 나와 닭실마을 앞을 지나서 경로당 앞마당에서 창 평천을 따라서 토일吐日마을로 향했다. 아침 해가 닭실마을 동쪽 의 산에서 마치 토하는 듯이 붉은 태양이 떠오른다고 하여 토일 吐日이라고 부른다고 한다.

산기슭을 돌아들면 소나무 숲속 우묵한 곳에 숨은 듯 비켜선 호젓한 정자는 권벌의 둘째 아들 석정 권동미의 송암정이다. 권벌의 맏아들 권동보는 아버지가 지은 청암정의 이름을 따서 호를 청암이라 하였고, 권동보의 아들 권래는 아버지가 지은 석천정사의 이름을 따서 호를 석천이라고 하였다.

송암정 옆 소나무 숲을 지나면, 느티나무 한 그루와 촌락들을 품 안에 보듬은 한 채의 전통한옥이 눈에 들어왔다.

1904년경에 김직현의 할아버지 김창한金昌漢 공이 건립한 등록문화재 218호 김직현 가옥이다. 명호면 역개마을의 만운 공이 김창한金昌漢 공께 보낸 편지 〈구미당족손 김창한에게 답함 答族孫昌漢〉에서, 문중 재사인 반천재槃泉齋 역사役使를 살필 수 있다.

"…편지를 받은 지 여러 날이 지났는데 벼슬살이 하는 몸 만왕萬旺하시고, 상床 위의 거문고가 무릎의 학(床琴膝鶴)이 날마다 재미를 제공하여 고향생각을 잊어서 보낼 수 있는가? 삼가 위로하고 비는 것이 실로 예사로운 말은 아니로세. 족종足從 등은 졸렬한 형상이 각각 그대로이니, 다행스럼을 어찌 번거로이 미치겠는가? 반천재의 역사役事는 일은 크고 힘은 약하여도 진실로 부득이한 데서 나온 것인데, 이제 그대의 특별한 찬조를 입었으니 박봉薄俸을 받으면서 어찌 이 넉넉한 수에 미칠 수 있었는가? 그 복복僕僕(번거롭고 황송함)한 바는 물에 있는 것이 아니고 다시 어진 분에게 기약하여 바람이 있는 것이 자못 얕지 않으니, 원컨대 만 배로 진보하여 후일에 크게 쓰임에 이바지한다면 어찌 홀로 현집賢執(어진이)의 다행이겠는가? 실로 일문의 영광일 것이니, 생각건대 나의 거친 말을 기다리지 않고도 힘씀이 있을 것이로다. 고향을 찾는 것은 혹시라도 사이에 여가가 있을 것인가? 편지는 대면하여 이야기함만 같지 못해서, 종이에 임하여서 서글퍼지네."

등록문화재 218호 김직현 가옥은 1904년경 건립한 130.84㎡의 전통 목조주택으로 치목기법이 뛰어나 그 구성미와 조형미가 아름답다. 무엇보다 본채에 비해 검소한 초가지붕의 문간채는 이웃과 소통하는 서민적 공간이었다. 건축주 중에는 문간채만은 덩그렇게 하거나, 기와 한 장이라도 더 얹고 싶어 하지만, 반천재盤泉齋 역사役使에 정성을 보태면서 정작 자신의 가옥은 초가로 마감한 것은 감정이 절제된 시詩처럼 커다란 울림을 주고 있다.

김창한 공의 손자녀, 젖먹이에서 초등학교 취학 전후의 4남매는 6·25 때 서울에서 폭격에 부모를 여의고 친척에게 구조되어 이집에서 고개 너머 십리 길의 봉화초등학교를 걸어 다녔지만, 당시 전국에서 입학이 가장 어려운 서울의 중·고와 대학교에 진학하여 선친의 뒤를 이어서 대학병원의 교수, 미국의 세계적 물리학자로 성장하여 제비가 강남으로 가듯 이 집을 떠났다.

김직현 남매들이 뛰어다녔던 호젓한 고샅길을 이슬처럼 싱그런 봄비를 맞으며 울진·영양·봉화 방향 세 갈래 유곡삼거리 쑥쟁이 마을에 닿았다. 마침 점심때라 삼거리의 강순화 식당 안에 자리 잡고 앉으니, 먼저 온 식객들이 고추장을 넣어 쓱쓱 비벼먹는 산채비빔밥에 침이 꼴깍 넘어갔다. 무안해서 눈을 돌리니, 식당 벽에 김동억의 〈청량산에 가봐요〉 시화가 걸려 있었다.

비 오다 그친 날이면,
청량산에 가봐요.

어머니 젖줄 같은 강물이 안고 흐르는 산자락을 오르면
발아래 안개가 피어나 마음속 헝클어진 얼레 슬슬 풀려나고
갓 내린 빗방울 털고 다시 서는 산빛 마냥 싱그러운 생각들

파란 하늘에 연으로 뜰 테니까요

식사하는 동안 봄비가 그쳤다. 청량산 산빛처럼 싱그런 기분으로 식당을 나섰다. 동쪽 들판 저 멀리 동양초등학교 마을이 물 안갯속에 젖어있었다. 학교 앞을 지나면 창바대(昌坪)마을과 우곡 약수탕, 학교 마을 뒷골이 띠띠미 산수유마을이고, 우뚝 솟은 문수산과 그 골짜기의 우곡성지, 우곡성지 뒤 갈방산….

청량산은 식당에서 남쪽 산 너머로 24km쯤에 있다. 봉명로(봉화-명호)의 외삼리 장그래미 재를 넘고 영동선 철로와 나란히 난 도로를 걷다가 봉성재를 돌아드니 봉성 면소재지 마을이 보이기 시작했다.

봉성鳳城은 '봉황의 집'이란 뜻인데, 경상남도 합천군 삼가, 전라남도 구례의 옛 이름이며, 경상남도 함안군 함안면 소재지도 봉성이었다. 우리나라와 중국은 지명이 비슷한 곳이 많은데, 압록강을 건너면 청나라 입구 책문의 중심가에 봉황성이 있다.

봉화의 봉성鳳城은 봉화현의 동헌과 향교가 있던 현의 소재지이다. 1569년 퇴계의 맏아들 이준李寯, 1576년 퇴계의 고제高弟 조목趙穆, 1600년에는 조목의 매제妹弟 금난수琴蘭秀가 현감이었다.

봉화향교는 세종 때 창건됐으나, 1579년에 봉화 현감 월천 조목趙穆이 중건했다. "향교가 고을 서쪽의 궁벽한 곳에 있었는데, 매우 누추하고 체제도 갖추어지지 않아서 옮겨지었다."고 한다. 팔작지붕(八作一)에 홑처마로 된 6칸의 명륜당, 대성전에는 5성五聖(공자·안자·증자·자사·맹자)과 우리나라 18현의 위패가 봉안돼 있다. 봄·가을에 석전과 초하루·보름에 분향을 하고 있다.

1895년 〈소학교령小學校令〉으로 1914년 봉화와 춘양에는 소학교, 봉성에는 간이학교가 생겼다. 1933년 명호면 역개마을의 만운 김병모金炳模 선생은 그의 아들 해규海圭를 학교에 보내면서 권학勸學 詩 〈송해아지봉성학교送海兒之鳳城學校〉를 지어주었다.

勿泥舊見聞 옛 견문에 막히지 말고,

勿醉新風潮 새 풍조에 취하지 말라.

新舊兩相得 새것과 옛것 두 가지를 서로 얻으면,

彬彬爲世表 빛나고 빛나게 세상의 표본이 되리라.

語言必信順 말과 말을 반드시 미덥고 순하게 하고,

行止必安詳 행동거지를 반드시 편안하고 자상하게 하라.

學課惟餘事 배우는 공부는 그 나머지 일이니,

修身是本方 몸을 닦는 것이 이 본래의 방법이니라.

향교의 은행나무는 쓰러질 것 같은 향교만큼이나 늙어서 온 몸에 깁스를 하고 겨우 버티고 서 있으나, 가을이면 노란 잎 사이로 굵은 은행 알이 무수히 열린다고 한다.

은행나무 잎이 오리발을 닮았다고 압각수鴨脚樹라고도 하는데, 공자가 은행나무 아래서 제자들을 가르쳤다는 '행단杏壇'은 흔히 선비들이 학문하는 곳을 뜻한다. 인걸은 간데없으나 향교를 홀로 지키는 은행나무는 늙고 병들어도 제 할 일에 충실하다.

봉성 우체국 근처에 다다르니, 돼지불고기 냄새가 식당가를 짐작하게 했다. 주방에서 솔숯으로 구워서 태우지 않은데다가 솔잎에 얹어서 솔향내가 나는 것이 특이하다.

봉성장이 열리던 때는 이 식당들 주위의 골목마다 벌여놓은 난장亂場에 장꾼들이 흥청거렸었다. 인근의 법전, 명호 그리고 멀리 일월산 속 재산 동면의 주민들까지 농산품을 짊어지고 산길을 걸어서 오가기 때문에 주로 남정네들이 하루의 일손을 놓고 장판으로 모여 들었는데, 생산품을 팔아서 제사상 차릴 거라나 생필품을 구입하기도 하지만, 원근의 친구나 친지들을 장판에서 만나면 잡았던 손을 끌어서 주막집에 삼삼오오 둘러앉아서 국밥과 막걸리를 돌려가며 시집 간 딸 소식도 듣고 우스갯소리도 한바탕 한 뒤 거나하게 취해서 달과 별을 친구 삼아 귀가할 때면 동네 개들이 먼저 알고 짖어댄다.

봉성장에서부터 차도에서 벗어나서 논둑길로 1.5km쯤 걸어서 구불구불 오르면 미륵이재다. 고등학생 때, 추석 연휴 기간에 나는 준儁

과 훈이와 셋이서 청량산에 갔었다. 그때는 논둑과 산비탈 사이의 도
랑을 따라서 구불구불 촉도蜀道처럼 좁은 길이었지만 지금은 자동차
가 다닐 정도로 넓어져 있었다. 예전에 비하면 고속도로로 변했다.

　김용석 시인은 〈길〉에서 좁은 오솔길이 자갈길로 변했는데, 자
신이 어른이 되면 뭐라 말할까 생각했다.

　　"십 년 전만 해도
　　이 길은 좁다란 자갈길이었단다."
　　아버지는 십 년을 거슬러신다.

　　"글쎄다, 내 어릴 적엔 오솔길이었다구."
　　할아버지는 오십 년을 거슬러신다.
　　…

미륵재에 오르니, 고등학교 때 준儁들과 왔을 때와 변함없이 미륵은 그 자리에 있었고, 로댕(Auguste Rodin)의 '생각하는 사람'처럼 무엇을 생각하고 있는지 덤덤한 표정이었다.

이 미륵이 바로 유형문화재 제132호인 '봉성리석조여래입상'이다. 바위를 깎아서 불상을 새긴 것인데, 머리 부분은 다른 바위로 만들어 그 위에 얹어 놓은 것이다. 바위 자체의 테두리는 자연히 불상의 광배光背가 되었는데, 현재는 깨진 상태이다.

127cm 높이의 머리는 우람하지만, 굵은 눈썹이 좁은 이마에 바짝 붙어 있는 눈은 인자하게 웃는 모습이다. 긴코원숭이 닮은 코는 턱 가까이까지 내려와서 입이 간신히 표현되어 있어 화려하거나 거대하지 않지만, 토속미가 물씬 풍긴다.

고등학생 때 청량산 가던 그날, 준儁은 이 미륵 앞에 앉아서 지난날 그가 이곳을 지나갔던 이야기를 했다.

준儁이 오후 수업을 마치고 교실 밖으로 나왔을 때, 그의 어머니가 금방 죽을 것 같이 고통스런 얼굴로 기다리고 있었다. 그가 5학년이 되도록 학교로 아들을 찾아온 적이 없는 어머니였다.

"역개 큰집에…, 너 혼자 갈 수 있겠니?"

안절부절못하면서 애간장이 녹는 듯 고통스런 어머니의 그 표정을 준儁은 평생 동안 잊을 수 없다고 했다. 엄마가 죽을 것 같다는 생각을 하면서, 준儁은 큰댁이 있는 역개마을까지 50리 길을 나섰다. 조금이라도 빨리 가기 위해서 지름길인 산길과 철둑길을 마라톤 하듯 쉼 없이 뛰었다.

사그막골 고개를 단숨에 오르고 나서부터 철둑길을 뛰었다. 거촌마을 철교를 건너서 쉼없이 뛰어서 살인사건이 있었다던 외삼리 터널 속에 들어서자, 눈앞이 캄캄하고 머리끝이 쭈뼛했다. 자갈을 밟는 발자국소리와 자갈이 튀는 소리의 공명共鳴이 귓속에서 윙윙거리더니 마치 귀신소리처럼 들리면서 귀신이 준儁을 계속 따라왔다.

어릴 때 솔안 역에서 훈이와 도망칠 때, 빨간 입술 사이로 하얀 이빨의 흑인 병사가 달콤하게 유혹하는 '마왕'으로 변하더니, "귀여운 아가야, 나와 함께 가지 않으련?" 〈마왕〉의 말발굽소리 가 점점 빨라질수록 준儁은 단춧구멍만한 하얀 터널 출구를 향해서 전력을 다해 달렸다. 터널을 빠져나오자, 뒤를 바짝 따라온 듯이 기차의 기적소리와 철거덕거리는 바퀴소리가 점점 가까이 들려왔다. 숨을 헐떡거리며 터널 쪽을 돌아보니, 흑인 마왕의 환상은 사라지고 까만 터널 구멍에서 기차가 튕겨져 나왔다. 마침 봉성으로 가는 신작로가 보였다. 철길에서 도로로 뛰어내리자, 수십 개의 열차가 연달아 먼지바람을 일으키며 머리가 어지러울 정도로 끝없이 지나갔다. 열차의 꽁무니가 다음 터널로 빠져 들어간 뒤에도 한참 동안 얼얼하여 멍하니 그 자리에 서 있었다.

고갯길을 넘어서 굽이를 돌아 내려서면 봉성 면소재지 마을 초입에 향교가 있다. 준儁의 증조부님이 전교典校를 지내셨다는 향교

는 할아버지처럼 늙어 보였다. 향교를 지나쳐서 봉성면 사무소 앞
에서 지름길인 논두렁길로 들어섰다. 좁은 논둑길을 구불구불 한
참 오르니, 고갯마루에 돌부처가 세월의 이끼를 버짐처럼 더럭더
럭 붙이고 오도카니 앉아 있었다. 오랜 세월 비바람에 앉아서 온
몸이 닳도록 도를 닦은 미륵이 틀림없이 영험이 있어 보였다. 준儁
은 온몸에 땀을 소낙비처럼 흘리며 미륵 앞에 서서,

"미륵님, 우리 어매 살려 주이소. 나무아미타불관세음보살, 수
리수리마하수리……." 하며 빌고 또 빌었다.

준儁이 기침을 하거나 열이 날 때면 어머니는 좁쌀을 넣은 종
지에 숟가락을 거꾸로 세우며 주문을 외웠다.

"갑신생이…… 영금을 내라."

귀신이 주문에 응답하는지 신통하게 숟가락이 거꾸로 섰다. 준
雋은 그것을 생각하면서 온갖 주문을 떠올렸는데, 심지어 크리스
마스 때 예배당에서 따라 외운 주기도문까지 술술 외웠다.

어머니
아무런 일이 있더라도,
가령 땅 위에 다
끓는 피로 꽃무늬를 놓더라도,
여기를 떠나지 마시고 앉아 계세요.
…
　　　　　　　양명문楊明文 〈어머니〉 中에서

준雋은 미륵불을 힐끔힐끔 돌아보면서 산길로 접어들었다. 미륵불에서부터 키가 큰 소나무들이 빽빽이 모여 서 있는 소나무 숲길을 지나야 했다. 날씨가 흐린 날은 여우가 힐끔힐끔 돌아보면서 사라지는 곳이다. 산골짜기의 골바람이 불어와서 키 큰 금강송 솔잎과 가지를 뒤흔들었다. '쏴아, 쏴아' 솔바람 소리는 영락없는 귀신소리로 들렸다. 머리끝이 쭈뼛하고 온몸이 오싹하여 귀신으로부터 도망치듯 뛰었다. 윤동주 시인이 〈산림〉에서 산림의 검은 파동우으로부터 어둠은 어린 가슴을 짓밟고 이파리를 흔드는 저녁 바람이 쏴 공포에 떨게 하였다.

소나무 숲을 벗어나서 신작로를 계속 내려가면 준雋의 고향 역개마을로 갈 수 있으나, 준雋은 삼거리와 고감리 동구를 지나고 나서 조금이라도 빨리 가는 지름길을 택했다. 그 길은 산동네인 메냉이마을까지 하늘에 매달린 듯 가파른 산길이다.

숲속으로 들어갈수록 낙락한 장송 등걸과 다래 덩쿨 휘감기고 다람쥐가 놀라서 쪼르르 나무를 타고 오르고, 새소리가 나무에서 굴러 떨어지기도 하고 언덕 위에서 갑자기 흙이 뿌려졌다. 어둑한 덤불속에서 살쾡이가 눈에 불을 흘리면서 흙을 뿌려댔다.

돌멩이를 주워 양손에 들고서 눈을 부라리며 고함쳤다.

"어홍! 나는 호랑이다."

고함소리가 메아리쳐 울리며 숲으로 퍼져나갔다. 조용하던 숲이 갑자기 '웅웅웅웅…' 메아리가 호랑이 울음처럼 울려 퍼지자 새들이 후두둑 날아오르고 놀란 고라니가 껑충껑충 뛰며 내달았다. 가파른 고개를 고라니처럼 헐떡거리며 단숨에 올랐다.

땀이 범벅이 된 준儁이 숨을 몰아쉬며 큰댁에 들어서자, 백모님이 화들짝 놀랐다.

"니가 웬일이고?"

백부님과 종형은 집에 없었다. 준儁은 또 십 리 길을 뛰어갔다. 예고도 없이 갑자기 논에 나타난 준儁을 본 백부님과 종형이 모내기를 하다 말고 엉거주춤 섰다.

"어매가 죽을 것 같아요!" 준儁이 울먹이자,

"작은 어매가 왜?" 종형이 놀라서 물었다.

"아 아니요. 엄마가 그러는데, 아부지가요…."

큰댁으로 다시 돌아가서 행장을 차려입은 백부님을 모시고 동구洞口를 나왔을 때, 이미 검은 차일 같은 풍락산 산그리매가 산골짜기로 덮어 내려오고 있었다.

하얀 신작로를 걸으면서 올 때는 돌아갈 생각을 미처 못했었는데 밤새도록 걸어갈 생각에 마음이 급했다. 엄마의 얼굴이 머릿속에서 사라지지 않았다. '내가 늦으면 엄마가 죽게 될 거야.'

백부님은 준의 애타는 심정을 아는지 모르는지 詩를 흥얼거리면서 느릿느릿 팔자걸음이었다. 한참을 걷고 있을 때 뒤쪽에서 자동차 엔진소리가 웅웅거리더니, 원목을 가득 실은 트럭이 산굽이를 느릿느릿 힘겹게 돌아오고 있었다.

트럭이 저만치 가까워졌을 때, 준巂이 두 팔을 번쩍 들고 길 한 가운데 섰다. 제 열정에 못 이겨 타서 죽는 불나비처럼 헤드라이트 불빛 속으로 들어섰다. 백부님의 만류하는 소리와 트럭의 경적 소리가 귓전에 아련한데 준巂은 눈을 꼭 감았다.

대문 안에 들어섰을 때,
방문 그림자들 두런두런
"준巂이 지금쯤 큰댁에 갔을까?"
"어린 것이 찾아 가기나 했을똥…."

고등학생때 준儁과 청량산 가던 때는 미륵이 앞 건너편에 공동묘지가 있었는데, 지금은 사과밭으로 가려져 있었다.

길이 넓어지면서 솔밭 길은 사람이 다니지 않게 되었다. 그 솔밭 너머의 미륵이재 오르는 길가에 봉화경찰순직비가 있다.

1949년 6월 17일 봉화군 재산면에 일월산의 공산당원들이 출현하여 살인과 방화를 저지르자, 전투경찰과 청년단원들, 봉화군청 직원 등 46명이 재산으로 가던 중에 미륵재 능선에 잠복한 무장 공산당원들의 기관총 난사와 포위망에 걸려 전원이 몰살될 위기에 처하였다. 지용호 서장은 적 앞에 나아갔다.

"나는 봉화경찰서 지용호 서장이다. 나는 죽어도 좋으나 처자식이 있는 다른 사람들은 살려 보내주시오."

30여 명은 살아 돌아갔으나, 봉화경찰서장 총경 지용호池龍浩, 신청일辛淸一 경위, 류섭柳燮 경위, 장태식張泰植 경위, 대한청년단 단장 김태수金泰守, 청년단 김두여金斗汝, 청년단 권대홍權大洪, 청년단 엄길수嚴吉守 등이 현장에서 전사하였다.

1년 후 6·25가 발발하면서, 가장家長을 잃어버린 유가족들은 고난의 삶을 살아야 했었다.

지금은 주로 자동차를 이용하게 되면서 그 솔밭길은 칡넝쿨과 가시덤불이 길을 덮었기 때문에 작은 고개를 넘어서 논둑길을 돌아들면 돗밤실(栗谷) 마을이다. 그 마을 동구洞口에서부터 차도車道

(봉명로)로 계속 내려가야 한다.

〈대동여지전도〉발문에 '산자분수령山自分水嶺'이라는 말이 있는데, 이는 산과 강을 하나의 유기적인 자연구조로 보고, "산은 물을 가른다." 또는 "산은 물을 넘지 못하고, 물은 산을 건너지 않는다."라는 뜻이다. 문수산의 정맥은 左낙동 右내성천을 가르면서 다덕재에서 미륵재로 이어지고, 역개마을의 풍락산을 지나 퇴계 이황의 생가 뒷산인 용두산에서 맺혔다가 녹전의 예고개에서 학가산을 거쳐 경상북도 도청 뒷산 검무산까지 이어진 뒤 삼강나루에서 정맥이 命을 다하고 낙강과 내성천이 합류한다.

분수령인 미륵재 위에 떨어진 빗물이 도천과 토일천으로 갈라져서 각각 다른 방향으로 점점 멀어지면서 낙동강과 내성천으로 흘러 들어간다. 해발 400m의 미륵재에서 청량산 앞을 지나 도산서원이 있는 영지산 송티(松峙)까지는 내리막길이다. 이스라엘의 여리고(Jericho)는 예루살렘 북동쪽의 요르단강과 사해가 합류하는 지점의 각종 과실수가 우거진 오아시스로인데 방향芳香의 성읍이라 불리었다. 여리고(Jericho)는 지중해 수면보다 약 250m 낮은 데 비해 예루살렘은 해발 약 790m로, 예루살렘에서 여리고로 가는 길은 급한 내리막길이다.

준篤의 고향 마을은 '청량산 가는 길'에서 지나치기 쉬운 좁은 골짜기로 들어가야 한다. 지리적 사회·문화적으로 외부와는 격리된 곳이어서, 영화 〈동막골〉처럼 바깥세상에서 전쟁이 일어난 것도 모를 정도로 외진 곳이다.

준준雋은 '역개(麗浦)마을'을 '여리고麗里故'라고 하였다. 역개는 산과 개울이 아름다워 《천자문》의 '금생여수金生麗水'에서 유래한 지명이다. 풍락산 너머는 안동 땅일 정도로 우뚝 솟은 풍락산 경사 급변점의 선상지扇狀地에 풍락산의 물이 흘러서 고인 염장들에는 곡식과 과일이 여물 무렵 참새들이 떼 지어 날고 해마다 백로가 찾아와서 거닐었다. 준준雋의 할아버지 송숙재松竹齋 박제형朴齊衡은 〈풍락산구곡〉을 노래하였다.

峥嵘豐樂最爲靈　높고 가파른 풍락산이 가장 신령스러운데
衆垤羅環氣尙淸　개밋둑처럼 빙 두른 봉우리의 기운은 오히려 맑네.
其下源泉流曲曲　그 아래 근원이 되는 샘물이 굽이굽이 흐르니
日將千里遠含聲　하루에 천 리를 흘러 멀리까지 물소리 머금었네.

〈풍락산구곡〉 중 序곡

'아름다운 고향마을'이란 뜻도 있지만, 여리고(Jericho)와 지형이 비슷하여 준雋이 역개(麗浦)를 '여리고麗里故'라 하였었다.

역개마을은 구전苟全 김중청金中淸 종택을 중심으로 안동김씨 집성촌이다. 구미당九未堂은 봉화에 입향한 김극례金克禮(보백당 김계행의 셋째 아들)의 현손인 구전 선생이 세운 서당이었다.

구전은 소고嘯皐 박승임과 월천 조목의 문인이며, 그의 후손들이 봉화 일대에 흩어져 살고 있다. 구전은 임진왜란 때 소천 화장산 전투에서 왜군을 막아서 적이 돌아가게 하였으며, 명나라에 사신으로 다녀오면서 가져온 공자상 그림이 전한다.

큰 도로에서 벗어나 역개마을로 가는 길은 우람하게 버티고 내려다보는 풍락산을 바라보면서 오르막길을 오르면, 마을 입구에 한 무더기 당 숲에 마을의 수호신인 공민왕 부인을 모시는 당집이 있다. 그 당집에서 마을 쪽으로 150m 거리에 준雋의 아버지 박홍朴鴻이 태어나 자란 생가가 있었다. 박홍朴鴻의 조부 만포晚圃 박승후朴勝厚 공이 후학을 가르치시던 만포의숙義塾은 사라지고 그 자리에 만포 박승후의 부부 묘소가 있다.

고등학생 때 준雋과 우리 일행이 청량산을 가면서, 준雋은 역개마을에 들어가지 않는다고 했다.

"여리고(역개)는 만주에서 돌아왔을 때와 6·25 전쟁을 피해서 왔던 곳이다. 기쁘나 슬플 때나 찾아가는 내 마음속의 보리수다. 큰형님이 군 입대를 앞두고 백부님 뵈러 갈 때 나는 형님을 따라

갔었다. 역개에서 돌아오는 날은 지금까지 내가 겪은 겨울 날씨 중에 가장 추웠던 걸로 기억된다. 명호에서 미륵재까지 불어오는 골짜기의 북풍에 살점을 에는 추위를 참을 수 없어서 나는 길바닥에 서서 울면서 발을 동동 굴렀지. 그러자 형님은 입고 있던 재킷을 벗어서 나에게 입혀주고, 자신은 셔츠 차림으로 나를 업었지."

준儁이 고통스런 얼굴로 나를 힐끗 돌아보더니 떨리는 말소리로 다시 이야기를 이어갔다.

"그 해 겨울이 지나고 큰형님이 군에 입대하던 날 감꽃이 피었고, 감꽃 목걸이를 걸어주던 내 누님 같던 형수가 그 감나무 아래서 홍시처럼 빨갛게 달아오른 볼로 군사 편지를 읽었는데…"

준儁은 한참 동안 말을 잇지 못하더니, 나를 빤히 쳐다보면서 물었다.

"진실과 사실은 같아야 할까? 아니, 사실을 말할 때 꼭 진실 그대로 말해야 하나?"

그의 격앙된 목소리에서, 그것은 단순히 질문이 아니라는 것을 알았다.

붉은 감잎이 뚝뚝 떨어지던 날, 형의 부대에서 책임감이 매우 투철한 한 전령이 준儁의 아버지를 찾아왔었다.

"참호 안으로 갑자기 수류탄이 날아들었는데, 모두들 어쩔 줄 모르고 있었어요. '꽝' 하며 폭발하더니, 검은 연기와 화약 냄새가 확 퍼지고 피가 사방으로 튀었어요. 소대장님이 수류탄 위에 몸으로 덮친 거지요. 창자가 몸 밖으로 터져 나오고 눈알이 뭉개져서 볼 수도 없으면서, '살려 달라'고 울부짖었어요. 손으로 잡으면 살점이 새카맣게 익어서 떨어져 나갔고, 지 얼굴에 피가 막 튀었구먼요. 소대장님이 자신의 모습을 볼 수 없는 것이 다행이었지요."

그 병사는 손짓 발짓에 눈을 치떴다 깔았다 하면서 침을 튀겼다고 했다. 준雋은 그 병사의 언행을 그대로 흉내 내면서 말했다.

이스라엘 백성은 약 30리나 된다는 여리고성을 하루에 한 바퀴씩 6일간 돌고, 마지막 7일째 되는 날은 마라톤으로 일곱 바퀴를 돌았는데, 여리고성을 돌 때 행렬 앞에는 하나님의 임재臨在를 의미하는 법궤를 메고 들어갔으니, 이를 막을 자는 없었다고 한다.

나는 청량산으로 가는 길에 준雋의 고향마을 역개 거리에 서서 주저했다. 그의 '여리고'에 꼭 가보고 싶었다. 그러나 그때의 준雋처럼 역개를 지나쳐서 명호로 곧바로 향했다. 나는 아직 그 법궤를 준비하지 못했기 때문이다.

역개거리(洞口)를 지나서 500m쯤 왼편에 갈래(葛川)마을 삼거리가 있다. 문수산에서 발원하여 춘양을 거쳐서 흘러온 운곡천과 미륵재에서 흘러내린 도천이 갈래에서 만난다.

문수산에서 발원한 운곡천은 소백과 태백의 양백지간을 흐르면서 유역의 농토가 기름지고 주변의 자연과 어울려 경물景物이 아름답게 펼쳐진다. 경암敬巖 이한응李漢膺이 법전에서 춘양까지의 운곡천 9km의 경물을 노래한 〈춘양구곡春陽九曲〉을 지었다. 그는 송재 이우의 후손으로 서예와 시문에 뛰어났으며, 녹동마을의 계재溪齋에서 성리학을 공부하며 제자 양성에 주력했다.

〈춘양구곡〉은 이 지역 학자들이 은거한 정자나 정사가 있는 운곡천 굽이를 중심으로, 제1곡 어은漁隱, 제2곡 사미정四未亭, 제3곡 풍대風臺, 제4곡 연지硯池, 제5곡 창애滄崖, 제6곡 쌍호雙湖, 제7곡 서담書潭, 제8곡 한수정寒水亭, 제9곡 도연서원道淵書院으로 이어진다.

문수산의 숲이 품은 맑은 물이 골짜기마다 모여 흘러내린 운곡천은 〈춘양구곡〉을 노래하면서 법전의 사미정 앞을 지나 삼동 도깨비 도로 아래의 가무계곡을 S자로 급하게 회돌아 내려왔지만 아직도 젖먹이 운곡천은 갈래(葛川)마을 앞에서 천천히 숨고르기를 한 후 명호에서 물레방아를 돌리면서 한참을 머물다가 명호초등학교 동쪽의 계곡(매호 유원지)에서 승부동천과 임기의 좁은 골짜기를 40여 회 돌아서 매호 계곡을 빠져나온 낙동강 본류와 합류하면서 호수를 이루게 된다.

풍호리 역개마을에 살았던 만운 김병모 선생은 1915년 9월에 20여 명의 회원들과 청량산을 유산遊山하였다.

그때 갈래에서 청량산까지 낙동강을 따라 걸으면서 느낀 감회를 적은 〈자갈동지청량自葛洞至淸涼〉에서 가을날의 정취가 눈에 선하다.

江村緩步帶斜陽	강촌의 늦은 걸음 사양을 띠어
望裏山高又水長	바라보는 속에 산은 높고 물은 길어라.
隨處煙霞還沒屐	곳에 따라 연하煙霞는 도리어 신발에 묻히고,
來時楓菊且酣霜	때는 단풍과 국화는 서리에 물들었네.
聊將晚節三秋興	애오라지 늦은 절기 삼 년 세월의 흥을 가졌고,
吟破靈區萬疊藏	신비스런 만첩 숨겨짐을 읊어 깨뜨렸네.
千載惟新精采地	천년이 지나도 오직 정기 문채 새로운 곳에
晚生今日挹餘光	늦게 태어난 이가 오늘 남은 빛을 끌어내다.

- 이창경 국역《만운유고》 2015.

야송 이원좌 청묵산수 68×68cm, 1979. 야송미술관

명호明湖는 명호 면소재지이며, 1960년대 중반까지만 해도 청량중학교로 건너가는 도천교 다리 초입의 냇가에 물레방아 돌아가고, 청량중학교 뒤 언덕에 삼동마을로 오르는 꼬불꼬불 산길이 있었다. 지금은 갈래마을에서 삼동으로 가는 '삼동도깨비도로'가 생겼는데, 약 80m 정도의 도로가 착시현상으로 내리막길처럼 보인다. 도깨비도로의 범바위에서 내려다보면, 매호 유원지를 돌아 흐르는 낙동강과 해지는 서편의 풍락산 아래 풍호리의 역개마을이 건너다 보인다.

면소재지 중심가에서 영양 방면의 도로를 따라서 금융조합·버스정류소·약방·대서방·잡화점·식당 등을 지나서 나지막한 고개를 넘어가면 길 왼편에 명호초등학교로 들어가는 학교 진입로 오른편의 명호면 경찰지서는 돌로 성城을 쌓은 담장이 높게 둘러쳐져 있어서, 6·25동란 전후에 청량산 빨치산들의 습격이 있었던 것을 짐작할 수 있었다.

명호초등학교 운동장 남쪽은 낙동강이 호수처럼 잔잔하게 흐른다. 매호 계곡을 빠져나온 강물이 이곳에서 폭이 넓어지면서 물의 흐름이 강 하류처럼 느려져서 마치 호수와 같다.

황지에서부터 출발한 시냇물은 삼방산(1,177m)·진조산·동고산·일월산(1,218m)에 막혀서 낙동 정맥을 넘지 못하고, 높고 깊은 산협을 40여 차례 뱀처럼 구불구불 흘러오면서 골짜기 물을 보태고 보태면서 명호에서 강의 면모를 갖춘 뒤, 청량산까지는 넓어진 물길을 허리를 펴고 유유히 흘러간다.

명호에서 낙동강을 따라 가다가 재산·영양 방면으로 갈라지는 고개 삼거리가 강림대江臨臺이다. 안동에서 봉화를 거쳐서 영양으로 순환하는 시외버스가 하루 한두 차례 양방향으로 운행하였는데, 이 강림대江臨臺에서 나룻배에 버스를 싣고 건너야 했다.

오늘날 강림대에 영양 방면으로 명호교 다리가 놓였다. 청량산은 명호교를 건너지 않고 곧장 강을 따라가는 7km의 강변길이다. 지금은 포장도가 생겼지만, 고등학생 시절에 준雋과 청량산에 가던 때만 해도 강기슭의 좁은 길을 걸었다.

관창1교를 건너면 청량산 장인봉 아래 북곡北谷(뒤실)이다. 상투처럼 우뚝한 장인봉을 중심으로 동서東西쪽으로 뻗은 청량산이 앞을 가로막았다. 그때는 가을이어서 대추나무 가지가 찢어지도록 대추를 주렁주렁 열었고 지붕이나 마당의 멍석에 널어놓은 대추가 가을 햇살에 빨갛게 익어가고 있었다. 대추나무에 겨우살이가 기생하게 되면 그 대추나무는 대추가 열리지 않는다. 뒤실마을의 토종 대추나무가 지금까지 유지되는 것은 이곳의 토양과 낙동강의 강바람, 청량산의 기운이 만들어내는 자연환경이 대추나무가 생장하고 열매를 맺게 하는 생리에 맞아서인 것 같다.

만운 김병모 선생의 詩 〈강림대江臨臺〉는 어느 가을날, 선생이 청량산으로 가는 길에 이 나루터에서 느낀 감회를 읊었다.

淸眞此事繼無塵　맑고 참된 이 일이 단연코 티끌이 없어,

短屐遲遲更下津　짧은 신 더디게 다시 나루터로 내려왔네.

興到浪吟江上路　흥이 이름에 어지러이 강 위의 길에 읊고,

日斜若待意中人　해 기울메 부지런히 생각 속 사람 기다리네.

相從長者夤緣重　서로 장자를 좇아 인연이 중하고,

卽向名山意思新　바로 명산을 향하니 생각이 새롭도다.

莫道今行時節晩　이번 걸음이 시절이 늦다 이르지 말라,

黃花赤葉勝於春　누른 꽃 붉은 잎이 봄철보다 좋도다.

- 만운의 孫壻 이창경 국역《만운유고》2015.

야송 이원좌, 청량북곡도 80×73cm, 2007.

청량산 뒤 골짜기 북곡北谷마을은 청량산과 만리산 사이를 흐르는 강가 언덕의 현대식 펜션들이 줄지어 있는 풍광이 마치 알프스에 온 느낌이었다. 여름철이면 매호 유원지에서 낙동강을 타고 내려가는 래프팅이 벌어지는 곳이다.

나는 북곡마을에서 낙동강에 걸쳐진 남애교를 건너서 남애마을 언덕길로 올랐다. 청량산의 전체를 보려고 만리산(791m) 항적사 입구의 전망대까지 더 올라갔으나, 청량산 뒤편의 웃뒤실까지 조망할 수 있었다. 그러나 거리가 멀어질수록 경관이 또렷하지 않았다.

남애마을에 설치된 청량산 조망대는 강 건너 맞은편의 청량산 서쪽 기슭을 가장 가까이에서 볼 수 있는 곳이다. 강 건너 청량산 아래로 강을 따라서 이어지는 좁을 길을 내려다보면서, 고등학생 때 준雋과 셋이서 그 길을 걸어갔던 기억이 되살아났다.

지금은 관창1교를 건너서 청량산 건너편 강변길이 생겼지만, 그때 우리는 북곡마을에서 곧장 청량산 아래 강기슭을 따라 난 좁은 길을 걸어서 청량산 초입에 도착했을 때는 이미 해가 기울어지고 있었다. 강가 모래톱 위에 군용 A형 텐트를 쳤다.

강 건너 나븐들(廣石, 넓은 돌) 나루터 마을에 저녁연기가 피어오르고 나루터에는 작은 나룻배 한 척이 물결에 일렁이고 있었다. 강물에 쌀을 씻어서 군용 반합을 나무에 걸고, 삭정이 나무를 주워서 불을 붙였다. 세 사람 모두 처음으로 경험하는 캠핑이었다.

강가 자갈 위에 둘러앉아서 생애 첫 캠핑의 만찬을 즐겼다. 강 건너 나븐들마을의 초가에 불이 켜지고 마을 뒷산 불티재가 어둠 속에 묻혀갔다.

하늘에 별이 하나둘 반짝이자,
반딧불이 한 쌍이 탱고를 춰댔다.

저녁 강물이 속으로 울음을 삼키며 흘렀다.

강물 위로 퐁퐁퐁 물수제비를 일으키자,
어둠 속에서 하얀 물방울을 튀기면서 퐁퐁퐁 날았다.

물수제비 놀이도 심드렁해지자, 우리는 자갈밭에 벌러덩 누웠다. 강물 위로 자욱이 깔린 밤기운이 잿빛 어둠으로 점차 짙어지면서 강물은 점점 더 하얗게 모습을 드러냈다.

나는 저물어가는 강물을 바라보면서, 영화 〈흐르는 강물처럼 (River Runs Through It)〉의 노먼 형제의 플라잉 낚시가 생각났다.

"낚시가 있었으면……."

내가 말을 꺼내는 순간, 준雋은 나를 돌아보면서,

"너는 학교를 계속 다닐 거지?"

불쑥 던지는 준雋의 한 마디가 무엇을 의미하는지 처음에는 짐작이 안 갔다. 한참 뜸을 들이더니,

"나는 집에서 나올 생각이야……."

준雋은 어머니가 너무 힘들어하는 것이 안타깝다고 했다. 아버지의 발병이 큰형의 귀신에 썬 탓이라고 해서 귀신 쫓는 굿을 해보았지만 아무 소용이 없었다.

어느 날, 어머니는 집안 어른들과 의논한 끝에 준雋의 고향 마을 '여리고'에 아버지를 데려 가서 무속인의 퇴마치료를 행했다. 그때 준은 동행하지 않아서 자세한 것은 모르지만 고향 사람들 앞에서 망가진 자존감은 증오로 변했다.

"니 어미가 음식에 독약을 넣어서 날 죽이려 한다."

그러나 준의 어머니는 맏아들의 죽음과 지아비의 발병發病, 그리고 경제적 어려움을 당하면서도 치료에 정성을 다했다.

'부생모육父生母育 신고辛苦하야 이내 몸 길러낼 제 공후배필公侯配匹 못 바라도 군자호구君子好逑 원願하더니 삼생의 원업怨業이오 월하月下의 연분緣分으로 장안유협長安遊俠 경박자를 꿈같이 만나 당시의 용심用心하기 살얼음 디뒤는 듯… 이 얼골 이 태도로 백년 기약 하였더니 연광이 훌훌하고 조물이 다정시하여 봄바람 가을 물이 뵈오리 북 지나듯 설빈화안雪鬢花顔 어디 두고 면목가증面目可憎 되거고나, 내 얼골 내 보거니 어느 임이 날 괼소냐, 스스로 참괴慙愧하니 누구를 원망하리…'

처녀시절의 〈규원가閨怨歌〉를 잊은 적이 없으며, 북만주 이국 땅에서나 귀국길에서 당한 어떤 어려운 상황에도 다급해하지 않 고 중심을 지켰다. 아무리 어려운 일을 당해도 어느 시점에서 반 드시 상황의 변화가 생겨 좋은 결과를 얻을 수 있을 것이라는 물 극필반物極必反의 신념이 있었다.

준의 어머니의 정성과 시간의 묘약으로 아버지가 심연의 미망 迷妄에서 점차 헤어나는 듯했다. 그러나 돌이킬 수 없을 정도로 경 제적·정신적으로 피폐해진 가정 파탄에 대한 자괴감을 술로 해 소하려는 나약함을 보였다.

준雋은 어머니가 고통스러워할수록 아버지에 대한 반감이 커갔 으며, 아버지의 행동이 심하면 심할수록 아버지를 해치고 싶은 충 동까지 느낀다고 했다.

"아버지가 없는 곳이면 어디든지……."

자식이 아버지에게 감히 대들 수 없으니, 자기 스스로 어디론가 피하는 도리밖에 없다고 했다. 그러나 어머니의 고통을 생각하면, 이러지도 저러지도 못하는 처지였다. 머리가 터질 것 같아서 학교에서 공부도 집중이 되지 않는 데다가 밀린 수업료도 못내는 처지에 학교도 다닐 수 없게 되었으니 결국 어디든지 떠나야 할 것 같다고 했다.

나는 훈이를 돌아보았다. 그는 말없이 저녁 강물만 바라보고 있었다. 훈이는 초등학교 4학년 때 고아원에서 양조장집에 위탁되었다가 중학교를 마치면서 그 집에서 나왔었다. 그 양조장집에서 훈이를 정식으로 입양하려 했기 때문이다.

나는 남애마을 전망대에서 내려와 관창1교를 건너서 청량산과 만리산 사이를 흐르는 낙동강 강변도로를 약 1.7km 정도 걸어서 청량산 삼거리에 닿았다. 나븐들마을이 관광단지로 변해 있었고, 나룻배는 사라지고 청량산 입구로 통하는 양삼교 다리가 낙동강에 걸쳐 있어서 차량들이 청량산 속으로 들고난다.

양삼교 아래 낙동강 수량이 작은 시냇물 정도로 줄어있고, 우리가 캠핑하던 모래톱은 자갈과 잡초와 억새가 뒤엉켜 있었다.

선비들은 청량산을 외유내강外柔內剛의 미덕을 지닌 산으로 여겼다. 밖에서 보면 흙뫼부리 뿐이나 강을 건너서 골짜기로 들어가면 기이한 것이 이루 형언할 수 없기 때문이다.

양삼교를 건너서자, '청량지문淸凉之門'이 웅장한 자태로 서있다. 청량지문을 통과하자 오른편의 퇴계 詩 공원에 〈독서여유산讀書如遊山〉 시비詩碑가 있었다.

글 읽는 것은 사람들의 산놀이와 비슷하다고 하는데,
지금 보니 산놀이가 글 읽기와 비슷하다네.
노력하고 힘 다할 때는 원래 아래서부터 시작하고,
얕고 깊음 얻는 곳은 언제나 그곳에서 말미암네.
앉아서 구름 이는 것 보자니 묘함 잊겠고,
걸어서 물의 근원에 이르니 비로소 시작하는 곳 깨닫네.
산꼭대기 높이 찾음 그대들 힘쓰게나,
늙고 쇠하여 중도에 그만둠 내 심히 부끄럽네.

讀書人說遊山似 今見遊山似讀書 工力盡時元自下 淺深得處摠由渠
坐看雲起因知妙 行到源頭始覺初 絶頂高尋勉公等 老衰中輟愧深余

야송 이원좌, 청량산 입구 136×68cm, 1993.

〈독서여유산讀書如遊山〉 詩碑 공원 잔디밭에 설치된 석조 원통과 반구형의 석조물에 퇴계의 세 가지 가르침(訓)이 각각 한 가지씩 새겨져 있었다.

퇴계의 학문은 오로지 경敬에 있으며, 성인聖人과 광인狂人의 차이는 경敬과 일逸에 있었다.

"사람이 개와 닭을 잃어버리면 찾을 줄 알지만, 마음을 잃어버리고는 찾을 줄 모른다."라고 하면서, '毋不敬·毋自欺·思無邪' 세 가지를 가르치고, 선생 자신도 일생동안 이를 실천하였다.

毋不敬　모든 것을 공경하라.

毋自欺　스스로를 속이지 마라.

思無邪　사특邪慝한 생각을 품지 마라.

이 세 가지 가르침은 유학에서뿐 아니라, '뭇 사람을 공경하며 형제를 사랑하며'(벧전 2:17), '스스로를 속이지 말라, 그대로 거두리라.'(갈라 6:7) '마음에 악한 생각을 품지 말라.'(신명 15:9) 등 기독교에서 이를 중시하고 있음을 《성경》을 통해서 알 수 있다.

불가佛家의 성철스님도 '자기를 속이지 말라(不欺自心).'를 화두로 품고 8년간 눕지 않는 장좌불와長坐不臥 수행으로 자신과의 약속을 지켰다고 한다. 남을 속이는 것이 좀도둑이라면 자기를 속이는 것은 큰 도둑이라고 하였다. 이처럼 세상의 바른 이치는 종파를 초월하여 통하는 것이다.

퇴계 詩 공원에서 청량교를 건너서 들면 자소교와 연화교를 건너면 연화봉과 유리보전으로 오른다. 청량산은 기기묘묘한 암벽으로 이루어진 봉우리들이 제각각 이름을 가지고 있다. 풍기군수 주세붕이 청량산을 유람하며 명명한 12개 봉우리(일명 六六峰)와 12대가 있다. 최고봉인 장인봉丈人峰을 비롯해 외장인外丈人·축융祝融·경일擎日·선학仙鶴·금탑金塔·자소紫宵·자란紫鸞과 연화蓮花·연적硯滴·향로香爐·탁필卓筆 등의 봉우리를 이르는데, 하나하나가 모두 절경이다.

12대는 금탑봉 오른쪽의 어풍대御風臺와 밀성대·풍혈대·학소대·금강대·원효대·반야대·만월대·자비대·청풍대·송풍대·의상대를 일컫는다.

퇴계는 풍기군수를 마지막으로 벼슬을 그만두고 고향으로 돌아가 산림에 묻혀 사는 선비로서 청량산을 찾아 독서하거나 산을 찾아 노닐기를 즐겨했다.

청량산은 퇴계 가문의 산으로 5대 고조부가 송안군으로 책봉되면서 나라로부터 받은 봉산이므로, 청량산은 오가산吾家山이라 하였고, 청량정사를 오산당吾山堂이라 하여 청량산은 퇴계의 학문과 사상의 산실이었다. 이곳에서 학문을 심화시켜 독자적인 학문을 완성하였으니, 말년에 자신의 호를 '청량산 노인'으로 삼은 것은 청량산에 대한 남다른 애정에서 비롯된 것이다.

퇴계의 詩 중에는 청량산을 읊은 시가들이 많은데, 그 가운데 〈청량산가〉는 〈도산십이곡〉과 함께 시조이다.

〈청량산가〉에서, 갈매기는 청량산 육륙봉을 소문내지 않겠지만, 물에 떠 흘러가는 복사꽃은 바깥세상 사람에게 비경을 알려줄 것이니 미덥지 않다는 것이다.

청량산淸凉山 육육봉六六峰을 아느니 나와 백구白鷗,

白鷗ㅣ야, 헌ᄉᆞᄒᆞ랴. 못 미들 손 도화桃花(복숭아꽃)ㅣ로다.

桃花ㅣ야, 쩌나지 마라. 어주자漁舟子(고기잡이)ㅣ 알가 ᄒᆞ노라.

야송 이원좌, 한야청량도 122×91cm, 1997.

토계에서 청량산까지 낙동강변을 걸어서 청량산을 오가시던 길을 오늘날은 '퇴계 예던 길'이라 한다. 〈도산십이곡陶山十二曲〉을 읊으며 산을 넘고 강을 건너 호젓한 산길을 걷는다면 그윽한 유란幽蘭의 기품을 맛볼 수 있을 것이다.

어떤 이가 도산에 살고 있는 퇴계에게 물었다.

"옛날 산을 사랑하는 사람들은 반드시 명산名山을 얻어 의탁하였거늘, 그대는 왜 청량산에 살지 않고 여기 사는가?"

"청량산은 만 길이나 높이 솟아 까마득하게 깊은 골짜기를 내려다보고 있어서 늙고 병든 사람이 편안히 살 곳이 못 된다. 또 산을 즐기고 물을 즐기려면 어느 하나가 없어도 안 되는데, 지금 낙천洛川이 청량산을 지나기는 하지만 산에서는 그 물이 보이지 않는다. 나도 청량산에서 살기를 진실로 원한다. 그런데도 그 산을 뒤로하고 이곳을 우선으로 하는 것은, 여기는 산과 물을 겸하고 또 늙고 병든 이에게 편하기 때문이다." 하였다.

청량산은 주위에 웅위한 만리산·풍락산·문명산·일월산과는 산세가 판이하다. 산의 높이나 웅장하기는 일월산에 비할 바 못되지만, 가파른 암벽 봉우리가 중첩되어 주변의 수목과 산 아래의 낙동강과 어우러진 곳에 안개와 구름이 산봉우리를 감돌고 오르면 별유천지가 된다.

1543년에 백운동서원을 창설한 주세붕이 청량산에 오르기 위해 풍기를 떠난 것은 50세였던 1544년 4월 9일이었다. 동행은 이원, 박숙량, 김팔원과 그의 아들 전傳이었는데, 후에 송재 이우의 사위 오인원이 합류하였다.

당시 청량산에는 웃재, 구름재, 두들, 웃뒤실 등 띄엄띄엄 산마을이 있었는데, 주세붕은 자신뿐 아니라 밭을 갈고 김을 매는 농부들까지 은자로 표현하며 그들의 삶을 동경하였다.

주세붕이 보현암 앞의 대에서 읊은 그의 詩 〈보현암전대普賢巖前臺〉에서 봉우리의 기이한 경치와 바람과 새소리에 취했다.

六六奇峰三百臺 기이한 열두 봉우리, 삼백 개의 대,
臺頭處處踏蒼苔 대 위 곳곳에서 푸른 이끼를 밟노라.
天風吹送東溟月 하늘의 바람이 동해의 달을 불어 보내니,
杜宇聲中又一杯 소쩍새 소리에 또 한 잔 술을 드노라.

주세붕에게 청량산은 기락嗜樂과 시작詩作을 동반한 탕유宕遊의 공간이었다. 4일째 되는 날 예고도 없이 오인원이 찾아와서 詩를 수창하면서 일행과 어울려 즐겁게 보냈다고 전한다.

주세붕은 청량산 유산을 마치면서 이렇게 술회하였다.

"아! 이 산이 만약 중국에 있었다면, 반드시 이백·두보가 읊조리고 희롱한 것과 한유·유종원이 기록하여 서술한 것과 주자朱子·장식張栻이 올라가서 감상한 것이 아니더라도 천하에 크게 이름을 날렸을 터인데, 천년 동안 고요히 있다가 김생과 고운 두 사람을

빙자하여 일국一國에 드러나게 되었으니 진실로 탄식할 만하다…"

퇴계가 사직원을 내고 귀전하여 청량산에 가기 위해 한서암을 떠나 제자 금난수의 고산정에서 하룻밤을 묵고 다음날 늘매마을을 지나서 놀티재(霞嶺)와 불티재(火嶺)를 넘어 나븐들에서 배를 타고 낙강을 건너 청량산으로 들어가면서 읊은 詩에서, 퇴계의 '청량산 가는 길'이 그려져 있다.

行行力已竭　가고 또 가니 힘은 이미 다했지만
上上心愈猛　오르고 또 오르니 마음 더욱 굳었노라.

퇴계는 '유산여독서遊山如讀書'라 하여 산에 오르는 것을 글을 읽는 것과 같아서, 심성을 닦는 일, 학문을 하는 일이라고 할 정도로 퇴계는 산을 즐겼다.

1555년 11월 30일, 맏손자 안도와 정유일을 데리고 청량산에 가서 청량암에 머물렀다. 이때 연대사 등 거처하기 편한 곳은 모두 사정이 있어서 이곳으로 옮겨서 지냈으며, 40여 년 전 숙부 를 모시고 상청량암에 묵었던 일이 생각나서, 詩 2首를 지었다.

1564년 4월 14일, 청량산 유람길에 올랐다. 그 해 초부터 계획되었다가 심한 가뭄으로 두어 차례 미루어진 끝에 이루어진 것이다. 이문량·금보·금난수·김부의·김부륜·권경룡·김사원·류중엄·류운룡·이덕홍·남치리·조카 준寯·맏손자 안도 등 모두 13인이 동행하여 3일을 머문 다음, 17일에 산을 내려왔다.

마을 뒷산도 아니고 먼 길을 걷고 가파른 산길을 오르는 청량산 등정은 64세의 퇴계로서 쉽지 않은 산행이었다. 이때 〈천사에 이르러 이대성을 기다리며 到川沙待李大成未至〉를 읊었다.

煙巒簇簇水溶溶　산봉우리 봉긋봉긋 물소리 졸졸

曙色初分日欲紅　새벽 여명 걷히고 해가 솟아오르네.

溪上待君君不至　강가에서 기다리나 임은 오지 않아

擧鞭先入畫圖中　내 먼저 고삐 잡고 그림 속으로 들어가네.

　　　　　李大成은 농암의 맏아들 碧梧 李文樑의 자이다.

1570년 11월 7일, 퇴계의 서거逝去 한 달 전 권호문이 겨울 동안 글을 읽기 위해 청량산으로 가는 길에 계상서당으로 찾아왔다. 곧이어 농운정사에 묵고 있던 민응기와 류운룡 등이 와서 함께 가르침을 받았다. 권호문이 청량산에 간다고 하자, 청량산의 겨울 풍경은 좋지만 바람이 어지럽게 몰아칠 때는 온 산이 진동할 정도로 요란하니 양지바른 작은 암자에 거처하는 것이 좋을 것이라고 하였다.

　　퇴계에게 청량산은 유가적 심성도야 공간이었다. 독서하는 것과 산에서 노니는 것이 서로 같은 점을 들어서 독서와 산놀이를 일치시키기도 했는데, 그는 13세 때부터 청량산과 인연을 맺었다. 숙부 송재 공은 자신의 사위와 퇴계의 형제들을 청량산에 보내면서, 〈청량산으로 독서하러 가는 사위와 조카 해瀣를 보내며送曺吳兩郞與瀣輩讀書淸凉山〉詩를 적어주었다.

> 공부하는 것은 산에 오르는 것이라 하지만,
> 깊고 얕고 넉넉히 익혀 가고 오는 것 믿어라.
> 하물며 청량산은 깊고 경치 좋은 곳이니,
> 나도 일찍이 십 년간 거기서 공부했느니라.
> 원효봉은 서쪽에 가로놓이고 치원봉은 동쪽에 있으니,
> 홀로 와 북쪽을 보니 고운 것은 의상봉이다.
> 솥발(鼎)처럼 셋이 솟은 가운데 골이 열리니,
> 푸른 벽 낭떠러지 모두 비어 있네. (삼대봉)

천고의 오랜 절이 석굴 앞에 있고,

무지개가 골짜기에 샘을 마신다.

봄에 눈이 녹고 얼음 불어 물거품 많아지니,

누가 대 홈통 가져와 백 길 높이이었는가. (김생굴 폭포)

돌 틈에 졸졸 흐르다가 곁에서 맑게 솟으니,

중이 말하기를 이 물 마시면 총명이 난다고.

우습다, 그때 나도 천 말이나 마셨는데,

어둠을 깨우치지 못하고 한 늙은이가 되었구나. (총명수)

야송 이원좌, 원효봉, 야송미술관

불교가 요즈음 쇠잔하려 하고,
삼백 년 이래로 옛 도가 돌아왔다.
한번 화한 몸이 푸른 절벽에 남았으나,
조계종 파가 끊겨 이어가지 못하는구나. (고도선사의 초상)
바위 구멍 남쪽 입이 어두컴컴하게 열리고,
솔 그늘이 둘려서 평평한 대를 덮어씌웠다.
연기가 불고 소리가 합쳐져 맑은 날에도 우렛소리 나니
더위에 시달려도 옷을 갖추어 입어야 된다. (송대의 바람구멍)
안중사에서 홍·황·나 세 사람, (홍언충, 황맹헌)
병오년의 일이라 먼 옛이야기다.
인간이 죽고 사는 것은 잠깐의 슬픔,
비바람 소나무에 어지러이 불고 밤은 쓸쓸하였다.
완고하게 한 조각이 높이 서서,
소낙비나 바람을 맞으면 움직였다 돌아선다.
고요한 성품이 다른 물건 때문에 움직이니,
인심이 움직일 때 누구 보내 편케 하리오. (청량사 흔들바위)
백운암은 흰 구름만큼이나 높고,
병든 다리로 올라가려고 여러 해 몽상했었다.
칡덩굴 당겨 오르니 도리어 어려워. (백운암)
등산의 묘미 있는 곳에서 오르기를 포기함이 한스럽다.
절벽 어귀 졸졸 작은 물소리가 나는데,
일찍 설유雪乳를 넣어 서늘하게 했도다.
소갈증 가진 노인 문원의 무게를 깨달아,

한번 바라보니 침이 말라 목마르려고 하네. (문수사 돌샘)
놀던 자취가 아직도 눈에 삼삼해서,
너를 보내고 공연히 시 열 수를 지었다.
이번 걸음에 놀던 곳 기록해 돌아오라,
상자 속의 옛것과 비교해서 보려 한다.

주세붕이 청량산을 유산하면서 봉우리를 각각 명명命名하였다
하나, 이 詩에서 송재 공은 이미 청량산의 원효봉, 김생굴, 총명수,
고도선사진, 송대풍혈, 안중사, 청량사, 백운 몽상, 문수사 석천을
읊었다.
   청량산에는 백운암·만월암·원효암·몽상암·보현암·문수
암·진불암·연대사·보문암·김생암·상대승암·하대승암·치
원암·극일암·안중사·상청량암·하청량암이 있어 송재·퇴계
등 많은 선비들이 공부하던 곳이었는데, 청량사 유리보전과 금탑봉
아래 응진전이 남아 있을 뿐 지금 모두 사라지고 없다.

   나는 퇴계 詩 공원을 둘러보고 나서, 하늘에 매달린 듯 가파른
언덕길을 숨을 헐떡거리며 오른 뒤 고개를 드니, 청량정사淸凉精舍
가 축융봉을 마주하고 앉아서 해바라기를 하고 있었다.
   만운 선생은 청량산을 유산遊山하면서 청량정사에서 하룻밤을
묵었다는 〈숙청량정사宿淸凉精舍〉 詩를 썼다.

높고 산뜻한 정사가 구름 사이에 나오니,
高人고인이 뜻을 길러 한가하기 적합하도다.
고요한 정신은 만 가지 물류에 귀 막은 듯하고,
가파른 형세는 여러 산을 묶은 듯 하도다.
전세前世의 병진兵塵은 공민왕의 일을 이야기하고,
끼친 향기는 퇴계 선생의 얼굴을 뵈옵는 듯 하여라.
괴이하고도 기이함이 장차 다하고자 하니,
내일 짐 싸 떠나가면 다시 오기 어려워라.

만운의 孫壻손서 이창경 국역《만운유고晚雲遺稿》

야송 이원좌, 청량괴목, 73×68, 야송미술관

50년 만에 혼자 찾아온 나를 아는지, 유리보전琉璃寶殿 기둥의 '무無'자 선문답 주련이 가슴을 헤집는다. '함께 왔던 준雋과 훈의 無去無來亦無往을 부처님은 일념으로 꿰뚫는구나.'

一念普觀無量劫	일념으로 무량겁을 관하노니
無去無來亦無往	오고 가는 것 없고 머무름도 없다.
如示了知三世事	이처럼 삼세의 일을 모두 안다면
超諸方便成十力	모든 방편 뛰어넘어 십력을 이루리.

야송 이원좌, 유리보전, 청량8폭 병풍 中

그날, 우리는 청량산 초입의 강변 야영지에서 텐트와 캠핑도구를 챙겨서 일찌감치 청량정사로 올랐었다.

"청량산 육육봉의 암봉이 연꽃잎처럼 절을 둘러 감싸고 있어서, 청량정사는 연꽃의 수술 자리에 앉은 형상이래."

"유리보전 현판은 공민왕이 썼다면서?"

준儁이 풍월을 읊자, 훈이도 맞장구를 쳤다. 유리보전 서까래 끝에 매달린 외로운 풍경風磬이 청량한 아침 햇살에 요요耀耀할 뿐 절간은 적요寂寥했다.

'유리보전 약사여래는 지불〔紙佛, 종이로 만든 부처〕이라는데……'
열린 문틈으로 삼존불상이 은근한 미소를 짓고 있었다.

"염화시중拈華示衆의 미소인가?"

"아, 하늘에 꽃비가 내리자, 연꽃 한 송이를 들어 보였다는?"

"가섭의 미소를 이심전심이라고……."

우리는 각자 들은 풍월을 읊어대고 있는데, 청량정사의 방문이 바시시 열리더니 더벅머리 청년이 아침 햇살에 눈이 부신 듯 눈을 제대로 뜨지 못하고 찡그린 채 얼굴을 내밀었다.

한 손에 휴지뭉치, 다른 손에는 담뱃갑을 들고 슬리퍼를 질질 끌면서 다가왔다. 유리보전 앞에 서성이는 우리를 보더니, 부스스한 얼굴로 우리를 훑어보고는 서울 사투리로 내뱉었다.

"니들 캠핑 왔니?"

우리는 머리를 조아려 인사를 올렸다.

"함마슐드 총장이 하필 우리 상공에서 추락할 게 뭐람."

그는 '함마 슈 울 드' 이름을 혀 꼬부라진 소리로 부풀려내면서 가래침을 탁 뱉더니 뒷간으로 사라졌다.

우리는 의아해서 서로 얼굴을 마주 쳐다봤다.

'공부를 지나치게 한 것이 아닐까……'

1953년 제2대 유엔 사무총장으로 선임된 스웨덴 출신의 함마슐드 Dag Hjalmar Agne Carl Hammarskjöld(1905~1961)는 한국전쟁에서 포로로 붙잡힌 미군 병사들의 석방 협상에 직접 나서기도 했으며, 나세르의 수에즈 운하 국유화로 프랑스, 영국, 이스라엘 연합군과의 분쟁에 유엔 평화유지군을 파견하기도 했다.

1960년 벨기에에서 독립하자마자 내전에 휩싸인 콩고에 유엔은 2만 명의 평화유지군을 파견하여 내분을 해결하고자 지원 활동을 펼쳤다. 당시 콩고에서 떨어져 나가는 카탕가주의 엄청난 광물자원을 탐내던 나라들이 콩고가 통일될 경우 콩고 정부가 국유화할 것을 꺼리고 있었다. 이런 상황에서 함마슐드는 1961년 9월 18일 전세기 더글러스 DC-6B를 타고 북로디지아(현, 잠비아)로 가던 도중에 추락사했다.

선비들의 공부하던 절간이 청량산뿐이겠냐만, 송재가 퇴계 형제들을 청량산에 보내면서, 공부하는 것은 산에 오르는 것이니 깊고 얕고 넉넉히 익혀 오라고 일렀듯이, 공부란 얼마나 정심하느냐에 달렸다. 나는 캠핑 왔을 때 만났던 그 청년의 '함마 슈 울 드'를 떠올리며 저절로 염화시중의 미소를 지었다. 유리보전에서 건너 편 축융봉을 바라보며 젊은 시절의 퇴계를 생각했다.

1525년 1월, 스물다섯 살의 청년 이황은 청량산 보문암에 있었 는데, 경서經書 공부보다는 《시경詩經》에 심취해 있었다.

향단아, 그넷줄을 밀어라.
머언 바다로 배를 내어 밀 듯이

채색한 구름같이 나를 밀어올려다오.
이 울렁이는 가슴을 밀어올려다오.
바람이 파도를 밀어올리듯이
그렇게 나를 밀어오려다오.
향단아.

서정주 〈추천사鞦韆詞〉 춘향의 말 中에서

《시경詩經》은 고대 중국 주나라 시절의 시가집이자, 유가儒家의 경전이다. 그 시대를 살았던 사람의 생각과 사회의 생활, 꿈을 노래한 더할 나위 없이 귀중하고 빛나는 시가 작품이 실려 있다. 당시 중국의 각 제후국에서 불리던 노래를 한데 모은 것인데, 퇴계가 즐겨 읊었던 《시경》은 소남召南의 〈까치집鵲巢〉으로, 이는 혼인을 축하하는 시이다.

維鵲有巢 維鳩居之　까치가 둥지 지었는데, 비둘기가 살려하네.
之子于歸 百兩御之　이 처자 시집오면, 수레 백량으로 맞이하네.
維鵲有巢 維鳩方之　까치가 둥지 지었는데, 비둘기가 차지하네.
之子于歸 百兩將之　이 처자 시집가니, 수레 백량으로 전송하네.
維鵲有巢 維鳩盈之　까치가 집을 지었는데, 비둘기가 가득하네.
之子于歸 百兩成之　이 처자 시집가서, 수레 백량으로 성혼하네.

이황은 산을 오르내리면서 늘 〈국풍〉을 흥얼거렸다. 첫아들 준의 재롱이 즐겁고, 아내의 부덕이 미뻤다. 걱정 근심이 없으니, 경서經書보다 〈국풍〉이 절로 나왔다.

청량산은 사계절이 매양 너그럽지는 않았다. 암벽을 드러낸 산봉우리가 안개를 두르고 신령한 기품을 보이지만, 글공부에 게으른 선비에게는 가혹하리만큼 엄격했다. 그 해 겨울, 청량산에 눈바람이 열흘간 계속 몰아쳤다.

북풍이 노도처럼 휘몰아치니 만 가지 나무가 울부짖었다. 건너편 마주보는 축융봉 산성山城에서 용이 내닫고, 만리산 호장골에서 백호가 포효하였다.

검푸른 구름이 사방에서 몰려와 순식간에 산을 에워싸고 파도를 일으키니, 암자는 구름 속에 갇히고 뇌성벽력이 산을 뒤흔들었다. 건너편 축융봉 오마대도五馬大道를 구름처럼 달리던 군마들이 밀성대 산성 아래로 우르르 무너져 내리듯 떨어지며 울부짖었다. 산 아래 골짜기 천길만길 지옥에서 흉년과 수탈, 전쟁과 전염병에 백성들이 울부짖으며 손을 뻗쳐 그를 끌어내리려 아우성쳤다. 산사에서 게으름만 피우는 그에게 하늘이 노한 것이다.

세찬 바람은 문풍지를 울리고, 뇌성벽력은 창문에 번쩍였다.
면벽하고 무념무상의 경지에 뇌성벽력도 솔바람 소리일 뿐
여명에 용호상박의 기세가 꺾이고, 싸락눈이 소금을 뿌리는 듯,
거위털이 날리듯이 함박눈이 소리 없이 날렸다.

야송 이원좌, 청량대설도 362×143cm, 2003. 야송미술관

굳게 닫혔던 방문을 조심스럽게 열자, 햇살이 비치면서 나뭇가지에 솜처럼 쌓인 눈으로 온 세상이 눈부시게 빛났다.

국풍을 흥얼거리던 젊은 날의 이황은 2년 뒤 초배初配 허씨 부인을 먼저 저세상으로 보내게 된다. 아내를 하계下界로 떠나보낸 상실감에 시름에 젖는 나날이었다. 그는 국풍을 부르는 대신,

"천지에 기대어 하루살이로 살아가는 우리의 삶이 그저 잠깐임을 슬퍼한다."

소식蘇軾의 〈적벽부赤壁賦〉를 읊으니, 청량산이 숙연해졌다.

挾飛仙以優遊   하늘을 나는 신선과 만나 놀며
抱明月而長終   저 밝은 달을 품고 오래도록 머물고 싶은데
知不可乎驟得   얻을 수 없음을 홀연히 깨닫고
托遺響於悲風   그저 소리를 슬픈 바람결에 보낸다네.

연로하신 어머니가 손자들의 젖동냥을 다닐 수도 없었고, 아기는 울고 보채더니 설사와 영양실조로 여위어 갔다. 어머니는 수소문하여 가난한 반가班家의 처녀를 유모로 들였다.

유모는 친모와 다름없이 사랑과 정성으로 아이들을 보살폈고, 반가의 여인답게 행동이 조신하고 예의범절이 발랐다.

이황은 아내를 여의고 눈물을 보이지 않았다. 그럴수록 어머니는 젊은 아들과 손자들의 처지가 안타까웠다. 어머니 박씨 부인은 유모의 행동거지를 면밀히 살펴, 젖동냥이 아니라 친모의 사랑을 궁

리하게 되었다. 어머니의 속내는 아들을 안정시켜서 학문에 전념할 수 있게 하고, 손자에게 어미의 젖을 먹일 수 있게 하는데 있었다.

이황은 청량산 백운암에서 글을 읽고 있었다. 문밖에서 들리는 인기척에 방문을 열었다. 한 여인이 어둠 속에 비를 맞고 서 있었다. 불빛에 비친 그녀는 분명 집에 있어야 할 유모였다.

"이 밤에 어인 일이오?"

"마님의 심부름으로⋯⋯."

비에 흠뻑 젖은 옷이 몸에 붙은 채 추위에 떨고 있었다.

"일단, 안으로 들어오시오."

고개 숙인 유모의 얼굴이 붉어지면서, 입술에 경련이 일었다. 유모가 풀어 놓은 대바구니에는 함지와 합식기가 들어 있었다. 목함지에는 시인이 갈아입을 옷가지가 들어 있었고, 합식기는 헝겊으로 몇 겹을 싸서 아직도 온기溫氣가 남아 있었다.

그녀는 합식기 뚜껑을 열어서 백설기와 식혜를 내어놓았다. 삼십 리 길을 오는 동안 그녀 자신은 온통 비를 맞아 가면서도, 옷가지와 백설기는 비에 젖지 않았다. 암자는 단칸방이었고 청량정사까지는 암벽을 더듬어 빗속을 헤쳐 가야 하는데, 초행길의 여인에게는 쉽지 않은 일이었다. 그렇다고, 산중 암자에 여인을 혼자 두고 갈 수도 없었다.

이황은 자신의 옷으로 젖은 옷을 갈아입게 하고, 아궁이에 불을 지펴 그녀의 젖은 옷을 말리면서 비에 맞아 추거운 옷냄새에 여윈 아내 냄새가 새록새록 스며왔다.

산산이 부서진 이름이여.
허공중에 헤어진 이름이여.
불러도 주인 없는 이름이여.
부르다가 내가 죽을 이름이여.

심중에 남아 있는 말 한마디는
끝끝내 마저하지 못하였구나.
사랑하던 그 사람이여.
...

김소월 시 〈招魂〉

오늘날의 청량산은 도립공원으로 관리되고 있다. 산으로 오르는 초입의 입석을 지나 골짜기의 비탈길을 오르면, 안심당을 시작으로 종각과 탑, 청량정사 절집들이 어풍대御風臺를 배경으로 한눈에 들어오고 산굽이를 돌아 오르면 금탑봉 아래 응진전이 외롭다.

자란봉과 선학봉을 잇는 폭 1.2m, 길이 90m의 하늘에 걸친 다리를 건너야 청량산의 최고봉인 장인봉에 오를 수 있었다.

바람에 흔들리는 하늘다리 위에 서니,
낙동강이 산굽이를 돌아내리고
멀리 산들이 아스라이 겹쳐 보인다.

온 산이 단풍으로 울긋불긋 가을 옷으로 단장할 때면 청량산에는 해마다 '산사 음악회'가 열린다. 전국 각지에서 청량산에 오는 것은 가을의 청량한 산운山韻에 젖어보고 싶어서 먼 길을 찾아오는 게 아닐까?

이육사와 초고草稿를 서로 보이는 사이였으며, 그가 북경으로 압송되어 죽음의 길로 가기 직전까지 함께 했던 신석초申石艸 시인의 〈바라춤〉에서, '산사 음악회'의 분위기를 느낄 수 있다.

언제나 내 더럽히지 않을 티 없는 꽃잎으로 살어여러 했건만
내 가슴의 그윽한 수풀 속에 솟아오르는 구슬픈 샘물을
어이할까나.

청산 깊은 절에 울어 끊인 종소리는 아마 이슷하여이다.
경경히 밝은 달은 빈 절을 덧없이 비초이고
뒤 안 이슥한 꽃가지에 잠 못 이루는 두견조차
저리 슬피 우는다.

아아 어이 하리. 내 홀로 다만 내 홀로 지닐 즐거운
무상한 열반을 나는 꿈꾸었노라.
그러나 나도 모르는 어지러운 티끌이
내 맘의 맑은 거울을 흐리노라.

몸은 서러라. 허물 많은 사바의 몸이여!
현세의 어지러운 번뇌가 짐승처럼 내 몸을 물고

오오, 형체, 이 아리따움과 내 보석 수풀 속에
비밀한 뱀이 꿈어리는 형역形役의 끝없는 갈림길이여.

구름으로 잔잔히 흐르는 시냇물 소리
지는 꽃잎도 띄워 둥둥 떠내려가것다.
부서지는 주옥의 여울이여 너울너울 흘러서 창해에
미치기 전에야 끊일 줄이 있으리,
저절로 흘러가는 널조차 부러워라.

봉화에서 태어나 평생을 살면서 청량산을 드나들었던 김동억 시인의 詩, 〈청량산에 가면〉을 읽으면, 힘들게 청량산을 오르지 않아도 시인의 마음으로 청량산을 느낄 수 있게 된다.

육육봉 하나 되어 어깨를 짜고
바람소리 물소리 산문을 연다.

금탑봉 꼭대기에 구름 한 점 연을 걸고
마음속 얼레를 풀어 보란다.

다툼도 풀란다.
성냄도 풀란다.
비 온 뒤 산빛마냥
더 푸른 가슴 되게

산처럼 살란다.
감싸 안고 살란다.
구름처럼 살란다.
욕심 없이 살란다.

4. 신화의 땅

乾坤肇判(건곤조판)　하늘과 땅이 처음 나뉨에
混沌漸闢(혼돈점벽)　혼돈이 점차 사라지고
査滓淳漓(사재순리)　찌꺼기가 말끔히 정화되니
樞紐脗穆(추유문목)　중심이 조화롭게 어울렸네.

肇조 : 시작되다, 비롯되다. 滓재 : 찌꺼기. 漓이 : 엷다, 흐르다. 脗문 : 꼭 맞다
송죽재松竹齋 박제형朴齊衡의 《後千字文》에서

　　땅과 하늘이 열리던 날에 안개만 땅에서 올라와 온 지면을 적
셨더라. 빛의 시대는 더디 왔으나 선과 악이 따로 나누이지 않았
다. 강이 태백에서 흘러내려 동산을 적시니 청량한 기운이 봉우리
마다 맺히더라.
　　바위 한 덩어리로 솟아올라 바람에 흩어지고 빗물에 갈려서 온
갖 기이한 변화를 이루었으니, 맑고 서늘하여 '맑을 청淸과 서늘할
량涼'을 이름으로 하여 사람들은 청량산이라 불렀다.

김생은 청량산 너머 재산에서 물의재를 넘나들며 청량산의 바위굴에서 서예를 닦았다. 경주 남산 기슭의 창림사에 두 마리의 거북이 등 위의 비신碑身에 김생이 쓴 창림사쌍귀부비문이 있었다. 조맹부趙孟頫는 이 창림사비 발문昌林寺碑跋文에 이르기를,

"…신라의 승려 김생이 쓴 신라국의 창림사비인데 자획이 매우 법도가 있으니, 비록 당나라 사람의 유명한 각본刻本이라도 이보다 크게 낫지 못할 것이다."

김생의 필법이 고금에 뛰어난 것임을 짐작할 수 있으나, 창림사쌍귀부昌林寺址雙龜趺는 물론 비문의 탁본도 전하지 않는다.

서거정의 《필원잡기》에 김생의 글씨가 중국 사람들에게 왕휘지체로 비견되었다는 일화가 있다. 고려의 학사 홍관洪瓘이 송나라에 갔을 때, 한림 대조 양구楊球와 이혁李革이 족자에 글씨를 쓰고 있었다. 홍관이 김생의 행서와 초서 한 권을 두 사람에게 보여주니,

"오늘, 왕우군(王羲之 307~365, 우군장군)의 진적眞跡을 얻어볼 줄은 생각지 못하였다."

두 사람이 크게 놀라며 반겼다.

"이것은 왕우군이 아니라, 신라 사람 김생의 글씨이외다."

홍관이 말하니, 두 사람이 이를 믿지 않고 웃으며,

"천하에 왕우군 아니면 어찌 이 같은 신묘한 필적이 있으리오."

홍관이 항변하였지만 그들은 끝내 듣지 않았었다.

최치원崔致遠이 청량산에서 책을 읽었다던 바위를 치원암致遠

庵, 최치원이 마셨던 샘물을 총명수라고 전하는데, 청량산은 《세종실록》 '지리지地理志'에 실려 있지만, 최치원에 대해서 언급하지 않고 있으니, 이 산을 높이기 위해서 끌어온 것으로 보인다.

최치원이 실제 노닐었던 청량산은 합천 매화산의 청량사로 짐작된다.

산 전체가 사암寺庵이라 할 정도로 청량산은 많은 암자庵子가 골짜기마다 들어서 있었다. 청량산은 승려·속인·남녀노소가 평등하고 귀천의 차별이 없었다. 일반 대중을 대상으로 잔치를 베풀고 물품을 골고루 나누어 주는 법회인 무차대회無遮大會를 열었을 때, 33곳의 암자에서 바람을 따라 들려오는 범패梵唄 소리가 마치 천둥소리처럼 울려 퍼졌다.

"누구나 깨달은 자는 '붓다(부처, 佛)'가 될 수 있다."

싯다르타Siddhartha의 가르침을 베푼 녹야원鹿野苑처럼 산 전체가 하나의 불국토를 이루었으니, 붓다의 당체當體를 본 원효元曉가 금탑봉金塔峰 아래 암자에서 바리때(발우鉢盂) 하나 만으로 좌선坐禪할 때 봉우리마다 불심을 담아 보살봉·원효봉·의상봉·반야봉이라 이름하였다.

청량산 연화봉蓮花峰 기슭의 '유리보전琉璃寶殿'에 약사유리광여래藥師琉璃光如來를 봉안하고 공민왕이 쓴 현판을 걸었다.

약사불藥師佛(약사유리광여래)은 중생의 질병을 치료하고 우환을 없애주는 부처로서, 지옥에서 중생을 구제하는 목조 지장보살地藏菩薩, 반야般若의 지혜를 품은 삼베에 옻칠한 건칠불 문수보살文殊菩薩을 좌우측에 둔 삼존협시불(三尊佛)이다.

감로도, 18세기, 삼베에 색, 200.7×193.0cm, 국립중앙박물관

감로도의 우측 상단에 두 손을 모은 목련은 신통력이 있지만 지옥에서 아귀가 된 어머니(그림 중앙)를 만나서 밥을 드렸지만, 밥은 어머니의 입으로 들어가기도 전에 불꽃으로 변했다. 그는 부처님께 어머니를 대신하겠다고 했으나, 그 어머니의 악업의 뿌리가 깊어 효도의 마음으로도 대신할 수 없으며, 천신·지신·사천왕신으로 어쩔 수 없고 오직 스님의 위력으로 구할 수 있다 하였다.

감로도의 하단에 아귀가 겪는 고통은 전생의 업을 표현한 내용으로 잘못된 치료로 죽거나 노비를 살해하거나 형벌로, 혹은 출산으로 인한 죽음 등 당시 생각한 불행한 죽음이 그려져 있다.

불교에서는 사랑이나 애정도 미움, 질투, 탐욕과 마찬가지로 모두 인연에 의한 마음의 병이어서 부모를 공경하는 마음도 불교에서는 한낱 인연의 업보에 지나지 않는다.

고려 말 정도전은 회진에 유배되었을 때 심문천답心問天答을 지은 바 있거니와, 개국 후에는 심기리心氣理 3편과 불씨잡변佛氏雜辨, 학자지남도學者指南圖 등을 저술하여 불교를 비판하였다.

특히, '불씨잡변'은 불교의 교리를 윤회설·인과설·심성설·지옥설 등 10여 편으로 나누어 조목조목 비판하고, 유교와 불교의 같고 다른 점, 불교의 중국 수입, 불교 신앙에 의한 득화得禍, 이단 배척의 필요성 등을 덧붙여 불교의 사회적 폐단을 낱낱이 폭로함으로써, 성리학의 당위성을 주장하였다.

조선 건국 당시 고려 왕실을 폐하고 새 정권 수립을 정당화하기 위해서 불교보다 성리학은 개혁적인 의미의 새로운 이데올로기의 창출이었다. 조선 건국과 함께 불교가 쇠퇴하면서 청량산은 점차 선비들의 학문 수련 공간으로 바뀌어 갔다.

주세붕의 청량산 유산기를 비롯하여 수많은 선비들이 청량산을 찾아서 유산기를 남기기도 하고 그림을 그렸다.

청량산은 화선畵仙 김홍도金弘道와도 인연이 있다. 단원檀園 김홍도는 1783년 12월 28일부터 1786년 5월까지 약 2년 반 정도를 안동부의 안기찰방[驛丞]이었다. 단원의 〈청량취소도淸凉吹簫圖〉을 비롯하여 《청량연영첩淸凉聯詠帖》은 당시에 그린 것이다.

흥해 군수 성대중成大中의 《청성집靑城集》 '취소도'에 대하여,

「… 갑진년(1784) 8월에 관찰사 이병모李秉模 공이 행부行部하여 들어갈 때 드디어 따라가서 청량사에 이르렀다. 봉화원 심공저沈公著, 영양원 김명진金明鎭, 하양원 임희택任希澤과 안기의 역승驛丞 김홍도도 함께 왔다.

산은 고요하고 달은 밝은데, 계곡 바위에 흩어져 앉았다. 역승 김씨(단원)가 퉁소를 잘하므로 한번 놀아볼 것을 권하였다. 그 곡조가 소리는 맑고 가락은 높아 위로 숲의 꼭대기까지 울리는데, 뭇 자연의 소리가 모두 숨죽이고 여운이 날아오를 듯하여, 멀리서 이를 들으면 반드시 신선이 학을 타고 생황笙簧 불며 내려오는 것이라 할만했다.」

淸凉寺外月橫橋　청량사 밖에는 달이 다리를 비스듬히 비추는데
岳色泉聲夜寂寥　달빛에 산은 괴괴하고 샘물소리 졸졸 밤은 적요하구나.
誰遣瑤簫飄一弄　누가 멋들어지게 옥피리 한 곡조를 날리는가.
不知笙鶴去人遙　생황부는 신선 내려 주고 학이 떠났는지 사람이
　　　　　　　　거닐고 있는지 모를러라.

청량취소도淸凉吹簫圖

2012년에 김홍도가 그린 것으로 밝혀진 《수금水禽·초목草木·충어蟲魚》 10폭 화첩은 '1784년 6월에 임청각 주인 이의수李宜秀를 위해 그렸다(甲辰流夏 檀園爲臨淸閣主人寫)'는 김홍도의 낙관과 봉화 유곡리 송관자松舘子 권정교權正敎가 쓴 발문이 있다.

임청각 옆 정자에 '이가당二可堂'이라는 현판을 써주기도 했으며, 풍산읍 체화정棣華亭의 사랑방에 걸린 현판 '담락재湛樂齋'라 썼으며, 청량산에서 김홍도 자신이 직접 퉁소를 부는 〈청량취소도淸凉吹簫圖〉, 오원의 집에서의 〈오원아집도〉, 경상감영의 징각의 〈징각 아집도澄閣雅集圖〉을 그렸었다.

역관이나 의관·아전·기술직 관료·상인商人들의 동네인 서울 중구 청계천을 따라서 형성된 광교·수표교 일대의 중촌中村 출신이었던 김홍도는 어진御眞을 그린 후 정조의 신임을 받아 실직實職인 안기찰방이 된 후 안동의 사대부들과 아집회雅集會를 통해 선비의식이 고양되면서 자호로 단원檀園을 쓰기 시작했다.

1763년의 〈균와아집도筠窩雅集圖〉는 안산의 균와 신광익의 집에서 표암이 구도를 잡고 인물은 단원이 그리고, 소나무와 돌은 현재 심사정, 호생관 최북이 채색한 것이다. 그림 속의 인물들은 책상에 기대어 거문고를 타는 사람은 표암, 그 옆의 소년이 김덕형, 탕건을 쓴 심사정, 망건 차림의 최북은 담뱃대를 물고 있는 추계와 바둑을 두고 있으며, 김홍도는 퉁소를 불고 허필과 균와 신광익은 구석에서 바둑 구경하고 있다.

나는 송재 이우李堣가 자질들을 청량산에 보내어 공부시켰던 오산당吾山堂을 지나서, 한때 원효가 머물렀다던 응진전, 산기슭에 붙은 청량사 가람들을 휘휘 둘러서, 장인봉·탁필봉·자소봉 등 청량산淸凉山 육육봉을 두루 돌아왔지만, 원효·김생·최치원·퇴계·단원 등 … 별처럼 빛나는 이들이 청량산에서 대체 어떻게 깨달음을 얻었는지 궁금하였다.

송나라의 동파 소식蘇軾은 여산廬山에 올라서 열흘 동안 산을 둘러보았지만 여산의 진면목을 알 수 없었다고 읊었다.

横看成嶺側成峰　가로로 보면 산줄기 옆으로 보면 봉우리 되어
遠近高低各不同　멀고 가까움 높고 낮음이 각기 같지 않은데
不識廬山眞面目　여산의 진면목을 알지 못함은
只緣身在此山中　몸이 다만 이 산중에 있는 탓이로다.

"여산廬山의 진면목을 알지 못함은 몸이 다만 이 산중에 있는 탓이로다."

소식蘇軾의 詩가 떠올라서, 청량산 맞은편의 축융봉에 오르면 청량산의 진면목을 바라볼 수 있을 것이라는 생각에 아침 일찍 서둘러서 길을 나섰는데, 밤사이에 낙동강과 청량산이 무슨 조화를 부린 것인지 농무濃霧가 골짜기를 메웠다.

한 치 앞을 분간할 수 없을 정도로 자욱한 공몽空濛이었다. 안

개는 빛을 삼키는 악령이 뿜어내는 입김인가, 안갯속에서 불쑥 우람한 바위가 나타났다 사라지는가 하면, 키 큰 소나무가 가지마다 안개를 휘저으며 나타났다가 사라졌다. 손에 잡히지 않으면서 분명히 안개는 존재한다. 지척을 분간할 수 없는 오리무중五里霧中의 안갯속을 더듬어 걸으면서, '안개는 결국 사라지게 마련이지.'

안개 낀 날 낮은 중의 대가리를 깬다는 말이 생각나서, '더욱 맑게 갠다'는 확신으로 멈추지 않고 산을 오르기로 했다.

나는 안갯속에서 축융봉으로 오르는 산성입구를 찾아서, 마침내 언덕길을 더듬거려서 오르기 시작했다. 그때, 산이 울리는 듯한 사람의 소리가 들렸다. "아래∞ 에∞ 누— 구 로∞? 히히히…"

안갯속에서 모습을 드러내지 않았으나 귀에 익은 목소리였다. 소리가 나는 쪽으로 올라갔으나 아무도 없었다. 그러자 피어오르는 안갯속에 성城의 형상이 스믈스믈 나타났다.

돌로 쌓은 산성 위를 더듬어 걷다가 희뿌연 안갯속에 멀뚱하게 장승처럼 선 누각이 흐릿하게 눈에 들어왔다. 그것은 밀성대였다.

밀성대를 지나서 축융봉 방향으로 오르는 도중에 안개가 옅어지면서 점차 물체가 보이기 시작하더니, 축융봉에 올랐을 때 갑자기 시야가 열리면서 솜을 금방 타서 펼쳐놓은 듯 뭉실뭉실 운해가 마치 노르웨이의 피요르(Fjord)처럼 골짜기마다 번져있었다. 넋을 놓고 운해雲海를 바라보고 있으려니, 콘도르(condor)가 되어 구름 위를 바람을 타고 날아다니는 기분이었다.

청량산을 중심으로 왼편으로 만리산과 그 뒤로 풍락산이, 오른편으로 일월산과 그 뒤로 가야산 장군봉이 서로 다투어 드높아서 〔山爭炭業〕 까맣게 머리만 내민 채 바다의 섬 형상으로 두둥실 떠 있었다. 운해雲海가 호수의 물결로 연상되는 순간, 마치 백두산 천지를 보는 듯, 아! 탄성이 절로 나왔다.

축융봉에서 바라 본 아침의 찬란영롱한 청량산은 설악산 대청봉에서 바라 본 공룡능선의 위용으로 눈앞에 펼쳐졌다. 오마도터널에서부터 산등성이로 이어지는 경일봉·자소봉·연적봉·장인봉 암봉의 산줄기는 설악의 공룡능선恐龍稜線이며, 축융봉과 청량산 사이의 골짜기는 천불동 계곡이요, 신선이 등천했다는 비선대飛仙臺이었다.

소리 없이 왔다가 흔적도 없이 사라지는 것이 안개다. 아침 햇살이 청량산의 암봉과 가람을 조명하는 순간, 바다를 이루었던 안개는 언제 그랬냐는 듯 순식간에 사라진 뒤 운산무소雲散霧消의 청량산은 한 송이 해맑은 연꽃처럼 피어났다. 청량산에는 물과 바위가 어우러진 계곡은 없으나, 서쪽 기슭의 금강 단애斷崖를 휘돌아 흐르는 낙동강이 물과 바람과 햇빛으로 안개와 구름을 일으킨다.

1564년 4월 14일, 퇴계는 구름 피어오르는 이른 새벽에 말 위에서 시를 지었다. 〈청량산에 가기로 약속하여 말 위에서 시를 짓다約與諸人遊淸凉山 馬上作〉

居山猶恨未山深 산에서 살면서도 오히려 산 깊지 못함 유감스러워,
蓐食淩晨去更尋 이른 새벽에 일어나 식사하고 더 깊이 찾아가 보네.
滿目群峯迎我喜 한 눈 가득 들어오는 뭇 봉우리들 반겨 맞아주고,
騰雲作態助淸吟 피어오르는 구름은 맵시 내어 맑고 읊조림 도와주네.

퇴계는 권호문의 질문에 '요산요수樂山樂水'란 山이 仁이 되고 水가 智가 되는 것이 아니라, 산수山水 가운데에서 仁과 智의 실체를 터득하는 데 있다고 하면서, 청량산에 낙동강이 있으나 보이지 않는 것을 아쉽게 여겼다.

"산을 즐기고 물을 즐기려면 어느 하나가 없어도 안 되는데, 지금 낙천洛川이 청량산을 지나기는 하지만 산에서는 그 물이 보이지 않는다."

낙천洛川의 물은 강원도 태백산 아래 황지黃池에서 발원하는데, 남쪽으로 흘러 청량산 장인봉 아래에까지 이른다.

퇴계는 청량산에 들어갈 때 놀티재(霞嶺)와 불티재(火嶺)를 넘어 나븐들에서 배를 타고 낙천洛川을 건너 청량산으로 들어간다고 했다. 맑고 청량한 청량동천淸凉洞天을 지키는 것은 바로 낙천洛川이다. 금강산에 금강천이 있다면 청량산에는 낙천洛川이 있다.

마의태자가 개골산皆骨山으로 들어갈 때, 단발령斷髮嶺 고개 마루에 앉아서 금강산의 여러 봉우리를 바라보며 출가出家를 다짐하는 뜻에서 삭발하였다. 청량산을 드나드는 이들이 배사무 마을(양삼)에서 가파른 축융봉을 힘겹게 올랐다면 숨을 몰아쉬는 찰나, 맞은편에 펼쳐지는 청량산의 선경에 넋을 놓게 된다.

김홍도가 청량산에서 《청량연영첩淸凉聯詠帖》을 그렸듯이 화가가 축융봉에 올랐다면 누구나 청량산의 선경을 화선지에 옮기고 싶었을 것이다. 실경산수화가 오용길吳龍吉은 서울에서 청량산까지 수차례 오가며 계절별로 변화무쌍한 청량산을 화첩에 담았으며, 우리의 산천을 사랑하고 곳곳을 그려왔던 야송野松 이원좌李元佐는 축융봉에 오른 후 청량산에 미쳤었다.

"만 겹의 운하를 산중턱에 감췄고, 천 층의 홍록을 산허리에 두른 청량산, 가도 가도 끝은 보이지 않는 새로운 충격으로 다가오는 청량산 앞에 서면 나는 더 일찍 더 많은 시간을 투자하지 못한 내 스스로가 안타까웠다."

청량산을 통째로 화선지에 옮기려고 했으니 그가 미친 것은 틀림없다. 천성이 자유분방하여 어느 곳에도 얽매이지 않는 그에게 청량산은 일생일대의 과업으로 다가왔던 것이다.

야송은 1989년부터 3년 동안 청량산을 수없이 오르내리면서 스케치하고 작품을 구상하였다. 단원이 《청량연영清凉聯詠》첩을 남겼듯이 야송도 '북곡계곡도', '청량산 향로봉', '북곡한설도', '청량은폭', '고산정', '석천정사', '청암정' 등을 남겼으며,《청량대운도》를 그리기 위하여 1992년 봉화읍 삼계리 내성천 강변의 한 미곡창고 안에 화선지 400여 장을 펼쳐놓고 그 위에 망루를 설치하여, 7m의 긴 대나무 막대기 끝에 목탄을 매달아 밑그림을 그리고 난 후, 그림 위에 롤러가 달린 받침대를 타고 다니면서 담묵과 농묵을 번갈아 가며 붓이 닿는 곳마다 청량산이 살아서 꿈틀거렸다.

작업장 안에서 도를 닦듯이 6개월간 두문불출한 후 드디어 1992년 10월 작업장 문이 열리는 순간, 백발의 수염을 날리는 화선畫仙이 세상 밖으로 나왔다. 그는 그림의 왼쪽 하단에 화기畫記를 쓰고 난 후, 마지막으로 자신의 양손과 두발 그리고 얼굴을 인주에 묻혀서 '오체투지낙관'을 찍어서 마무리하였다.

4,800×670cm의 〈청량대운도淸凉大雲圖〉가 탄생하는 순간이었다. 화선畫仙은 붓을 치켜들고 믿음직한 친구를 대하듯 말하였다.

"붓을 뉘여서 그려보기도 하고, 휘두르기도 하고, 중봉으로 측필로 붓을 못살게 굴어도 붓은 나의 눈치를 슬금슬금 보며 스스로 그림을 만들어 놓았다."

청량대운도淸凉大雲圖 앞에 서면,
구름이 빚은 연화가 꽃처럼 피어난 열두 개의 암봉,
청량사의 목탁소리, 건너편 만리산 향적사 범종梵種의 용울음이
구름을 타고 그칠 듯 말 듯 은은하게 흐른다.

야송 이원좌. 청량산대운도 4,800×670cm의 1/2부분도. 1992. 청량산대운도미술관

모세가 이 땅에 있었다면, 그는 구름 감도는 청량산정에 올라 하느님의 음성을 들었을 것이다.

"나는 너를 애굽 땅에서 인도하여 낸 네 하나님 여호와니라."

선비들이 글 읽던 그 많은 절집들은 전란을 겪으면서 하나 둘 사라지고, 지금은 청량사와 금탑봉 아래 응진전만 남아있으니, 축융봉에 앉아서 청량산을 바라보았으나, 산의 옛 모습을 측량할 길이 없었다.

1709년(숙종 35) 11월 1일, 성호星湖 이익李瀷이 청량산을 유람하고 쓴 청량산 유람기(遊淸凉山記)에서 당시의 청량산을 짐작할 수 있을 뿐이다.

「… 불퇴령佛退嶺에 올라 청량산을 바라보니, 이는 태백에서 뻗어 나와 남쪽으로 와서 우뚝이 높이 솟아 하나의 작은 구역의 명산이 되었다. 마치 창과 깃대가 삼엄하게 늘어선 진영陣營의 모양 같기도 하고, 또 부처들이 연화탑蓮花塔 속에서 무리 지어 옹위하고 있는 것 같기도 하여 하늘 높이 구름과 함께 떠 있는 형세가 자잘한 언덕 같은 산들에서 특출하니, 참으로 그 명성이 헛되이 전해진 것이 아니라 하겠다. (…)

연대사에서 자고, 다음 날 승려들과 함께 걸어서 절 문 주위를 돌아가며 두루 구경하였다. 산이 깊은 못과 거센 여울의 기이한 곳이나 괴이한 암석과 첩첩이 쌓인 봉우리의 승경은 없지만, 사방의 절벽이 깎은 듯이 가파르게 솟아 모두 하늘을 떠받치고 있으니 병풍을 펼치고 휘장을 드리운 모양 같아서, 바라보면 압도되어 막연히 더위잡고 기어오를 방법이 없을 듯하였다. 이런 점은 금강산과 속리산에는 없는 것으로 여러 명산이 한발 양보해야 할 것이다. (…)

가벼운 신에 편안한 차림으로 지팡이를 짚고 대승대大乘臺를 경유하여 보현암에 이르고 환선대喚仙臺에서 쉬고, 다시 문수암文殊菴을 거쳐 방향을 동쪽으로 돌려서 가다가 북쪽으로 갔다. 만월암滿月菴에 올라 마침내 만월대滿月臺 꼭대기에서 오른쪽으로 선학대仙鶴臺에 올라 바위에 부딪치고 소나무에 의지하여 동부洞府를 굽어보니 훨훨 날아 공중에 있는 것 같아 떨려서 오래 머물러 있을 수 없었다. 여기에 이르자 숨었다 드러났다 출몰하던 산들이 모두 참모습을 드러내었고, 아까 우뚝이 높았던 산이 모두 발아래 있지 않은 것이 없으니, 참으로 청량산에서 가장 경치가 훌륭한 곳이다. (…)

안중암安中菴에 이르자 판 하나를 매달아서 벽 위를 덮어 놓았다. 바로 노선생이 이름을 쓴 곳이라고 하는데, 글씨가 떨어져 나가 지금은 찾을 수 있는 필적이 없다. 이곳을 유람하는 사람들 또한 기둥과 도리, 서까래에까지 다투어 성명을 기록하여 빈틈이 조금도 없었는데도 사람들이 오히려 감히 그 옆을 붓으로 더럽히지 않았으니, 영남 사람들이 선생을 존모尊慕하는 것을 여기에서 볼 수 있다. 무지한 승도僧徒까지도 다 노선생이라

고 칭하고 성姓이나 호號를 말하지 않았다. 선생이 후대의 세속
에서 경앙景仰 받는 것이 한결같이 이에 이르렀으니, 아, 얼마나
성대한가.

(…) 하산하여 동구洞口에 이르렀다. 시내를 따라 오르내리는
데 깎아지른 절벽이 병풍처럼 둘러 있고 맑은 물이 그를 감싸고
흘러내리니, 또한 절승絶勝이었다.」

성호星湖의 청량산 유람기〔遊淸凉山記〕에서 퇴계 이황이 책을
읽던 안중암安中菴을 엿볼 수 있으나, 지금은 절집조차 흔적 없이
사라지고 없는 실정이다. 청량산은 지금도 육육봉이 예대로이나,
환선대·만월암·선학대 등 봉우리마다 벌집처럼 붙어있던 암자
와 그곳에서 글을 읽던 인걸은 바람 속에 흩어졌다.

다만 노선생이 이름을 쓴 곳에 지금은 찾을 수 있는 필적이
없으나 감히 그 옆을 붓으로 더럽히지 않았다고 하니, 그 안중암
安中菴을 지금은 볼 수 없음이 안타까울 뿐이다.

성호星湖는 〈농암과 퇴계가 승려에게 준 詩에〉 삼가 차운하였다.

陶山接濆江 도산이 분강과 잇닿았는데
故里訪餘訓 옛 마을에서 남은 가르침 찾는다.
仰懷兩賢風 양현의 유풍을 머리 들어서 생각하고
俯慙曠性分 성분을 폐기함을 고개 숙여 부끄러워한다.

遺篇留至今　남기신 시편이 오늘에 이르렀으니

再讀神思奮　거듭 읽으매 정신이 분발되도다.

問子何從得　묻노니, 그대 어디에서 이 시 얻었는고.

禪龕鬼護靳　절 안에 보관해 귀신이 수호했나봐.

扳和二三子　이 시에 화운한 두세 분의 시들은

指遠伊言近　뜻은 심원하고 말은 비근하여라.

重憶節友松　절우송을 거듭 생각하노니

書此當訊問　이를 써서 문안에 가름하노라.

분강汾江(부내)은 농암이 살던 곳. 절우송은 도산서원 절우사의 솔.

한국고전번역원 | 이상하 (역) | 2007

통일신라가 쇠퇴하면서, 후삼국시대를 형성하고 있던 한반도를 왕건이 하나의 국가로 통일하여 고려라고 하였다. 고려는 지방 봉건 세력이 강력했지만, 노비가 된 양민을 구제하는 노비안검법奴婢按檢法과 과거제도를 실시하여 중앙집권체제의 왕권이 확립되었다.

거란족의 침입을 받았으나 서희가 담판하고 명장 강감찬이 귀주에서 물리쳐서 압록강 유역을 차지했었다. 도자기의 표면에 무늬를 새기고 비색을 낸 청자, 사찰마다 세워진 불상과 불탑, 불경을 판각한 8만대장경과 인쇄술의 발달, 화약의 제조와 화포 개발 등 우수한 고려의 문화가 벽란도를 드나들던 아라비아인들에

의해 세계만방으로 퍼져 나가면서 고려(KOREA)가 알려지기 시작
했다.

그러나 지정학적으로 대륙과 해양의 영향을 받는 한반도의 고
려는 칭기즈칸의 유라시아 대륙 원정으로 세운 원나라의 지배에
서 벗어나려고 강력하게 맞섰으나, 1231년부터 고려의 왕들은 원
나라에 볼모로 잡혀 있으면서 원나라 종실宗室의 딸을 왕비로 맞
아야 하는 원나라의 부마국으로 전락했다. 독립국으로서 조종祖宗
과 묘호廟號를 가졌던 고려 왕들은 제25대 충렬왕부터 충忠이라는
돌림자를 사용함으로써 고려 태조 왕건이 수립한 강력한 왕권은
점차 무너져 갔다.

충렬왕은 원나라의 강요로 출정한 2차례의 일본 정벌에 실패
했으며, 충선왕은 충렬왕과 원세조 쿠빌라이 칸의 딸 사이에서 태
어난 한민족 역사상 최초의 혼혈왕으로서 재위 기간 동안 개성보
다 원의 대도 연경에 더 오래 있었던 반쪽짜리 왕이었다.

충선왕이 선왕인 충렬왕의 후궁과 밀통하자, 역동易東 우탁은 흰
옷에 거적을 메고 입궐하여 '도끼(持斧) 상소'를 했으나, 왕이 자신의
간언을 듣지 않자 안동 예안에 은거하여 후학들을 가르쳤다.

우탁은 자신의 노화를 안타까워하며 읊은 노래가 '탄로가嘆老
歌'이다.

한 손에 막대 잡고 또 한 손에 가시 쥐고
늙는 길 가시로 막고 오는 백발 막대로 치려 하나
백발이 제 먼저 알고 지름길로 오더라.

충숙왕은 5년간 연경에 체류했다가 귀국하였으나 눈과 귀가
멀어 정사政事를 돌보지 못하였다. 충숙왕의 맏아들 충혜왕은 주
색을 일삼고 근친상간의 방탕한 행동을 하다가 원나라에 의해 폐
위되었으며, 그의 아들 충목왕은 8세의 나이로 즉위하였고, 뒤를
이은 충정왕은 외척들의 세도 정치와 왜구의 잦은 침입으로 국정
이 문란해지자 폐위되었다.

왕전王顓은 아버지 충숙왕忠肅王과 어머니인 명덕태후明德太后
홍씨洪氏 사이에 둘째 아들로 태어났으나, 아버지 충숙왕과 그의
형 충혜왕의 거듭된 실정失政과 복위復位에 이어, 여덟 살의 충목
왕, 열두 살의 충정왕 등 어린 조카에게 차례로 왕위를 밀릴 때마
다 불만을 밖으로 드러내지 않고 때를 기다렸다.

열 살에 연경에 인질로 온 고려 숙위 강릉대군 왕전王顓은 세상
에 무서울게 없는 스무 살의 청년으로 성장하였다.

몽골 전통 축제가 펼쳐졌다. 원나라 수도 연경의 외곽 초원에
깃발이 펄럭이고, 몽골 기마병과 전통 복식을 갖춰 입은 젊은이들
이 사방에서 몰려들었다. 하얀 천막을 두른 게르마다 삶은 양고기

허르훅과 양고기 튀김만두 호쇼르, 빵 아롤, 마유주馬乳酒 아이락 같은 몽골 요리가 풍성하게 차려지고 끝없이 넓은 초원에서는 승마·격구·씨름 등을 겨루게 된다. 말머리 조각을 장식한 마두금馬頭琴의 떨림이 악사의 후두의 깊은 곳에서 울림과 동시에 서서히 퍼져나가자, 말 위의 젊은이들은 '성聖 징키스칸'의 노래를 합창을 한다.

> 내 맘속의 영웅이었네. 징 징 징기스칸
> 별처럼 모두가 사랑했네. 징 징 징기스칸
>
> 집안이 나쁘다고 탓하지 말라.
> 나는 아홉 살 때 아버지를 잃고
> 마을에서 쫓겨났다.(하-후-하)
> 가난하다고 말하지 말라.
> 나는 들쥐를 잡아먹으며 연명했고,
> 목숨을 건 전쟁이 내 일이었다.(하-후-하)
> 작은 나라에서 태어났다고 말하지 말라.

그림자 말고는 친구도 없다.
칭-칭-칭기스칸, 헤이 기사여, 호 기사여.(하-후-하)

배운 게 없다고 탓하지 말라.
나는 내 이름도 쓸 줄 몰랐으나
남의 말에 귀 기울이며 현명해지는 법 배웠다.(하-후-하)

너무 막막하다고, 포기해야겠다고 말하지 말라.
나는 목에 칼을 쓰고도 탈출했고,
뺨에 화살을 맞고 죽었다 살아나기도 했다.(하-후-하)
적은 밖에 있는 것이 아니라 내 안에 있었다.

나를 극복하는 그 순간, 칭기즈칸이 되었다.
칭-칭-칭기스칸, 헤이 기사여, 호 기사여.(하-후-하)

초원에서 유목 생활하는 몽골 사람들의 말 타기 재주는 고려 사람들과 비교가 안 되었다. 왕전王顓이 말을 타고 경기장에 들어서자, 그의 충실한 종복從僕이 말고삐를 잡아당기며 다짐을 했다.

"오늘은 결코 앞서나가시면 안 됩니다."

"아니, 왜?"

"몽골 놈들은 뒤에서 말채로 사람을 치는 걸 모르세요."

"그놈들이 치면 나도 칠거야."

왕전은 자신의 욕망을 안으로 감추고 때를 기다리는 한 마리의 반룡蟠龍이었다. '흥, 작은 나라에서 태어났다고 말하지 말라. 적은

밖에 있는 것이 아니라 내 안에 있다. 나를 극복하는 그 순간 나는 고려 왕이 될 것이다.'

출발을 알리는 북소리가 둥둥 울리자, 왕전은 말고삐를 잡아당기며 박차를 가하자, 말이 쏜살같이 내달았다. 먼지를 일으키며 우레같이 내달리는 무리들 사이에서 왕전이 선두로 질주했다.

왕전 자신이 직접 그린 '천산대렵도' 속에서 사슴을 쫓듯이 전심전력으로 질주하였다.

뒤처지는 몽골 선수들은 왕전을 따라잡기 위해 서로가 다투었다. 한 선수가 왕전의 말 엉덩이를 채찍으로 내리치자, 놀란 왕전의 말이 고통을 못 이겨 몸을 비틀며 두 다리를 높이 들어 갑자기 앞으로 내달으자, 왕전의 몸이 하늘 위로 솟구쳤다.

언덕 아래 낭떠러지 밑으로 강물이 흐르고 있었다. 그 찰나刹那에 몽골 선수가 달려와 왕전을 낚아채어서 낭떠러지 반대쪽으로 함께 굴렀다. 하마터면 천 길 낭떠러지로 떨어져 목숨을 잃을 뻔 했다.

"고맙소, 이 은혜를 ……."

왕전王顓의 인사에 답하듯, 투구를 벗은 몽골 선수는 아리따운 여인이었다.

그 일이 있은 후, 왕전王顓은 몽골 여인과 혼례를 올렸는데, 신부는 그를 위기에서 구해준 몽골 여인 노국대장공주魯國大長公主 보탑실리寶塔失里이다. 시집갈 때 받은 땅의 이름을 취해 공주의 칭호를 정했는데, 공자의 고국故國 '노국魯國'을 시호로 받은 것이다.

원나라의 위왕 베이르 테무르의 딸,

보르지긴 부다시리(Borjigin Budashiri).

대장공주大長公主는 황제의 고모나 왕고모 뻘인 공주,

왕전王顓이 지어준 고려식 이름은 '아름답다'는 왕가진王佳珍.

여인기마상, 고려, 국립중앙박물관

왕전王顓은 노국대장공주魯國大長公主 보탑실리寶塔失里와 혼인하면서 고려 제31대 공민왕이 되었다.

1351년 12월 귀국한 공민왕은 원나라의 멸망이 멀지 않았음을 간파하고 있었다. 공민왕은 즉위하자마자 변발을 풀어헤치고 원나라 옷을 벗는 등 원나라 지배에서 벗어나고자 과감한 개혁정치를 펴기 시작했다. 그러나 북로남왜北虜南倭로 불릴 만큼 홍건적과 왜구의 침입이 창궐하였다. 원나라 군대에게 쫓기게 된 홍건적이 1359년(공민왕 8)에 고려를 1차 침범하였다.

1361년(공민왕 10) 10월에 홍건적 10만 명이 압록강의 결빙을 이용하여 고려에 침입하여 개경이 풍전등화의 급박한 위기에 공민왕 일행이 남쪽으로 파천하려는 채비를 하자, 최영이 앞을 가로막아섰다. 왕의 일행은 하는 수 없이 민천사旼天寺로 피신한 뒤 근신들을 보내서 의병을 모집하게 하였으나, 서울 사람들은 모두 흩어지고 모집에 응한 자는 겨우 몇 사람뿐이었다. 안우·이방실 등 신하들도 어찌할 수 없어 아뢰기를,

"신들이 적을 막을 것이오니, 주상께서는 출행하소서."

공민왕 일행이 숭인문崇仁門을 나서니, 늙고 어린 자들은 땅에 넘어지고, 어미는 자식을 버리고, 짓밟히고 깔린 자가 들판에 가득하였으며, 우는 소리가 천지를 진동했다.

왕의 일행이 통제원通濟院에 이르렀을 때, 적이 이미 가까이 왔다고 하니, 급하게 임진강을 건넜다. 공주는 가마를 버리고 말을

탔으며, 차비次妃 이씨(이제현의 딸)가 탄 말은 병들고 약하여 보는 자가 모두 울었다. 개경을 떠난 공민왕 일행은 소백산을 넘고 순흥에 닿았으나 더 안전한 곳을 찾아서 길을 나섰다. 영주 평은 금강리에서 내성천을 건너서 왕유王留 마을의 두문재를 넘고 옹천역을 지나서 멀고 먼 피난 행렬은 12월 15일 복주福州(안동)에 이르렀다.

나는 청량산 연대봉을 건너다보면서, 유리보전 주위를 배경으로 공민왕 안동몽진 당시의 급박한 상황을 상상해 보았다.

〈서막〉 검은 구름이 자욱한 연대봉 위로 번개가 번쩍하고,
천둥을 울리며 먹구름이 온 산을 덮어왔다.
말발굽소리가 천둥 치듯 점점 가까이 울리면서,
왕과 공주의 행렬이 허겁지겁 달아나고
백성들의 아우성이 청량산 골짜기로 울려 퍼졌다.

〈제1막〉 말발굽소리와 천둥번개가 치는 급박한 상황에서 왕의 일행이 우왕좌왕할 때, 한 무리의 여인들이 탑 둘레에 모여들어 줄을 지어 엎드리자, 그 위로 공주 일행이 여인들의 등을 밟고 지나면서 태평악이 산천을 울린다.

공민왕과 노국공주의 행차가 유리보전으로 들어가고, 연대봉 위로 폭죽이 터지면서 하늘에서 사방으로 퍼져 내린다. 폭죽도 잠잠하고 청량산에 정적이 흐른다. 하늘에는 무수한 별이 반짝이고 범종의 여운이 은은히 청량산 골짜기로 울리다가 산은 어둠 속에 고요해진다.

〈제2막〉 어둠 속에서 50여 명의 검은 그림자들이 우루루 몰려와 탑 주위를 한 바퀴 돌아서 유리보전 쪽으로 몰려갔다. 김용金鏞이 공민왕을 죽이고자 자객을 보낸 것이다. 홍건적 난의 군공軍功을 세운 정세운 대장군이 그들을 가로막았다. 그 사이에 환자宦者(내시) 이강달李剛達이 왕을 업고 창문을 빠져나와서 대비의 밀실로 달려가 숨겨놓았다.

정세운을 해치우고 왕의 침실로 들어간 자객들은 왕의 침대에 누워있는 환자宦者(내시) 안도적安都赤이 왕인 줄 알고 그를 죽이고 의기양양하게 밖으로 나왔다. 그때 최영 등이 달려와 자객들을 모두 사로잡았다.

유리보전 방문이 열리면서 공민왕이 등장하고, 공민왕과 노국공주는 서로 마주잡고 환한 웃음으로 두 팔을 높이 들어보였다.

"공주, 몽골을 이 땅에서 물리치고, 대고려를 이루겠소."

"대왕, 이 뱃속의 아이가 장차 대고려의 왕이 되겠군요."

노국공주는 왕비가 된 14년 만에 드디어 배태한 것이다. 그 순간 연대봉 위 창공蒼空의 뭇별들이 반짝이고 폭죽이 터지고 태평가가 울려 퍼졌다.

〈제3막〉 청량사에 불이 꺼지고 정적이 흐르는데, 갑자기 구급차 경적이 울리고, 공민왕이 맨발로 허겁지겁 뛰어나왔다.

"저, 전하…"

어의御醫가 말을 잇지 못하고 난처한 표정을 지었다.

"어찌 됐느냐? 왜 말을 못하느냐?"

공민왕이 어의를 제치고 유리보전 안으로 급히 들어갔다.

"공주, 정신 차리시오. 아, 공주. 그대가 이럴 수가……"

공민왕이 노국공주의 주검을 안고 유리보전 밖으로 비틀거리며 걸어 나온다.

"쌍둥이 무덤을 만들어라."

"쌍둥이 무덤이라니요?"

"내가 죽은 후 나와 공주가 영원히 함께할 것이다. 무덤과 무덤 사이에 영혼이 드나들 수 있는 무덤을 만들어라."

살어리 살어리랏다 청산靑山에 살어리랏다.
멀위랑 ᄃ래랑 먹고 청산에 살어리랏다.
얄리 얄리 얄랑셩 얄라리 얄라
우러라 우러라 새여 자고 니러 우러라 새여
널라와 시름 한 나도 자고 니러 우니노라.
얄리 얄리 얄라셩 얄라리 얄라

가던 새 가던 새 본다 믈아래 가던 새 본다.
잉무든 장글란 가지고 믈아래 가던 새 본다.
얄리 얄리 얄라셩 얄라리 얄라
이링공 뎌링공 ᄒ야 나즈란 디내와손뎌
오리도 가리도 업슨 바므란 또 엇디 호리라.
얄리 얄리 얄라셩 얄라리 얄라
어디라 더디던 돌코 누리라 마치던 돌코
믜리도 괴리도 업시 마자셔 우니노라.
얄리 얄리 얄라셩 얄라리 얄라

조명이 점점 꺼지고 어둠 속에서 목탁소리와 범종梵鐘이 울려 퍼졌다.

청량산은 연대봉과 축융봉을 아울러서 청량산이라 부른다. 강원도 태백의 삼수령 피재에서 시작하여, 울진 선질꾼들이 넘나들던 십이령길 답운치에서 가야산 장군봉으로 이어지고 장군봉에서 일월산으로 지맥이 이어졌다.

일월산은 日과 月을 복합한 明의 '밝음'을 뜻하기도 하고, 日자봉과 月자봉의 두 봉우리와 청량산의 장인봉, 축융봉, 그리고 가야산의 장군봉과 함께 '일월오봉日月五峰'을 이룬다. 일월오봉은 《시경》의 소아 천보天保의 詩에서 기원祈願한 '산처럼 언덕처럼(如山如阜) …' 등 아홉 가지의 만수무강의 신력을 가진다고 여겼다.

장군봉은 억센 남성男性을 상징하고, 일월산은 산세가 부드러우면서 태백산의 가랑이에 위치하여, 음기가 강한 여산女山으로 비유된다. 여성을 상징하는 月자봉의 황씨 부인당은 무속인들의 성산으로, 무속인들은 황씨 부인당에서 내림굿인 강신제降神祭와 봄·가을에 주기적으로 신통력을 강화시키는 축신제祝神祭를 행한다.

청량산 북쪽 문수산 아래 봉화 춘양현 시드물에 살았던 송월재 이시선李時善은 태종의 아들 온녕군溫寧君의 후손으로서 젊어서부터 정치에 뜻을 두지 않고, 청량산을 비롯해서 명산대천名山大川을 둘러본 후 송월재松月齋를 짓고 노장老莊과 사서史書·병가兵家·지리地理·복서卜筮의 서적 등 학문 전반을 섭렵하였다.

이시선은 72세 되던 해에 가야산 장군봉을 유산하고 〈가야산유기加也山遊記〉를 남겼다. 봉화군 춘양현은 가야향加也鄕 이어서 장군봉이 「가야산」으로 불리었다.

이시선은 시드믈 송월재에서 출발하여, 소라왕召羅王의 도읍지였던 조래(拙川)를 따라가다가 옥천 조덕린趙德鄰의 사미정四未亭

(四某未能) 앞을 지나서 낙강을 건넌 뒤 갈산에서 가야산으로 올랐다. 보림암寶林菴에서 하룻밤을 묵은 후, 이튿날 완항緩項(능선)과 해정령海程嶺(고갯길)을 찾아 말을 타고 점점 올라가니 산길이 험하였다. 마침내 가야산 정상 장군봉將軍峰에 올랐다. 큰 바위도 없고 지표면의 흙도 없으며, 초목도 없이 자잘한 돌들이 자리를 펼쳐 놓은 듯 평평하게 퍼져있다. 세속에서 말하길, '신선이 바둑과 장기를 두던 곳'이라 하니, 이곳이 바로 가야산 장군봉의 자갈밭(너덜지대)이다. 승려가 산등성이의 기다란 돌밭을 가리키며 말하기를,

"바람이 불면 그 바람이 자갈 사이에 들어가 절로 비파 소리를 냅니다. 그러므로 '비파자갈'이라고도 하지요. 자갈 가운데 나무가 있는데, 세속에서는 이것을 '신선의 복숭아'라고 한답니다. 봄이 되면 꽃은 피는데 열매 맺는 것을 보지 못했습니다."

일월산이 동쪽으로 뻗은 줄기가 다시 솟아올랐으니, 이것이 가야산으로 바위가 층계를 이룬 산이다. 가야산에서 조금 떨어져서 튀어나온 봉우리는 '제비산齊飛山(917m)'이다. 서쪽으로 소백小白을 바라보면 우뚝 선 것은 모두 산일뿐 들은 전혀 보이지 않는다. 북쪽에는 채장采藏, 문수文殊, 봉황산鳳凰山이, 서쪽에는 응방鷹坊, 풍악산楓嶽山 등이 높이 솟았다.

한반도에 살던 우리의 선조들은 태고로부터 산악 중심의 자연 숭배가 성행하였는데, 산악은 신神의 당체當體로 초월존신이었으며

산신 신앙이 흥행했던 시대에 생김새부터 신비하고 영묘한 청량산은 축융봉과 일월산·가야산 장군봉·풍락산·만리산 주위의 산들과 더불어 전설을 간직한 신화神話의 본산이었다.

송월재 이시선은 강지江贊의 《자치통감절요資治通鑑節要》와 증선지曾先之 《십팔사략十八史略》의 내용을 하나로 묶어서 《역대사선歷代史選》을 집필하였다. 사마천司馬遷의 《사기史記》는 삼황오제三皇五帝부터 한무제까지인데, 이시선의 《역대사선》은 태고기부터 한무제 이후 명대明代까지의 사서史書이다.

《역대사선歷代史選》의 〈태고기〉는 기독교의 〈창세기〉의 '태초에 하나님이 천지를 창조하시니라, 땅이 혼돈하고 공허하며 흑암이 깊음 위에 있고 하나님의 영은 수면 위에 운행하시니라'에 해당된다.

이시선은 땅이 개벽開闢하고 사람이 살기 시작하는 때를 동양적인 사유로 〈태고기〉를 기술하였다.

「혼돈混沌한 세상에 하늘과 땅이 처음 나누어졌다. 이에 반고씨盤古氏가 대황大荒에서 탄생하였으나 그 시작은 알지 못한다. 그는 천天, 지地, 인人 삼재, 즉 만물(三才)의 우두머리(首君)가 되었다. (…). 태고의 백성은 동굴에서 살거나 들판에 거처하면서 동물들과 벗이 되었으니, 서로 시기하거나 다치게 하지 않았다. 유소씨 시대에는 슬기(機智)가 점차 커지면서 동물들과 처음으로 적이 되었으나 금수禽獸들을 이길 수가 없었다. 유소 씨는 나무를 얽어 거처(巢)를 만들고, 백성에게 여기에 살면서 피해를 막도록 가르쳤다. 하지만 초목草木 열매를 먹을 뿐 아직 음식을 불로 익히지는 못하였으며, 금수들의 피를 마시고 짐승들의 털과 가죽으로 몸의 앞뒤를 가렸다. (⋯).」

중국의 하夏・상商・주周나라 훨씬 이전의 태고기의 일부이다.

태고로부터 청량산 일대에 살았던 이들은 태고기의 중국인들과 별로 다른 것이 없었다. 이들은 J.R.R. 톨킨(Tolkien)의 환상소설 《반지의 제왕(One Ring)》의 '호빗(hobbit)'과 같이 세상의 중심에서 한참 외진 곳(Middle-Earth)에서 평화와 고요를 사랑하고, 둘레가 2천 79보의 석성石城을 쌓고 성 안에 우물과 군창軍倉을 만들고, 뙈기밭에 기장・조・메밀・콩・뽕나무를 심고 남자는 밭 갈고 여자는 길쌈하며 대지의 모든 생명과 공존하였다. 남자들은 모두 흰 띠에 검은 관을 쓰고 여자들은 모두 채색 옷을 입으며, 항상 공손하게 앉아 서로를 범하지 않으면서, 서로 칭찬하고 헐뜯지 않는다. 다른 사람이 어려움에 빠진 것을 보면 목숨을 내던지면서까지 구해 준다. 마치 한나라 동방삭東方朔의 《신이경神異經》의 세상과 같다.

별은 햇빛이 밝은 낮에는 보이지 않을 뿐, 분명히 우주에 존재하고 있다. '가운데 땅'에 살고 있는 '호빗'들도 우리 눈에는 보이지 않고 느껴질 뿐이다. 본디 우주 자체는 흑암인데, 우주는 관측되는 은하의 질량 또는 에너지보다 많아야 하는데, 여분의 관측되지 않은 에너지는 어둠의 에너지이다. 어둠 속에서 누구나 에너지를 느끼게 되는 것도 이런 이유이다.

나는 눈을 감고 우주의 속삭임에 귀 기울여 보았다.

'태양이 만리산 너머로 사라지면, 청량산은 하늘 위로 무수한 별을 반짝이고 청량산에는 축제가 벌어지겠지.'

러시아 남부 키에프의 트라고라프라 산의 '성 요한제' 축제는 성 요한제의 전날 밤에는 온갖 마녀와 귀신들이 민둥산에 모여 악마를 기쁘게 하는 잔치가 벌어지는데, 그들이 벌이는 기괴한 연회 장면을 생생하면서 드라마틱하게 악상으로 표현한 것이 러시아의 음악가 무소르그스키(Mussorgsky)의 〈민둥산에서의 하룻밤(Night on Bald Mountain)〉이다.

'반지의 제왕' 사우론(Sauron)이 만든 반지는 보통 인간이 끼게 되면 자신의 모습이 엷어져 다른 사람들의 눈에는 보이지 않게 하는 신비한 마법이 있다. 그러나 그 반지를 소유한 자를 타락하게 한다.

사우론은 반지를 찾기 위해 '가운데 땅'으로 반지 악령을 보낸다. 반지의 비밀을 알고 있는 마법사 간달프(Gandalf), 반지를 가진 프로도(Frodo), 반지 악령은 서로 쫓고 쫓기게 된다.

청량산의 밤은 '호빗'들의 세상이다. 청량산에 모인 '호빗'들은 민둥산의 마녀와 귀신들처럼 '반지의 제왕'을 기쁘게 하는 잔치를 벌였다. '호빗'마다 각자 기괴한 장면을 펼친다.

장사가 무거운 솥을 들어올리고,
날래게 장대를 기어오르는 사람,
칼이 꽂혀 있는 둥근 장애물을 통과하고
물 담은 쟁반을 공중제비로 뛰어넘고,
'호빗'들은 제마다 재주를 펼치는데,
다른 쪽에서는 투전鬪牋판이 벌어졌다.

김홍도, 투전판, 프랑스 신부 소장, 중앙일보 2018. 7. 11일자

시 읊으며 거닐었네

우뚝하게 높이 솟은 산, 이어진 봉우리들 들쑥날쑥하고, 신기한 나무와 신령스런 풀에, 붉은 열매가 주렁주렁 달렸고, 구름과 안개 자욱이 피어나는 오마대도를 네 마리 사슴이 나란히 수레를 끌고, 지초芝草로 만든 수레 지붕엔 아홉 송이 꽃이 피어 있다.

고려의 공녀貢女 중에서 황후가 된 기황후는 '반지의 제왕' 사우론처럼 고려 왕을 마음대로 할 수 있는 반지의 주인이었다.

그러나 공민왕이 고려의 왕이 되어 기황후의 동생과 일족들을 제거하자, 공민왕을 폐하고 충숙왕의 아들 덕흥군을 고려 왕으로 세우려고 최유崔濡를 반지 악령으로 보내어 고려를 공격하였다.

〈서막〉 오케스트라의 '민둥산의 하룻밤'이 전쟁의 분위기를 연출한다. 회오리바람이 불어오듯 공격의 말발굽 소리와 쫓기는 자의 급박한 비명이 청량산을 뒤흔들었다.

〈제1막〉 반지 악령 최유가 원나라 군사 1만 명을 거느리고 덕흥군을 받들고 압록강을 건너와서 의주성의 궁고문弓庫門을 포위하니, 도지휘사 안우경이 일곱 번 싸워 이를 물리쳤다. 최유가 산에 올라 엿보니 고려 군사의 수효가 적고 후원군이 없는 것을 알고는 군사를 일곱 부대로 나누어 북을 치고 떠들썩하게 나오니, 고려 군사가 도망해 돌아와서 성 안으로 들어왔다. 중랑장 최흑려가 말에서 내

려 창을 쥐고 문 밖에 서 있으니 최유가 전진하지 못하였다. 도병마
사 홍선이 나가 싸우다가 적에게 사로잡히자, 고려 군사는 패하여
달아나서 안주安州를 지켰다.

〈제2막〉 오케스트라의 〈민둥산의 하룻밤〉이 계속된다. 땅속에
있는 악령들의 괴성이 들려오고 타악기가 절정에 이르렀을 때, 청
량사의 종소리가 울려 퍼진다.

공민왕이 최영을 도순위사로 삼아 정예 군사를 거느리고
급히 안주로 달려가서 도망하는 군사의 목을 베었다.
최유의 척후 기병이 정주定州에 이르자,
안우경이 거느린 정예 기병 3백 명이 이를 패퇴시키고,
장수 송신길宋臣吉을 사로잡으니 최유가 기운이 꺾였다.

〈제3막〉 오케스트라의 '하프 파트' 연주에 이어서 클라리넷과 플룻의 맑은 음이 여명黎明에 피어오르는 안개를 걷어내고 새벽의 햇빛이 평화롭게 느껴지며 점점 여린 음으로 사라진다.

최유가 압록강을 건너 달아났으나, 최영이 그의 장수를 보내어 마침내 반지 악령 최유를 사로잡아서 원나라에 보내었다.

동·서양을 막론하고 신화는 하느님과 인간의 결합에서 탄생된 시조始祖가 나라를 잘 다스리고 우수한 문화를 창조하였다는 내용이다. 고대 신앙은 인격신이거나 자연물이 인간과 결합한 형태인데, 인격신은 대부분 해당 지역과 연고가 있거나 역사적 인물 중에서 위대한 일을 하였거나 아니면 비극적인 죽음을 맞은 인물들이다. 위대한 업적을 남긴 인격신은 자기들을 보호해줄 수 있다는 믿음과 감사의 마음에서 비롯된 것이고, 비명非命을 당한 인물을 신격화하는 것은 억울함을 위로하고 한을 풀어주기 위함이다.

공민왕은 원나라의 내정간섭과 고려 조정의 부패를 타파하여 왕권을 바로 세우고, 뒷머리만 남겨두고 머리를 땋아 늘어뜨리는 몽골식 '변발'과 목깃이 올라오는 '호복'을 금지하고, 일본 정벌을 위해 설치한 '정동행성'을 없애고 함경남도 영흥 이북을 통치하는 '쌍성총관부'를 공격해서 원나라가 차지하고 있던 철령 이북의 땅을 회복하였으나, 노국공주의 죽음으로 공민왕은 슬픔에서 헤어나지 못했다.

안동은 공민왕의 안동 몽진 때 복주목에서 안동대도호부로 승격됨으로써 세력권이 확장되었고, 지역민들의 상경종사上京從仕가 늘어났으며, 공민왕은 '영호루映湖樓'와 '안동웅부安東雄府' 현판을 써서 보답했다. 비록 70일 간의 체류였지만 놋다리밟기, 안동 소주燒酒 등의 민속이 지금까지 전해지는 계기가 되었다.

청량산 일대의 주민들은 공민왕의 몽진 때 청량사 유리보전 현판과 산성축조 등으로 연고가 있었으며, 출산 중에 죽은 노국공주, 환관들에게 시해 당한 공민왕의 억울한 죽음에 대한 역사적 사건들을 그들의 삶의 일부로 받아들였다. 청량산에 공민왕 사당을 모시고 산성을 쌓아 적의 침입에 대비하였으며, 다섯 필의 말이 달릴 수 있는 오마대도, 죄인을 절벽에 던졌다는 밀성대 등 공민왕과 관련된 다양한 설화를 전승하고, 공민왕의 혈연관계의 인물들을 마을의 신神으로 모시게 되었다.

공민왕을 중심으로 한 가족 관계 사당祠堂은 향촌사회의 가계家系 계승 의식에서 비롯된 것으로써 청량산 권역과 왕모산성 주변의 마을에 밀집되어 있다. 축륭봉에 공민왕 사당, 문명산 아랫뒤실과 윗뒤실에 부인당, 풍락산 아래 고감리(鼓歌舞)는 장구에 맞춰서 노래를 부르고 춤을 추는 곳이라는 고가무鼓歌舞라 하고 왕대부인당을 모셨다. 풍호리 역개 공민왕의 부인당, 재산 남면 동다리 아들당, 동자다리 딸당, 새터 사위당, 낙동강 임강대 고개 아들당, 도산면 가송리 딸당, 단천리 돌 부부 서낭당, 이육사의 고향 원천리 강 건너편 내살미 왕모산성의 왕모당 등 사당을 모시고 제사와 가무歌舞를 통해서 신령과 소통하였다.

징을 치고 노래와 춤을 춰서 神이 내리면, 신탁神託을 전하는 공수 절차가 있었다. 마을 간의 神끼리 혈연관계를 의식하여 가송리 딸당에서는 정월 초하루에 공민왕신을 모시는 축륭봉 산성마을로 서낭대(신간神竿)로 세배를 보내면서, "친정 간다"라고 하며, 서낭대는 공민왕 위패에 세배를 하고 음식과 세뱃돈을 얻어 다시 가송리로 돌아오는 독특한 의례를 치른다.

마을끼리 혈연관계 행사를 통해서 농사일의 품앗이와 세 벌 논매기 후 '풋구' 놀이의 연대가 이루어졌었다. 공민왕을 신으로 모시는 풍조는 청량산 일대와 안동 지역의 민간 신앙으로 발전하였으며, 조선의 종묘에도 공민왕의 신위를 모시고 있다.

무속에서는 인간을 육신과 영혼의 이원적 결합체로 보며, 영혼이 육신의 생존적 원력原力이라 믿는다. 영혼은 인간의 정령을 의미하는 넋·혼·영·혼백·혼령 등의 용어를 포괄하는데, 영혼은 형태가 없는 기운으로서 인간 생명의 근원이며, 인간의 생명 자체를 영혼의 힘으로 믿는다. 영혼은 또 육신이 죽은 뒤에도 새로운 사람으로 이 세상에 다시 태어나거나 저승으로 들어가서 영생한다고 믿는 불멸의 존재이다.

무속巫俗에서 영혼을 사령死靈과 생령生靈으로 분류하여, 사령死靈은 사람이 죽은 뒤에 저승으로 가는 영혼이고, 생령生靈은 살아 있는 사람의 몸속에 깃들어 있는 영혼이다. 무당은 영혼과 소통하되, 산 사람과 동일한 인격을 가지는 것으로 대한다.

영혼의 형체는 인체와 같은 모양의 영상이지만 꿈이나 환상 속에서만 볼 수 있고, 평상시는 영상조차 볼 수 없는 무형의 공기나 호흡과 같아서, 영혼은 시·공간의 제약을 받지 않는 전지전능한 존재라 믿는다. 청량산 일대는 죽은 자의 영혼을 모신 공민왕 사당들이 있다.

청량산 일대는 공민왕 사당을 중심으로 '호빗'들이 살고 있는 가운데 땅(Middle-Earth)이다. '호빗'은 지난날 역사 속에서 사라진 이들의 영혼이 시·공간을 초월하여 변신變身한 것이다.

청량산의 '호빗'들은 뇌뢰낙락磊磊落落(너그럽다)하여 제학鯷壑(골짜기)에 높이 솟아 군림하고, 참참암암巉巉嵓嵓(가파르다)하여 경담鯨潭(깊은 못)을 굽어보며 진압한다. 위로는 운무雲霧가 뒤엉킨 뼈대가 되고, 아래로는 파도가 격동하는 동굴이 되는데, 아침에는 금오金烏(해)를 영접하기 위해 먼저 나오고, 밤에는 은섬銀蟾(달)을 전송한 뒤에야 자취를 감춘다.

축융봉의 밀성대에서 백발의 '호빗'이 수염을 쓰다듬어 가면서 바둑(田石)을 두고, 밀성대 아래에는 누더기 옷을 걸친 '호빗'이 큰 박으로 만든 '무애無碍'를 두드리면서,

"나무 아비 타불, 나무 아비 타불…"

염불을 중얼거리며 밀성대를 돌고 또 돌았다.

그때, 도포에 갓을 쓴 선비가 한 초립동草笠童을 앞세우고 축융봉을 올라왔다. 선비와 소년이 인기척을 내었으나, 신선들은 바둑판만 내려다보고 앉아 있었다. 고운孤雲과 삼봉三峯이 바둑을 두고 왕전王顓이 판세를 관전觀戰하고, 새벽(始旦)은 염불을 계속 외었다.

"나무 아비 타불, 나무 아비 타불⋯⋯."

고운孤雲이 침묵을 깨고, 혼잣말로 중얼거렸다.

"마음이 일어나면 갖가지 법이 일어나고, 마음이 사라지면 갖가지 법이 사라지나니心生則種種法生 心滅則種種法滅."

고운孤雲의 넉두리를 듣고 있던 삼봉三峯이 고운과 새벽(始旦)을 번갈아 보더니, 그의 스승 목은 이색李穡의 詩 〈청량산으로 돌아가는 관선사觀禪師를 보내다〉를 노래하듯 읊었다.

내가 평생에 석가모니는 알지 못하나
속세를 떠난 고승을 사랑할 뿐이로세.
다시 듣건대 청량산 산수가 좋다 하니
갈건 쓰고 어느 날 최고운을 찾을런가.

삼봉은 고려 공민왕 당시 정당문학政堂文學(조선시대 議政府)에

재직하던 때, 봉화로 유배되었다.

삼봉은 왕전王顓을 힐끔 쳐다보더니, 자신이 지은 〈윤밀직 가관 만사挽尹密直 可觀〉를 읊었다.

> 방년에 대궐을 숙직할 적에
> 백일이 단심을 비추었다오.
> 고부에선 추기를 긴밀히 했고
> 남주에선 은혜와 사랑 깊었답니다.
> 태산이 무너져라 우러를 곳 어디더냐.
> 하늘 이치 멀고멀어 알기 어렵네.
> 옥수가 묻히는 걸 차마 보겠나.
> 괴로운 눈물은 옷깃을 적시누나.

왕전은 시종侍從 윤가관尹可觀에게 익비益妃를 간통하라 시켰으나 가관可觀이 죽음을 무릅쓰고 항거하니, 왕은 크게 노하여 몽둥이로 때리고서 폐하였다.

왕전王顓은 자신을 향한 삼봉의 원성怨聲을 못들은 척 흘러가는 구름만 쳐다보고 있다. 분위기가 심상찮게 돌아가자 새벽[始旦]이 허공을 향해 외쳤다.

"작아도 안이 없고, 커도 밖이 없으리니小無內而大無外也 어찌 대괴(天地)만을 크다 할 것인가夫何大塊之爲大也"

강세황·김홍도·심사정·최북, 균와아집도筠窩雅集圖, 국립중앙박물관

소년이 바둑판에 관심을 보이자, 스승이 눈짓으로 소년을 가까이 불렀다.

"한 수 두는데 일 년은 족히 걸릴 테니, 관심 갖지 마시게."

소년이 의아한 표정을 지어보이자, 스승은 이인로李仁老의 詩 〈기국碁局〉을 읊었다.

玉石交飛紅日晩	옥돌이 번갈아 날다 붉은 해가 저무니
遊人也宜樵柯爛	나무하는 사람의 도낏자루가 썩어 마땅하도다.
苒苒蛛絲籠碧虛	가냘픈 거미줄은 푸른 허공을 싸고
翩翩雁影倒銀漢	나는 기러기 그림자는 은하수에 거꾸로 비친다.
鼠穴纔通趙將鬭	쥐구멍은 조장이 겨우 통해 싸웠고
鶴唳已覺秦兵散	학이 울매 이미 진나라 군사의 흩어졌음을 알리라.
兀坐凝神百不聞	오똑히 앉아 정신을 쏟으매 아무것도 들리지 않으니
座中眞得巢由隱	그 자리는 진실로 소보와 허유의 숨은 정을 얻었다.

스승은 눈짓으로 가리키고 귓속말로 속삭였다. 돌로 된 바둑판에 마주 앉아 바둑을 두는 이는 고운孤雲 최치원과 삼봉三峯 정도전이며, 바둑을 관전하고 있는 왕전王顓을 가리켜서 공민왕, 누더기 스님 새벽(始旦)은 당나라 유학길 도중에 해골에 괸 물을 마신 것을 알고 나서 깨달음을 얻었다는 원효元曉라고 했다. 돌아앉아서 청량산을 그리는 이는 야송 이원좌이며, 그 옆에 술병을 꿰차고 번

듯이 드러누운 이는 오원 장승업이라 했다.

"저들은 고인古人이지만, 고금이 한 언덕의 담비〔古今一丘貉〕이 듯이 지금은 다 같이 청량산의 신선들이라네. 저들 중에 조용하고 신중하며 침착한 사람이면 산의 모습 같고, 맑고 깨끗하여 탈속한 사람이면 산의 기운과 같으니, 산을 좋아하는 것이 사람을 좋아하는 것과 다르지 않다네."

"네, 선생님 말씀을 새겨듣겠습니다. 그렇다면, 퇴계 선생께서도 이곳에 계시겠군요?"

소년의 스승은 퇴계의 고제高弟 월천 조목趙穆의 제자이니, 소년에게도 퇴계의 정맥正脈이 이어진다.

스승은 지갑에서 천원 권 지폐 한 장을 꺼내어 소년에게 건네주면서,

"선생께서는 여기에 계시지."

소년은 그 지폐를 공손히 받아들고 신기한 듯 지폐의 앞뒷면을 뒤집어 가면서 살피더니,

"아, 선생께서 계상서당溪上書堂에서 글을 읽고 계시군요."

스승은 소년에게 청량산의 봉우리를 가리키며,

"저 왼쪽의 봉우리는 청량산에서 가장 높아 장인丈人이라 부르는데, 이는 사람에 빗대어 본 것이니, 향로香爐, 연적硯滴, 탁필卓筆, 금탑金塔이라 한 것들은 장인이 좌우에 늘 두는 물건이고, 자란紫鸞, 선학仙鶴, 연화蓮花라 한 것들은 장인에게 사랑받는 물건이 아

닌가. 축융祝融은 곧 장인의 손님이요, 자소紫霄는 곧 장인의 하늘이며, 경일擎日은 곧 장인이 가진 뜻을 말한 것이고, 혹은 장인이 하는 일을 말한 것이며. 나누어 이름을 붙인 것이 열두 가지 다른 이름이 있다 해도, 통틀어 그 중심이 되는 것은 오로지 장인이니, 장인봉을 청량산이라 한다네."

그때, 청량산 아래 강변길을 따라서 진사립에 하얀 도포 차림의 선비들이 학처럼 날아가고 있었다. 스승이 그들을 가리키며,

"저 선비들은 영남만인소嶺南萬人疏 소두疏頭 이진동李鎭東의 장례 행렬일세. 무신창의록戊申倡義錄을 정조 임금에게 직접 올려서 도산서원 시사단에서 별시別試를 보게 했던 욕과재欲寡齋 이진동李鎭東이 그의 유언에 따라서 장인봉 아래 뒤실(북곡)에 묻혀서 청량산 산신령이 되었다네."

"감히 여쭙겠습니다. 이진동은 누구이며, 영남만인소는 무엇입니까?"

"이진동은 우리보다 200년 뒤에 올 선비이지요. 장희빈의 아들 균昀이 숙종의 뒤를 이어 경종 임금이 되었으나, 그는 병약하여 4년 만에 죽게 되자, 그 뒤를 무수리 궁녀의 아들 금昑이 왕위를 이어받아 영조가 되었을 때 무함誣陷이 일어나지요. 영조 4년(1728), 정권에서 배제된 소론과 남인 계열의 사람들이 영조와 노론의 제거를 위한 명분으로 경종이 영조에 의해 독살되었으며 영조가 숙종의 친아들이 아니라는 것을 내세웠다.

충청도 사람 이인좌가 주도적으로 반란을 일으키고 경상도 남인 몇이 가담했으나, 대부분의 남인들은 적극적으로 창의倡義(국난을 막을 의병을 일으킴) 하였지요. 그러나 그 일로 영조는 경상도를 반역향으로 낙인찍고 남인을 등용하지 않았지요.

무신의 난이 일어났던 60년 후 무신년에 남인 선비들이 봉정사에 모여서 만인소를 작성하고 이진동을 소두로 선출하여 한양으로 보냈으나, 당시 정조 임금을 배알하지 못하고 7월부터 11월까지 궐문에 엎드려 때를 기다렸다가, 결국 정조 임금을 직접 만나서 '무신창의'의 진실을 알리고 그 비답으로 도산서원에서 별시別試를 치르게 하였지요."

"아, 도산서원 강 건너 그 시사단이 그때 생긴 것이군요."

그 소년은 15세 때 함안咸安의 산인山仁 땅 검암儉岩에서 왜란을 피해 아버지 조식趙埴을 따라서 봉화로 피난 온 조임도趙任道이며, 소년의 스승은 대성동천大聖洞天 역개(麗浦) 마을의 구전苟全 김중청金中淸이었다. 구전 선생이 1614년에 북경에 서장관으로 갔을 때 구해 온 공자성교상孔子聖教像 탁본을 소장하고 있어서 풍호리 역개마을 입구에는 대성동천大成洞天이라는 금석문이 새겨져 있다.

越前聖
未百王
雜斯道
世彌昌

공자성교상孔子聖教像(109×67cm), 구미당 소장

조임도는 19세 때 고향인 검암리로 돌아와 곤지재困知齋를 짓고 시냇가에 두 그루의 소나무를 심은 후 간송澗松이라고 자호自號하였다.

훗날, 간송당 조임도는 그의 〈원행록遠行錄〉에 스승 구전 선생을 조문弔問하러 함안에서 봉화까지의 여행을 기록하였다.

「신미년(1631년) 6월 6일. 봉화奉化에 조문하기 위해 길을 나섰다. 고故 구전苟全(반천) 선생은 내가 어렸을 적에 배웠던 분인데, 소상小祥이 지난 뒤 늦게 부음訃音을 듣고서 시마복을 입고 곡하고 그 아들에게 부의賻儀와 위장慰狀을 보냈다. 길이 멀고 몸이 병들어 몸소 궤연几筵에 나아갈 수 없어 항상 한스러워하였다. 대상大祥이 13일이라고 듣고서 더위와 비를 생각지도 않고 길을 나서 현풍에서 묵었다. (…)

6월 12일. 병을 무릅쓰고 일어나 궤연에 절하고 여러 아들과 상차喪次에 차례대로 서니 모두 탄식하며 말하기를,

"공께서 병을 앓고 있으면서도 이 더운 여름에 500리 길을 산을 넘고 강을 건너 왔으니, 지극한 정성이 아니면 어찌 이곳에 이르렀겠습니까. 예전에 그대께서 부장賻狀을 보냈을 때 감격하여 눈물을 흘렸는데, 지금 또 뵙는 데 있어서이겠습니까."

구전의 아들 정랑공이 공자상과 책 한 권을 보여줬는데, 기해년(1599, 선조32) 겨울 우리 부자父子와 이별하며, 선생께서 절구 두 수

를 써서 보여 주었는데, 주인이 그 詩를 보관하였다.

내가 趙 노인을 친애하는 것은
도량 넓은 장자의 풍모 지녀서이네.
이별한 뒤 그 점잖은 모습 생각하며
내 마음속에서 잊지를 못하겠네.

또한 기쁘지 않은가 친구가 멀리서 왔으니
오랫동안 쓸쓸했던 책상 흉금을 펴기에 좋았네.
갈림길에 서서 평소에 하던 말을 주노니
좋은 구슬을 가시나무숲에 버려두지 마시길.」

축융祝融은 중국 신화神話의 삼황오제 가운데 하나이자 불을 맡은 신이라고 한다. 축융은 나무를 비벼 불을 얻은 수인씨의 뒤를 이어 돌을 때려 불을 얻었고, 일찍이 화공으로 치우천왕을 물리칠 정도로 불을 잘 다루었기 때문에 불의 신으로 받들어졌으며, 그의 아들은 물의 신이 되었다고 한다.

청량산 장인봉의 손님격인 축융봉은 불의 신 축융의 영역이며 공민왕 사당을 비롯해 밀성대, 산성, 오마대도 등 고려 공민왕의 설화가 전래되고 있는데, 석성과 토성을 쌓고 다섯 필의 말이 달릴 수 있는 오마대도五馬大道를 만들었으며, 군사들을 훈련시킬 때 군율을 어긴 병사를 밀어서 떨어뜨렸다는 절벽을 밀성대라고 한다.

신라 때 성을 쌓은 흔적이 있는데, 절벽 그 자체를 성벽으로 이용하여 흙으로 기초를 단단히 다지고 그 위에 석재를 쌓았다. 공민왕의 안동 파천 이후 축성을 더욱 견고히 하였고, 임진왜란 때 예찰사 오리梧里 이원익李元翼의 지시로 성城을 더욱 보강하였다.

지금은 가파른 절벽 위의 밀성대 정자에서 청량산 전체를 조망할 수 있게 되었다.

왕전은 왕위에 오르지 않았을 적에는 총명하고 인후하여 백성의 마음이 모두 그에게 쏠렸었다. 왕위에 올라 정성을 다하여 정치에 힘쓰므로, 조정과 민간에서 크게 기뻐하여 태평 시대가 오기를 기대하였는데, 노국공주가 세상을 떠난 후로는 지나치게 슬퍼하여 본심을 잃고, 신돈에게 정사를 맡겨 공신과 현인을 내쫓고, 토목의 역사를 크게 일으켜 백성의 원망을 사고, 제자위弟子衛 기관을 설치하여 미소년들을 가까이 두고 시중들게 하였다.

기황후가 끼고 있던 사우론의 반지를 우연히 소유하게 된 순간 왕은 타락하여 홍륜에게 익비益妃와 동침하게 하였다.

최만생이 변소에서 왕에게 아뢰기를,

"익비가 아기를 밴 지 벌써 5개월이 되었습니다."

"내가 일찍이 영전을 부탁할 사람이 없음을 염려하였는데, 비妃가 이미 아기를 배었으니 내가 무슨 근심이 있으랴."

왕이 기뻐하면서, 조금 후에 또 묻기를,

"누구와 관계하였느냐."

"홍륜이라고 비妃가 말합니다."

잠시 생각한 왕은 자신의 계략을 알렸다.

"내가 내일 창릉昌陵에 배알하고 나서 주정酒酊하는 체하면서 홍륜의 무리를 죽여서 입막음을 하겠다."

왕은 음흉한 미소를 지으면서 최만생에게 말했다.

"너도 마땅히 죽음을 면하지 못할 줄 알아라."

왕이 자신을 죽이겠다는 말을 듣는 순간, 만생은 사지가 떨리고 눈앞이 캄캄하였다. 죽음이 두려운 그가 이날 밤에 홍륜 일파와 모의하고, 왕이 술에 몹시 취한 것을 틈타서 칼로 찔렀다.

공민왕이 위계僞計에 의해 스스로 홍륜에게 시해 당한 것은 '가운데 땅'에서 노국공주와 영원히 함께 하려 함이었다. 사우론의 반지는 반지 소유자를 사악하게 만들지만, 다른 사람의 눈에 보이지 않고 영원히 살 수 있는 신비한 마법을 지녔다.

축융봉의 공민왕당 광감전曠感殿은 공민왕의 위패가 봉안되어 있고, 임금을 상징하는 용을 그린 벽화가 있다. 공민왕당을 중심으로 공민왕 부인당, 어머니당, 딸당 등 가족단위의 사당이 그 주변으로 분화되어 있어, 청량산 축융봉은 공민왕 신앙의 중심지이다. 왕전은 생전에는 고려의 왕이었고, 죽어서는 '반지의 제왕'이 되었다.

청량산은 퇴계 이황의 선조 이자수李子脩가 공민왕의 몽진 때 홍건적을 평정한 공功으로 송안군松安君에 봉군奉君 되면서 봉산封山으로 받은 것이었다. 이황의 할아버지 이계양李繼陽은 그의 아들과 자질들을 청량산으로 보내어 글공부를 시켰다. 마땅한 스승이나 학교가 없었던 시절에 청량산은 학교나 다름없었다.

이황의 숙부 송재 이우李堣는 18세 때 청량산에 들어가 우암寓菴 홍언충洪彦忠·월헌月軒 황맹헌黃孟獻과 안중사安中寺에서 많은 시간을 보냈었다. 청량산은 금강산만큼 멀리 있지도 않고 지리산만큼 깊지도 않으면서 인가와 떨어져 있어서 번잡스럽지 않은 곳이어서 공부하는 젊은이들이 청량산을 찾는 이유이다.

청량사 범종이 산천의 고요를 깨우면, 안개 피어오르는 금탑봉에 올라 축융봉 위로 떠오르는 찬란한 아침의 태양을 맞는다. 휘황찬란輝煌燦爛한 낮이 분주하게 지나고, 축융봉에 둥근 달이 두둥실 떠올라 교교한 달빛이 골짜기로 산사山寺 뜰로 내려와 나뭇가지마다 그림자를 길게 늘인다. 어느 곳에 산이 없고 어느 곳에 달이 없으랴마는 청량산의 둥근 달은 산에서 공부하는 외롭고 고달픈 젊은이들의 몸과 마음을 청량하게 하였다.

이우李堣는 축융봉에 올라서, '공민왕당'의 문을 활짝 열어 제치고 공민왕의 혼백을 불러내었다.

그는 공민왕과 노국공주의 詩〈고려사 공민왕기〔讀麗史恭愍紀〕〉를 지어서 큰 소리로 읽었다.

강릉의 어진 정사 온 나라가 알았는데
늦으막에 임금 자리 어긋난 일 많았네.
중흥의 임금이라 온 백성이 바랐는데
어찌하여 만대에 나무람을 남겼는고.

*인문강릉仁聞江陵 : 강릉의 백성 구제

마음속 오직 금선金仙(부처)만 있어

공손하고 조용히 이 道만 생각했었지.

꿈속에서 좋은 신하 주더라고 말하여

옥천사의 종[奴, 신돈]이 부열傳說(탕왕의 신하)의 구실했네.

西에서 홍건적이 침노하니 임금은 南으로 피하고

하늘 바친 높은 기둥 세 사람인데

장군들 죽이는 것이 궁장계宮藏計 아닐텐데

거짓으로 전지 꾸민 참소에 속았도다.

　　　*궁장(비조진량궁장蜚鳥盡良弓藏) : 새를 잡고 나면 활을 감춘다.

교주交州(왕건의 릉)에 삼나무 전나무 하늘 높이 솟았는데

한결같이 왕륜사 밖에는 드물다.

잘못 삼한의 재력을 다 써버리니

정릉에 소나무 잣나무가 어이 아름드리 되겠는가.

오래 한스럽구나 용루에 세자 자리 비고

명령螟蛉(신돈의 아들 우왕)이 왕씨 종실 좀먹게 했네.

새로 자제위子弟衛를 개설하여

하룻밤에 붉은 피가 옷과 병풍 적셨더라.

　　　*명령螟蛉 : 빛깔 고운 나방과 나방의 유충

　퇴계는 13세 때 공부하러 가는 형님들을 따라 가서 청량산과 인연을 맺기 시작한 후, 64세까지 50여 년을 청량산을 드나들었다.

계사년(1533) 가을에 청량산으로 들어갔던 과정을 보면 퇴계에게 청량산은 어떤 의미가 있는지 대략 짐작할 수 있다.

계사년은 퇴계의 일생에서 가장 분주하고 중대한 한 해였다. 그해 정월부터 남행에 나섰다가 봄이 다 지나서 돌아왔다.

4월 22일에 집을 나와서 대과 준비를 위해 성균관에 갔다가 가을 향시에 응시하기 위해 돌아왔다. 그해 가을에 경상좌도 향시에서 1등으로 합격한 소식을 들은 다음, 이듬해 봄에 있을 식년문과 대과 회시에 대비하기 위해 조용한 절을 한 곳 잡아 글을 읽을 계획을 세웠다.

집 가까이 있는 절들에는 일이 있어 부득이 청량산으로 들어가게 되었는데, 그곳은 집에서 멀리 떨어져 있기 때문에 빈번히 왕래하며 양식을 나르기가 어려운 형편이었다.

퇴계는 처남 허사렴許士廉에게 편지를 보내어 청량산에 함께 들어가 글 읽기를 청하면서, 장정을 더하여 양식을 넉넉히 준비해올 것을 부탁하는 한편, 영주에 살고 있는 그의 친구 금축琴軸과 김사문金士文에게 함께 글을 읽고 싶다는 뜻을 전해 달라고 하였다.

퇴계에게 청량산의 축융봉은 남다른 의미의 산이었다. 축융이 찬란한 아침 햇살로 세상을 열면, 밀성대 절벽 위의 붉은 비늘 소나무는 비상하는 기세로 심장을 고동치게 하고, 진달래 울긋불긋, 산 꿩이 알을 품고 두견새 울었다.

山木陰陰晝響鵑 산의 나무 어둑어둑 낮에 두견새 우는데,

幽居方信別區天 그윽하게 은거함 바야흐로 별천지라 믿어지네.

莫言口血偏號訴 입에서 피나도록 울며 하소연한다고 말하지 마소.

超越神心自可憐 정신과 마음 초월하니 그 소리 어여뻐라.

만물이 생동하는 한낮이 지나면, 적막한 밤의 창공蒼空은 소금을 뿌린 듯 은하가 흐르고, 얼음처럼 찬 달이 떠올랐다.

坐看東嶺吐氷輪 동쪽 산꼭대기에서 얼음 수레 토해내는 것 보자니,

萬壑金波潑眼新 만 골짝의 금빛 물결 눈앞에 새로이 솟아나네.

物象怳爲姑射白 사물의 형상 황홀하게 되어 막고야 처럼 희니,

梵宮疑與廣寒隣 범궁 광한루와 이웃하고 있는 듯,

因思周老鴻濛語 주씨 늙은이의 천지개벽이란 말 생각나고,

庶見崔仙鶴背身 최신선 학의 등에 탄 몸 볼 수 있겠네.

上界眞人司下土 상계의 진인께서 아래 땅 맡았으니,

豈無雲漢憫斯民 어찌 은하수 이 백성 불쌍히 여기지 않겠는가?

오마대도五馬大道를 구름처럼 달리던 군마들이 밀성대 산성 아래로 우르르 무너져 내리듯 뇌성벽력이 산천을 뒤흔들고, 동장군冬將軍의 북풍이 몰아치면 새하얀 눈을 덮어쓰고 동면冬眠에 들었다가 뻐꾸기 노래에 축융은 부스스 기지개를 켠다.

地白風生夜色寒　　땅 희고 바람 이니 밤 풍경 차갑고,

空山竽籟萬松間　　빈산 온갖 소나무 사이에서 피리 소리 울리네.

主人定是茅山隱　　주인은 정녕코 모산의 은자이리.

臥聽欣然獨掩關　　누워서 흔연히 홀로 문닫아 걸고 듣네.

고독한 구도자의 일상日常에서 그가 독대한 것은 청량산이 아니라 축융봉이었다. 청량산에 아침이 열리면 축융봉은 성스런 빛 속에서 출렁이다가, 적막한 밤이면 무수한 별들이 속삭이는 원元·형亨·이利·정貞의 우주의 신비스런 비밀을 들려주었다.

퇴계는 벼슬에서 물러나 고향집으로 돌아가겠다는 결심을 굳히고 병을 이유로 세 번이나 사직서를 내어, 1555년 2월 마침내 해직되었다. 벼슬의 족쇄에서 벗어나 토계의 집으로 돌아온 이황은 그해 겨울 오랜 세월 동안 꿈속에서나 만났던 청량산을 작정하고 들어갔다가 한 달이 지나서야 돌아왔다.

퇴계는 〈11월 청량산에 들어가다(十一月入淸凉山)〉를 지어 늦게나마 다시 청량산을 찾은 소회를 밝혔다.

벼슬에서 물러나 시골에 있으니
질병 다스리려고 하나 자못 어렵구나.
신선이 사는 산이 멀지 않아
목 빼어 바라보며 마음에 잊혀지지 않더니.
외로운 산의 암자에서 하룻밤을 묵고
새벽에 길 떠나 두 고개를 넘었네.
겹쳐 쌓인 얼음을 굽어서 보고
첩첩이 가린 산을 우러러 보네.
징검다리 밟고 빠르게 내달리는 개울을 건널 때에
각별히 조심하여 깨우친 것 많았네.

깊은 산림 태곳적 눈이 쌓여

밝고 환한 햇빛조차 그림자 없네.

경사진 지름길은 낭떠러지 미끄럽고

그 아래로는 구덩이나 함정과 다름없네.

가고 가다 기력은 이미 다했지만

오르고 올라 마음은 더욱 맹렬하네.

산에 사는 중이 웃고 또한 위로하니

서쪽 요사寮舍 고요히 나를 맞이하네

팔구일 심신이 편안하여

지게문 닫고 숨어 머리조차 내밀지 않아

눈보라 몰아쳐도 보지를 못했는데

하물며 바람 소리 어찌 알 수 있겠는가.

오늘 아침 햇빛 어여쁘고 사랑스러워

지팡이 짚고 나서니 바위길이 멀구나.

저기 하늘에 꽂힌 고개에 올라

두 눈으로 우주宇宙를 달렸네.

근력이 쇠약하여 험준한 봉우리가 두려워

이 몸이 소원한 일 급하게 이루지 못하지만

아무거나 잡고 올라 오히려 조금 더 시험해보고

눈을 들어 돌아보니 구름이 천 경頃이네.

기묘한 뜻은 말로 다 하기 어렵고

아름다운 풍경 매양 홀로 차지하네.

사계절은 이미 끝을 다하려고 하나

그윽한 시골에 두는 몸 한탄하지 않네.
다만 평생 사귄 벗 생각에
내 마음 태워 근심스럽네.
소중한 언약 아직 실천하지 못했으니
먼 곳에 있는 이를 청하기도 어렵네.
어찌하면 이곳에 함께 와서
힘을 다해 절경絶境에 이를까.

당시 55세이던 퇴계가 청량산에 들어가서 하늘에 꽂힌 고개에 올라 우주宇宙를 보았다고 읊었다. 그 고개는 축융봉이었다.

그것은 고요하고 적막하고 그윽하였다. 그것을 유有로 이끌려고 하나 빛 속에 출렁이었고, 그것을 무無라고 하자니 만물이 그것을 타고 생겨난다. 원효元曉는 그것을 대승大乘(인생의 수레바퀴)이라 하여 대승의 종체宗體를 깨달았고, 퇴계는 이를 사단四端이라 함으로써, 사단칠정四端七情의 성리性理를 깨달았다.

신神의 당체當體를 품은 것은 청량산의 기기묘묘한 육육봉이 아니라 축융봉이었다.

居山猶恨未山深　산에서 살면서도 오히려 산 깊지 못함 유감스러워,
蓐食凌晨去更尋　이른 새벽에 잠자리서 밥 먹고 더 깊이 찾아가 보네.
滿目群峯迎我喜　눈 가득 들어오는 뭇 봉우리들 나를 반겨 맞아주고,
騰雲作態助淸吟　피어오르는 구름은 맵시 내어 맑고 읊조림 도와주네.

아침 안개를 뚫고 축융봉에 올라서, 지금까지 내가 본 것은 꿈인지 생시인지(於是怳然惚然)……. 장자莊子의 고사故事가 생각났다.

「어떤 사람이 나무를 하다가 사슴을 잡아 해자(隍, 성城 둘레의 도랑)에 감춰두고 돌아왔는데, 얼마 후에 그 일이 꿈속에서 일어난

일이거니 생각하고 중얼거리는 것을 다른 사람이 듣고, 그곳을 찾아가 보니 사슴이 있었다.

"내가 사슴을 얻었으니 그 사람은 꿈을 꾼 것이 아니었소."

아내에게 말하니, 아내는 또 이렇게 말했다.

"당신은 그 사람을 만난 것이 아니라 꿈속에서 만난 것이며, 이제 사슴을 얻었으니 당신이 참 꿈을 꾸었소."

사슴을 잃은 나무꾼이 꿈을 꾸었는데, 그 꿈에서 사슴을 가져간 사람을 찾아내어 송사를 일으켰더니, 재판관이 그 사슴을 각각 반분하도록 하였다. 훗날 이 얘기를 들은 사람들이 말했다.

"그 재판관도 꿈속에서 재판한 것이 아니냐."」

청량淸凉한 바람이 소나무 가지를 흔들고 지나가자, 구름이 걷히면서 퇴계가 읊었던 詩처럼 청량산 육육봉이 연꽃으로 피어났다.

청량산은 공민왕의 전설뿐 아니라, 퇴계와 그 제자들 또한 청량산의 전설이 되었다. 제자들 중에 정사성鄭士誠은 청량산을 떠나지 않고 청량산 북곡 구름재마을 운산정雲山亭에 은거하였으며, 역동서원의 초대 원장을 지낸 안동 군자마을의 김부의金富儀는 청량산을 바라보는 정자를 지어서 읍청정挹淸亭이라 하고, 〈산을 바라보다望山〉 시를 지었다.

何處無雲山　어느 곳인들 구름 낀 산 없으리오만,

淸涼更淸絶　청량산 더욱 맑고 빼어나다네.

亭中日延望　정자에서 날마다 길게 바라보노라면,

淸氣透人骨　맑은 기운 사람 뼛속까지 스민다네.

만리산 위로 황혼이 펼쳐지고 낙강을 건너온 산 그림자에 청량골이 점점 저물어가는데, 한무리의 학생들이 청량사로 오르고 있었다. 축융봉에서 내려다 본 그들은 맨눈으로는 원거리의 물체를 확연히 볼 수 없으나, 대략 키가 1피트 정도의 '호빗'처럼 작아 보였다.

초등학교 6학년이면 수학여행을 경주 불국사로 가던 시절, 궁벽窮僻진 도산초등학교 학생들은 각자 쌀 한 주발씩 준비하여 청량산으로 갔었다. 강변을 따라 걷다가 길이 막히면 골짜기로 들어서서 불티재를 넘고 나분들 뱃사공 집에서 하룻밤을 유숙하면서 청량산 산신령(호랑이)이 된 이진동 전설·장화홍련전·별순달순 등 공포의 괴담怪談으로 밤을 꼬박 지새웠다.

이튿날 나룻배를 타고 낙천洛川을 건너서 청량산에 올라서 유리보전에서 연화봉을 올라서 장인봉 등 육육봉을 오르고, 김생굴에 들어서 큰소리로 공명을 일으켜 친구들을 놀라게 하고, 금탑봉 아래 응진전에 들어서는 어둠 속의 나한상에 겁을 먹은 데다 낡은 마룻바닥이 삐걱거리자 기겁을 하고 뛰쳐나왔다. 그날 밤은 오산당吾山堂에 묵으면서 일찌감치 곯아떨어졌다고 한다.

1910년 퇴계 종손이 도산서원에 세운 보문의숙寶文義塾을 공립학교로 개편하여 이육사는 도산초등학교 1회 졸업생이었으며, 주로 퇴계의 후손들과 부내(汾川)의 농암 이현보李賢輔의 후손들이

다녔었다.

도산초등학교 졸업생들 중에는 중·고등학교 시절에 내가 만난 친구들이 몇 있는데, 이탁이 그들 중의 한 사람이다. 이탁은 성품이 소탈하고 대범하여 누구든 격이 없이 편하게 대했다. 젊어서 고향에 가면 옛 친구들을 만나서 좋았으나, 나이가 들면서부터 고향은 낯설게 느껴진다.

동도서기론東道西器論의 대표적 지식인이며 마지막 대제학 운양雲養 김윤식金允植은 귀양살이 땐 고향을 그리워했는데, 해배되어 양주楊州 귀여내歸川로 돌아갔지만 고향은 낯선 사람 대하듯 해서 슬펐다고 했다. 〈귀천 천운루에 올라서登歸川天雲樓作〉

謫居常說還鄕好　귀양살이 땐 항상 고향 가면 좋겠다 했더니
及到還鄕倍愴神　고향에 돌아오니 마음 갑절 슬퍼지네.
…

村裏兒童相指點　마을 아이들 손가락으로 서로 가리키며
皤然生客是何人　머리 허연 낯선 손님은 누구일까 하네.

연세대학교 국학연구원 | 이지양 (역) | 2013

나도 일찍 고향을 떠나 객지를 떠돌면서도 늘 마음속에는 고향이 있었다. 나이가 들면서부터 점점 고향 사람도 고향 산천도 낯설게 느껴졌다.

君子故鄉來　그대는 고향에서 막 오셨으니

應知故鄉事　고향 일을 잘 알고 계실 테지요.

來日綺窓前　오시던 날 우리 집 비단창 앞의

寒梅著花未　매화나무 꽃망울이 터졌던가요?

　　　　　　당나라 시인 왕유王維의 〈고향 소식〉

야송 이원좌. 용바위 위쪽, 89×82cm, 1990. 야송미술관

이탁은 밤중이라도 내가 연락할 수 있는 친구였다. 이육사와 동향同鄕인 그는 '청포靑袍를 입고 찾아오는 이'를 맞이하듯 나를 반갑게 맞아주었다.

축융봉에서 내려와 산문〔淸凉之門〕을 막 나서려는데, 뒤에서 귀에 익은 목소리가 나의 발걸음을 멈추게 했다. 아침 안갯속에서 들려오던 그 목소리였다.

"아랫목에 누구로? 히히히…."

나는 키가 작은 편이긴 하지만, 이탁은 내가 올려다 볼 정도로 나보다 키가 훨씬 컸다. 나와 그가 한방에서 하릴없이 뒹굴 때면 가끔 나를 놀려대던 그의 짓궂은 목소리였다.

그러나 그는 불행히도 십여 년 전에 세상을 떴다.

'그도 지금쯤 청량산 호빗이 됐을 걸….'

산문〔淸凉之門〕에서 발걸음을 멈추고 뒤돌아보았다.

보이는 것이라고는 흰구름 한 점 흐를 뿐이었다.

5. 인간의 길

나는 양삼교(청량교) 위에 서서 흐르는 강물을 내려다보았다. 흘러왔다 흘러가는 그 강물은 태백에서 발원하여 승부동천을 빠져나와 명호까지 40여 굽이를 쉼 없이 돌아와서 지금 다리 아래를 흘러간다. 여객선 난간에 서 있는 듯 다리가 강 상류로 밀려 올라가는 느낌이다. 강물은 급하지도 소리치지도 않으면서 수천 년을 예나 지금이나 청량산을 돌아나가면서도 갈 곳이 정해져 있는 듯 흘러간다.

　이제 강을 건너면 청량산을 벗어나 인간 세상으로 들어간다. 부릅뜬 눈과 크게 벌린 입, 발밑에 마귀가 밟혀서 신음하는 듯 공포 분위기를 연출을 하고 있는 천왕문의 사천왕상은 신성한 사찰에 악귀의 범접을 막고 절을 찾아온 중생들의 마음속에 있는 잡념을 없애준다는 의미가 있다. 청량산 앞을 흐르는 강은 보이지 않는 천왕문이다. 강을 건너면서 속세에 찌든 몸과 마음을 씻어 준다는 의미에서 금강산의 금강천이라면, 낙동강은 청량산의 천왕문이다.

불교에서 출세出世는 첩첩산중(절)으로 들어가는 것, 출사出仕는 선비가 벼슬자리에 나아가는 것이라면, 출세出世와 출사出仕를 거듭한 퇴계가 건너지 않으면 안 되는 낙동강은 청량산의 천왕문이었으며, 때로는 더 이상 물러설 수 없는 루비콘 강이었다. 퇴계의 '청량산가'는 산문山門에 금줄을 친 것이다.

"도화ㅣ야, 써나지 마라. 어주자漁舟子ㅣ 알가 ᄒ노라."

청량산에서 낙동강을 건너면 옛 나분들 나루터이다. 양삼교(청량교)가 놓이면서 사공도 나룻배도 보이지 않는 나루터에는 관광버스와 승용차가 즐비하다. 단봇짐에 죽장망혜竹杖芒鞋 단표자單瓢子 차림의 고인古人들은 뵈지 않고 식당과 민박집 골목으로 등산복 차림의 관광객들이 몰려다닌다.

나는 시장기를 느끼면서 식당을 찾았다. 인간 세상에 진입하자마자 돈이 절대적으로 필요해졌다. 당장 배고픔을 해결해 주고 먼 곳까지 이동시켜줄 수 있는 가치를 지녔기 때문이다.

오늘날은 화폐보다 카드로 결재하는 경향이나, 시장판에서는 주로 1,000원 권이 많이 유통되는 편이다. 1,000원 권 지폐의 인물은 퇴계 이황李滉으로 자는 경호景浩, 관향은 진성眞城이다. 퇴계와 율곡은 그의 이름보다 호가 더 잘 알려진 학자이다. 호는 가문의 존장尊長·선현先賢·선사先師·선조先祖 등의 이름을 직접 부르기를 기피하는 관습에서 온 것이다.

나는 지폐를 꺼내서 식사대를 지불하면서 물었다.

"이 돈에 실린 인물이 누군지 아시지요?"

"아, 이분이…."

대개는 퇴계 이황, 이황, 퇴계 선생이라고 답하지만,

"글쎄, 누구지…"

머뭇거리기도 한다.

"왜 이분이 돈에 실린지 아시지요?"

"……."

대답을 못하거나

"훌륭한 분이니까요."

궁색하게 대답하지만, 맞는 말이다. 그러나 역사상 훌륭한 사람이 많은데, '왜, 퇴계인지?'를 구체적으로 설명할 수 있는 사람은 몇 안 된다. 잘 모르긴 나도 마찬가지다.

퇴계뿐 아니라 율곡이나 그의 어머니 신사임당에 대해서도 그냥 훌륭한 인물이니까 선정되었을 것이며, 누가 실린 화폐이든 인물을 보는 것이 아니라 액면가額面價를 표시하는 동그라미가 몇 개인지가 중요하다.

'퇴계는 지금 우리에게 무엇인가?'

액면가 1$ 가치도 안 되는 1,000원권 지폐에 딴죽을 거는 것은 절대 아니다. 누구이든, 우리는 인물에 대해서 책을 읽거나 학교에서 배워서 알고, 다른 사람에게서 간접적으로 듣고 피상적으로 알기도 한다. 확실한 근거가 있다고 하더라도 판단하는 기준에 따라서 차이가 날 수 있다.

신대륙을 발견한 사람은 콜럼버스라고 알고 있다. 콜럼버스가 신대륙을 발견한 것은 역사적 기록으로 보아 확실하기 때문에 반론을 제기할 사람은 극히 드물다. 그러나 세 가지 판단 기준에 맞추어보면, 신대륙 발견은 서유럽 사람들의 입장이지 아메리카 원주민 입장에서는 새롭게 발견된 것이 아니라, 아메리카 대륙은 본래부터 그 자리에 있었으며, 유럽인들이 주장하는 것처럼 미개한 대륙을 살기 좋은 곳으로 개화시킨 것이 아니라, 콜럼버스가 그곳에 발을 딛는 순간 약탈과 파괴가 자행되면서 그때부터 라틴아메리카의 고난과 역경의 시작이었던 것이다.

콜럼버스가 서쪽으로 항해한 것은 신대륙 항로가 아니라, 4차 십자군 원정의 실패로 인도로 가는 육로에 위치한 콘스탄티노플(Constantinople) (이스탄불)이 이슬람 세력권에 들어갔기 때문이었다.

일반적으로 인물의 정체성을 판단하는 기준은 현재성·대중

성·주체성에 맞추어 객관적 자료를 직접 확인하고 판단하는 것이 효과적이다.

청량산 관광단지를 나와서 퇴계가 태어나서 어린 시절을 보낸 안동시 도산면 온혜리 노송정 종택으로 가기 위해 낙동강을 따라서 걸었다. 이 길은 퇴계가 청량산을 오갔던 길이라 하여 오늘날 '퇴계 녀던 길'로 일컫는데, 퇴계가 살았던 당시는 강변로가 없었으며 청량산 맞은편 만리산의 불티재를 넘어서 다녔다.

'퇴계는 어떤 사람이며, 사단칠정이 무엇이며, 그의 성리학이 오늘날에 어떤 의미가 있는지.'

나는 강변길을 걷다가 문득 뒤로 점점 멀어지고 있는 청량산을 떠올리면서 뒤돌아보았다. 청량산은 보이지 않고 축융봉 위로 노을에 물든 구름 한 점 떠있었다.

옛날 도홍경陶弘景이 제齊나라에 벼슬살이하다가 구곡산九曲山에 은거하고 있을 때, 양梁나라 무제가 간곡히 불러도 뜻을 굽히지 않았다. 무제는 도홍경에게 조서를 보내어 산속에 도대체 무엇이 있기에 자신의 부름에 응하지 않는지 물었다.

도홍경은 양무제梁武帝의 조서를 받고 나서 비로소 자신이 왜 산에 있는지를 생각하기 시작했다. 그러나 마땅한 대답이 떠오르지 않았다. 그때 하늘에 구름 한 덩어리가 떠 있었다.

山中何所有 산속에 무엇이 있느냐고요?

嶺山多白雲 산마루에 흰 구름이 많이 있지요.

只可自怡悅 저 혼자서 바라보며 즐길 수가 있을 뿐

不堪持贈君 가져가서 폐하께 드릴 수가 없군요.

야송 이원좌, 청색꽃구름, 34×42cm, 1991. 야송미술관

'나는 누구인가?' 나에게 가만히 물어보았다. 나는 눈을 감고 한동안 생각해보았다. 누구보다 나를 잘 알 것 같은데 전혀 감이 안 잡힌다. 밥 딜런(Bob Dylan)이 읊었듯이 바람만이 아는 것일까? 그는 '바람만이 아는 대답'(Blowin' in the wind)에서

얼마나 긴 밤을 지새야 푸른 불빛 볼 수 있나.
얼마나 높은 산 넘어야 고운 사람 만나 보나.
얼마나 큰 눈물 흘려야 환한 웃음 가져보나.
오 내 친구야 묻지를 마라.
바람만이 아는 대답을…

월남전이 한창이던 때 밥 딜런은 반전운동을 노래로 하였다. 퇴계 이황이 태어난 때는 지구촌이 요동하던 시기였다. 800년 동안 스페인을 지배했던 무어인들을 그라나다에서 마지막으로 몰아낸 것이 1492년, 그해에 콜럼버스가 신대륙에 닿으면서 중남미 지역의 정복 사업에 집중하던 시기이었다. 중남미 지역의 옥수수, 감자 등의 농작물이 급속히 퍼지면서 세계의 인구가 급증하고 환금 작물인 사탕수수, 담배의 수익률이 높아지면서 노예무역이 시작되던 때였다.

콜럼버스가 신대륙에 닿은 100년 전, 1392년에 조선이 건국하였고, 조선이 건국한 지 약 100년 뒤인 1501년에 퇴계 이황이 태어

났다.

조선은 건국 후 1세기 동안은 계유정란癸酉靖難(1453)·무오사화戊午士禍(1498)·갑자사화甲子士禍(1504)·기묘사화己卯士禍(1519)·을사사화乙巳士禍(1545) 등 누적된 조선 사회의 모순이 극대화된 시기였다. 공·맹이 살았던 춘추전국시대가 그랬듯이 사회적·정치적으로 총체적 난국이었다.

1392년 조선 건국 때 최영·정몽주 등 고려를 지키려는 충신들을 숙청하자, 고려의 유신들 중 태조에게 불복하고 두문동杜門洞으로 들어가거나 고향으로 낙향하여 머리를 내밀지 않았다.

태조 이성계는 역성혁명을 합리화하기 위하여 척불숭유斥佛崇儒정책을 내세웠으나, 왕권을 둘러싼 권력의 쟁탈은 유교국가임을 무색하게 했다.

왕자의 난으로 양위 받은 태종에 이어서, 세종의 아들 세조는 계유정난癸酉靖難으로 조카를 죽이고 왕위를 찬탈했으며, 세조의 손자 연산군과 그의 아우 중종은 각각 무오·갑자 두 사화士禍를 일으켜 수많은 사림들을 사지로 몰았고, 중종은 자신의 형 연산을 몰아내고 왕위를 찬탈했다. 세조와 중종은 그 할아버지에 그 손자였다. 조선 건국 후 100여 년 동안 바람 잘 날이 없었다.

1419년(세종 1년) 좌의정 박은朴블이 세종에게 건의하였다.

"문신을 선발하여 집현전에 모아 문풍文風을 진흥시키시는 동시에, 문과는 어렵고 무과는 쉬운 때문으로, 자제子弟들이 많이 무과로 가니, 지금부터는 《사서四書》를 통달한 뒤에라야 무과에 응시할 수 있도록 만들어 주시옵소서."

세종은 박은朴訔의 건의에 따라 집현전을 설치하여 젊은 유생들을 모아서 경전과 역사를 가르쳐서 임금의 자문에 대비하였고, 그 집현전 학자들이 주축이 되어 유교적 의례·제도의 정리와 수많은 편찬사업을 펼쳤다. 나랏말 훈민정음을 창제하고 농업과 과학 기술을 발전시켜 정치·경제·사회·문화 등 전반적인 기틀을 잡았다.

과거를 통해 관리를 등용하고 이상적인 유교정치를 구현한 이도李祹는 장헌영문예무인성명효대왕莊憲英文睿武仁聖明孝大王이고, 묘호는 세종대왕世宗大王으로 500여 년이 지난 지금까지 한민족 역사에서 가장 훌륭한 왕으로 기억되고 있다. 그의 동상은 세종로에 정좌해 있으며 인영과 그의 업적으로 혼천의, 천상열차분야지도가 일만 원권 지폐에 영인되었다.

세종대왕은 그의 장남 향珦(문종)이 병약하여 오래 못살 것이라 판단하고 집현전 학사들에게 어린 손자 홍위弘暐(단종)를 부탁하였다. 세종이 우려했듯이 문종은 병환이 나자, 젊은 학사들을 불러들여 무릎에 앉은 홍위를 어루만지면서 말했다.

"내가 이 아이를 경들에게 부탁하오."

문종은 성삼문·박팽년·신숙주 등이 모두 취해 쓰러져 정신을 차리지 못하자, 내시에게 명하여 입직청入直廳에 나란히 눕혀 놓았다. 이튿날 아침에 술이 깨니, 담비 털옷이 덮여 있었다. 문종이 손수 덮어준 것이었다. 그들은 감격하여 임금의 특별한 은혜에 보답하기로 맹세하였다. 문종은 자신의 죽음을 예견하고 영의정 황보인, 좌의정 남지, 우의정 김종서 등 중신들에게 어린 왕세자를 잘 보필할 것을 부탁하였다.

문종의 뒤를 이어 왕위에 오른 단종은 박팽년을 몹시 아꼈다. "팽년은 학문을 정밀히 연구하여 강의할 때마다 이치를 밝히는 것이 많으니 당상관이 될 수 있겠다."

단종은 그를 칭찬하고 일약 부제학으로 발탁하였다.

1453년 수양대군은 문종의 유탁遺託 받은 김종서의 집을 습격하여 그와 그의 두 아들을 죽이고, 단종의 명이라고 속여 사전에 작성한 살생부의 중신을 소집한 뒤, 영의정 황보인, 이조판서 조극관, 찬성 이양 등이 들어오자 대궐문에서 죽였으며, 좌의정 정분과 조극관의 동생인 조수량 등을 귀양 보내서 죽였으며, 수양대군의 친동생인 안평대군을 강화도로 보냈다가 후에 사사賜死하였다.

1455년(단종 2)에 박팽년이 경회루 연못에 몸을 던져 죽으려 하자, 성삼문이 박팽년의 앞을 막아서서,

"왕위는 비록 옮겨 갔지만 아직 상왕(단종)이 계시니, 지금 죽지 않아야 장차 뒷일을 도모할 수 있을 것입니다."

세조가 왕위에 오른 지 얼마 지나지 않아 박팽년은 충청도 관찰사가 되었다. 그는 조정에 장계를 올릴 때 '신臣'이라 지칭하지

않고 단지 '아무 관직의 아무개'라고만 적었다. 이듬 해 형조참판이 된 박팽년은 성삼문 등과 더불어 단종의 복위를 도모하였다.

명나라 사신이 오게 되어 세조가 단종과 함께 사신을 청하여 창덕궁에서 연회를 베풀 계획이었다. 박팽년은 성삼문과 성삼문의 아버지 성승 및 유응부, 하위지, 이개, 유성원, 김질, 권자신 등과 의논하여 성승 및 유응부를 별운검別雲劍으로 삼아 연회를 베푸는 날에 거사하고, 성문을 닫아 측근을 제거하고 상왕을 다시 세우기로 계획하였다.

창덕궁 연회날, 세조가 별운검을 세우지 않도록 하였고, 단종 또한 병 때문에 따라 나오지 못하자, 박팽년과 성삼문이 다음 기회로 미루자고 하였다. 그러나 유응부는 거사를 강행하려고 하였다.

"만약 지체한다면 그동안 누설될까 두렵소. 지금 상왕이 비록 오지 않았지만 측근들이 모두 여기에 있으니, 오늘 이들을 모두 제거하고 상왕을 호위하여 호령한다면 거사가 성공이오. 이 천재일우千載一遇의 기회를 절대 놓쳐서는 안될 것이오."

유응부가 간곡히 주장했지만 박팽년과 성삼문이 반대하여 결국 그만두게 되었다. 그러자 유응부가 우려했던 일이 벌어졌다. 거사에 동참하기로 맹세했던 김질이 자신의 장인인 정창손에게,

"오늘 세자가 나오지 않았고, 운검을 두지 않게 한 것은 하늘의 뜻이니, 이 자들을 사전에 고발하는 게 어떻습니까."

세조는 김질과 정창손을 용서하는 대신, 박팽년 등 거사 모의

자들을 모두 잡아들였다. 박팽년은 당당하게 자복自服했고, 그의 재주를 높이 산 세조가 간곡히 말했다.

"네가 마음을 바꿔서 나를 섬긴다면 네 목숨만은 구할 수 있을 것이다."

"나으리께 구차하게 목숨을 구걸하지 않겠소."

"네가 일전에 이미 신하라고 말한 바 있으니 지금 아니라고 해도 소용이 없다."

"나는 상왕의 신하이지, 나으리의 신하가 아니오. 충청도 관찰사 때도 신하라고 일컬은 적이 없소이다."

장계의 내용을 살펴보았더니, 신하臣下의 臣이 巨로 씌어있었다. 그는 세조의 신하가 아니므로 반역자가 아니라고 했다.

"나를 난신亂臣이라 하지 말라."

박팽년은 유언을 남김으로써, 단종을 지켜달라는 문종과의 약속을 끝까지 지킨 것이었다.

세조가 성삼문·하위지·이개·유응부·유성원·박정 등에게,

"너희들이 어찌하여 나를 배반하는가."

"나으리가 남의 나라를 빼앗았고, 나의 군주가 폐위당하는 것을 보고 견딜 수가 없소이다. 하늘에 태양이 둘이 없듯이, 백성은 군주가 둘이 있을 수 없기 때문이요."

성삼문·박팽년·하위지·이개·유성원·유응부 등 6명이 절개로 생명을 바친 데 대하여 사육신이라 불리어졌고, 김시습·원호·

이맹전·조려·성담수·남효온 등은 살아 있으면서 귀머거리나 소경인 체하고, 또는 두문불출하며 단종을 추모하였다. 세조에 의한 계유정난은 사육신과 생육신뿐 아니라 온 백성이 생육신이 되었다.

나라 안의 온 백성이 생육신이었듯이, 퇴계 이황李滉의 할아버지 이계양李繼陽도 생육신의 한 사람이었다. 이계양은 영양 金씨 부사직 유용의 따님과 혼인하여 안동 와룡 두루(周村) 경류정에서 분가分家하여 예안현 부라촌(浮浦)으로 옮겨 살았다. 단종이 세조에게 강제로 양위讓位당하고 영월로 갔다는 소식을 듣고, 과거를 포기하고 은둔할 곳을 찾아 나섰다. 이계양은 그 길에서 한 노승老僧을 만나서 동행하게 되었는데, 노승이 온혜마을을 지날 때 혼잣말로 중얼거렸다.

"부라촌(浮浦)은 장차 물속에 잠길 텐데…."

부라촌은 들판이 광활하였으나 태곡천·토계·구계·낙천이 한데 모이는 강마을이어서 여름이면 강물이 갑자기 불어나 역류하여 촌락과 농토가 물에 잠기고 가축과 농작물의 수해를 입었다.

노승의 예언대로 지금은 안동댐으로 부라촌이 물속에 잠겼다.

부라촌은 홍수 범람이 잦기도 하지만, 여행자가 숙박하는 역驛과 원院이 있는 부라원浮羅院이어서 선비가 살 곳이 못되었다.

"길지吉地가 있으면…."

이계양이 노승을 돌아보며 조심스럽게 말을 꺼내는 순간, 천기

天機를 누설하듯 은밀하게 말했다.

"저기를 보시오."

"네?" 이계양이 되묻자,

노승은 지팡이를 들어서 한 지점을 가리키면서,

"저기가 장차 성현聖賢이 탄생할…."

노승이 가리킨 곳은 양백지간兩白之間(태백산, 소백산)에 솟은 문수산에서 남으로 뻗은 지맥이 맺혀서 솟은 용두산이었다. 용두산은 좌측의 태자천과 우측의 온계溫溪가 합수하여 꿈틀거리며 남천(낙동강)으로 흘러드는 토계兎溪에 머리를 담그고 물을 마시는 반룡蟠龍의 형국이었다.

이계양은 노승의 지팡이가 가리킨 용두산 청용등(용의 발톱) 아래 양지바른 곳에 집을 짓고, 그의 아버지 이정李禎 공이 평안도 약산산성 축조 때 가져온 뚝향나무 세 그루 중 한 그루를 마당에 심어서 '노송정老松亭'이라 하였다.

퇴계 이황의 증조曾祖 할아버지 이정李禎은 파저강婆猪江(압록강 지류)의 여진족 이만주李滿住가 침범하자 영변寧邊의 판관이 되어 축성을 쌓아서 야인을 막았다. 1433년(세종 15) 최윤덕崔潤德을 도와서 모린위毛隣衛를 토벌한 공으로 선산부사가 되었다.

騰龍偃盖老逾奇　등천登天하는 용과 삿갓모양 노송 기이하네.

不見先人手植時　선인의 심은 때를 알 수 없다네.

獨有諸孫桑梓感　후손들 뽕나무 가래나무로 고향 생각하듯

千秋巢鶴故應知　오랫동안 학들이 깃듦을 알겠네.

이계양李繼陽은 예안현 온혜에 터를 잡고 살면서 용두산 국망봉에 단을 쌓아 단종이 갇혀 있던 영월 청령포를 향해 충절의 예를 올렸다.

온혜에는 국망봉 아래 돌샘에서 온천수가 솟아올라 겨울에도 얼지 않는 따뜻한 온계천溫溪川의 물이 토계兎溪로 흘러서 남천南川(낙동강) 물줄기와 합수하여 경상도 땅을 비옥하게 하고 남해 바다로 흘러들어 오대양으로 퍼져나간다.

나는 낙동강을 따라 걷다가 가송에서 낙동강을 벗어나서 나불고개를 넘었고, 낙동강은 도산서원 쪽으로 흘러갔다. 나불고개를 넘으면 지경에서 청계를 만난다. 1960년대 어느 가을날 이 길을 걸었을 때는 도로가 없이 산 밑으로 흐르는 청계를 따라서 좁은 길이 구불구불 이어졌었다. 그 길은 퇴계의 청량산 녀든 길이었고 조목과 금난수, 그리고 퇴계의 맏아들 준이 봉화군수가 되어서 드나들던 길이었다. 지경은 예안과 봉화 땅의 경계지역이란 뜻으로, 지경 이북의 태자산은 봉화 땅이었다.

태자산에서 흘러온 청계를 따라 난 도로를 걷다가 도산면 소재지의 온혜마을에 도착했다. 퇴계 이황이 태어난 온혜마을은 용두산 기슭에 촌락을 이루고 남쪽에 들판을 바라다보는 배산임수背山臨水 지형이다. 온혜초등학교·삼백당종택·노송정종택이 차례로 늘어서 있는 고택古宅들이 고요하고 풍요로웠다.

퇴계 이황이 태어난 노송정종택으로 가는 길은 온혜초등학교 앞을 지나는 온혜중마길이다. 청계다리를 건너자 온혜초등학교 앞 길가에 송재 이우 공의 신도비가 용두산을 향해서 온혜초등학교와 마주하고 있었다. 신도비는 왕이나 고관의 무덤 앞이나 무덤 길목에 생전의 업적을 기록한 비석이다. 온혜초등학교 뒤편에 송재 선생의 무덤이 있어서 이곳에 선생의 신도비를 세운 것이다.

온혜초등학교 서편의 삼백당종택은 퇴계의 넷째 형 온계 이해李瀣의 종택이다. 삼백당은 노송정에서 분가하여 어머니 朴씨를 모신 곳이기도 하다. 1895년 명성왕후가 살해 당한 을미사변乙未事變(1895) 당시 예안에서 의병을 일으켜 안동지역 항일운동을 주도한 의병대장 지암芝庵 이인화李仁和는 삼백당 종손의 동생이다. 일제에 항거한 안동유림의 중심에 삼백당과 퇴계 종택이 있었고, 이때 두 종택은 불태워졌다가 오늘날 새로 복원되었다.

온계의 삼백당종택 초입의 수령 500년 된 밤나무의 둘레는 성인 3명이 양팔을 벌려 맞잡아야 할 정도로 큰 나무이다. 제사상에 빠져서는 안 되는 대추·밤·배·감(棗栗梨柿) 중의 밤(栗)은 나무 뿌리 밑에 처음 밤나무를 심었을 때의 씨앗이 남아 있다고 한다. 유가儒家에서 밤나무는 근원을 잊지 않는 뜻의 추원보본追遠報本을 상징하는 나무이다.

퇴계가 탄생한 노송정종택은 삼백당 서편에 있었다. 종택의 성림문을 들어서니, 18대 종손 이창건·최정숙 내외가 반갑게 맞았다. 한국사韓國史가 전공인 이창건李昌建 박사는 대학에서 정년퇴임 후 귀향하여 종손으로서 봉제사奉祭祀와 고택 체험 운영으로 분주하였다. 고택 체험은 고택에 숙박하면서 선인들의 삶을 체험함으로써 선인들의 생각을 되짚어보고 우리 문화에 대한 애정을 갖는데 목적이 있다.

"퇴계 선조뿐만 아니라 송재, 온계 등 숙질 형제분들이 태어나 분가分家 할 때까지 가학家學을 이루던 생가生家입니다. 퇴계 선조께서 태어나신 태실이 당시의 그대로 보존되고 있지요."

1454년(단종 2년)에 지어진 고택으로 퇴계 선생과 관련된 역사적인 건물이다. 퇴계가 태어난 집, '퇴계선생태실退溪先生胎室'이라고도 하는데, 태실을 포함한 정침은 지방문화재이다.

전통적으로 유가의 종택은 조상의 신위를 모시는 사당과 가족들이 거처하는 안채, 그리고 서당과 접빈의 공간인 정자로 구성된다. 노송정老松亭은 ㄱ자형 정자로, 뒷면과 우측면을 판벽과 쌍여닫이 판장문으로 폐쇄하고 전면을 개방한 정면 3칸, 측면 2칸의 마루와 정면 1칸, 측면 2칸의 온돌방으로, 앞쪽으로 정면과 측면 각 1칸의 툇간을 돌출시켰다. 한석봉이 쓴 '老松亭' 현판을 비롯하여, 온돌방 문 위에 옥루무괴屋漏無愧와 대청 양 옆면에 '산남낙민 山南洛閩', '해동추로海東鄒魯'라는 편액이 있다.

옥루무괴屋漏無愧는 《시경詩經》의 '상재이실 상불괴우옥루相在爾

室 尚不愧于屋漏'에서 인용한 것으로 '다른 사람이 보지 않는 곳에서 도 행동을 조심하여 하늘에 부끄러움이 없도록 하라.'는 뜻이다. '산남낙민山南洛閩'은 정이·정호 형제가 살던 낙읍洛邑과 주자가 살던 민월閩越을 뜻하고, '해동추로海東鄒魯'는 맹자의 고향 추나라 와 공자의 고향 노나라에 비유해서 한국 성리학의 거성 퇴계가 태 어난 곳임을 은유하고 있다. 특히 주자는 민월閩越에 살아서 그 학 파를 민학閩學이라 하고, 퇴계의 고향인 안동을 추로지향鄒魯之鄕 이라 한다.

본채는 정면 7칸 측면 6칸의 홑처마 맞배지붕 구조로, 동남쪽 모서리에 마루를 두어 큰 사랑과 작은 사랑으로 분리되어 있는 마루 위쪽에 온천정사溫泉精舍라는 편액이 걸려 있다. 본래 대청 마루를 중심으로 동쪽의 사랑과 서쪽의 안방으로 구성된 정면 3 칸 측면 2칸의 맞배지붕으로, 신혼부부는 동상방에 기거하다가 종부가 되면 안방을 차지하고, 만년에는 서상방에서 노년을 보내 게 된다.

퇴계가 태어난 태실은 안방의 웃방(서상방)이었으며, 안마당을 중심으로 'ㅁ'자형의 중앙에 앞쪽으로 불쑥 튀어나온 정사각형의 온돌방이다. 위에서 내려다보면 이 집은 日자 형태가 된다. 3면에 걸쳐 툇마루를 내고 계자난간鷄子欄干으로 둘러 누樓 형식으로 독 특하게 꾸며져 있다. 누마루 상부에 '시세청명일 14대손 가원(14代 孫 家源)' 퇴계 선생의 학덕과 탄생 내력을 기록하였다.

태실은 성인聖人의 탄생지로서 본래대로 보존하고 부속 건물은
몇 번의 중수重修를 거쳤다.

海東鄒魯   공자와 맹자가 태어났던 나라

山南洛閩   정호·정이 형제의 고향 낙양과 주자의 고향 민땅

屋漏無愧   혼자 있어도 부끄러운 짓을 하지 않는다.

노송정 종택에서 서편의 용두산 골짜기는 송재 이우의 송당 종택이 있는 송당골이다. 종택은 소실되고 정자만 남아있다.

퇴계 종택은 온혜마을에서 남향으로 토계천을 따라 낙동강 쪽으로 2.5km 거리이며, 퇴계의 묘소는 3km 지점의 하계마을 양진암 터(구지, 舊址) 뒤쪽 산등성이에 있다. 도산서원과 이육사 문학관은 하계마을에서 영지산 고개 너머에 있으며, 온혜에서 낙동강까지 이어지는 구불구불한 토계천을 일곱 번 건너야 한다.

온천은 그 지명에서 온정溫井을 짐작할 수 있듯이, 온혜溫惠는 마을 앞 용수사와 녹전으로 갈라지는 삼거리에 천연 온천수가 뿜어져 나오는 온천이 있다. 따뜻한 온천수는 마을 건너편 영지산 자락을 타고 西에서 東으로 흘러서 태자천과 합류하여 南으로 흐르는 토계천이 된다. 겨울에도 얼지 않는 계류가 마을 앞을 흐른다.

도산온천에서 동편 200여 m 거리에 위치한 웅부중학교는 공민왕이 쓴 '安東雄府' 현판 글씨의 '커다란 고을이란 뜻'에서 따온 것으로, 도산면 도산중학교, 임동면 임동중학교, 와룡면 안동중와룡분교, 녹전면 길주중녹전분교, 예안면 안동중인계분교 5개면 5개 중학교가 2017년 하나로 통합한 기숙형 중학교이다.

웅부중학교는 퇴계 이황이 생애 처음으로 제자들을 가르치던 지산와사芝山蝸舍가 있었던 영지산 자락에 있다. 인근에 도산서원, 한국국학진흥원, 도산서원선비문화수련원 그리고 용수사의 동종

소리가 은은히 울려오고, 동쪽 건지산 너머 아름다운 청량산과 낙동강이 휘돌아 나가는 풍광이 아름다운 학교이다.

용수사는 웅부중학교에서 용수로를 따라서 매정마을, 구래실 마을을 지나 북쪽으로 3km 지점에 있다. 용수사의 대정삼년명 금동고는 1163년(의종 17)에 청동으로 제작된 동고銅鼓이다. 1165년에 본당과 요사채를 완성하고 목조 도금 불상을 감실에 모셨다. 13층 청석탑을 완성하고 화엄법 및 낙성식을 거행했다. 퇴계 집안의 선비들이 용수사에서 글을 읽거나 하과夏課를 하였으며, 용수사의 스님들은 봉정사를 중수한 뛰어난 한옥 건축가들이어서, 도산서당을 비롯하여 노송정종택·퇴계종택 등 인근 지역의 고택들은 용수사의 스님들이 있었기에 가능하였다.

용수사는 1896년 화재로 소실되었다가 1992년 100년 만에 중창되었다. 용수사를 중창할 때 묻혀 있던 '용수사 대정삼년명 금동고銅鼓'가 빛을 보게 되었다.

1501년(연산군 7년) 11월 25일, 동쪽 하늘이 서서히 밝아오며 새날이 열리는 시각에, 새하얀 서설瑞雪이 낙화落花처럼 뿌려지고, 용수사 금동고金銅鼓의 용울음이 바람결에 흐르고, 노송정老松亭에서 아기 울음이 새어 나와 뒷산 청용등 위로 마을로 낭랑히 퍼져 나갔다.

경상도 안동 땅 온계 마을 노송정老松亭 대문에 빨간 고추가 달랑이는 금줄이 쳐졌다. 어머니 朴씨 부인이 잉태할 때 '공자孔子가 대문을 열고 들어오는 꿈'을 꾼 후 이황이 태어났다.

이황李滉의 호는 퇴계이며, 후세 사람들은 퇴계를 '이자李子'라 하고, 꿈에 성인聖人이 들어온 노송정의 대문은 '성림문聖臨門', 성인이 태어난 방은 태실胎室이라 하여 지금까지 보존하고 있다.

시인 이희춘李熙春(부산대 명예교수)은 서사시《퇴계》에서 이황李滉의 일생을 총9권(책) 제191장 4만 5,806행으로 노래하였다.

대표적 서사시로 꼽히는 신곡神曲(La Divina Commedia)은 1만 4,233행에 불과하다. 지금까지 위대한 영웅을 노래한 서사시는 있으나, 일개 유가儒家를 노래한 서사시는 이희춘의 《퇴계》가 처음이다. 유가에서 '선생'은 '무상無上'의 호칭이며, 유가라면 '선생'으로 일컬어지기를 소망하지만 아무나 '선생'이라 칭하지는 않는다. 이희춘은 그의 서사시《퇴계》〈제1장〉서사序詞에서,

"신화의 시대는 가고 숨 막히는 광채도 없이 겸손하게 왔다."
이황의 탄생을 노래하였다.

촛불을 밝혀 놓고 영웅을 노래하리.
복사꽃 피는 날부터 노을빛 지는 날까지
새로 오는 아침을 기다리며

강 언덕 꽃 옆에 앉아 내 영웅을 노래하리.

꽃과 악이 따로 나누이지 않고

그늘과 선이 서로 갈라서지 않던 날에

신화가 잠시 사람을 지배하고

태초의 성스러운 알(卵)이 땅을 찾아왔다가

곧이어 제자리로 돌아간 뒤

사람이 사계절에 순응하여

땀을 제단에 바쳐 땅을 부리었다.

오직 땀을 바치는 자에게만 대지가 그 심장을 허락하여
뿌리고 거두는 대로 곳간을 차게 했다.
신화의 시대는 길었으되 암흑이 절반이었고
빛의 시대는 더디 왔으되
평화가 한번 군림하자 다시는 깨어지지 않았다.
대개 사람이나 수목이나 새나
신성하고 고귀한 것들은 고래로
신이神異한 것에서부터 몸을 일으킴이 예사이나
여기 우리 앞에 온 사람의 아들은
어떤 번쩍이는 황금 궤짝에서나
혹은 알에서나, 혹은 하늘 수레에 실려서
우레와 번개를 양손에 쥐고
우리 곁에 내려오지도 않았다.
신이神異도 없었고 이적異蹟도 없었으며
어둠 속에서 행해지는 수상스러운 주문呪文도 없었다.
우리 조상은 그 절반쯤이 큰 연못이나 호수에서 솟아나온
이름을 감춘 용의 자식이거나 혹은 알의 자손이었으되
이 영웅은 전조前兆도, 조짐도, 예언도
숨막히는 광채도 또한 없었다.
가장 겸손한 가을에 그는 태어났고
빈궁貧窮이 돌보다 흔한 시대에 그는 불평 없이 찾아왔다.
(…)

퇴계 이황李滉은 어릴 때 서홍瑞鴻이라 불렸다. 서홍의 아버지 이식은 잠潛·하河·의漪·해瀣·징澄·황滉 6남 1녀를 두었으나, 서홍이 태어난 이듬해 6월에 마흔 살의 짧은 생애를 마쳤다. 그 당시 퇴계의 형제들 중 맏형 잠은 성가成家하였으나 나머지 형제들은 아직 어렸다.

서홍의 어머니 춘천박씨 부인, 지아비의 죽음은 서른두 살의 젊은 여인에게 어둠이요, 하늘이 무너지는 천붕天崩(天崩地陷)이었다.

"과부로 살기보다 순절하여 정문旌門을 세우리라. 하지만 청개구리처럼 울고 있을 수만 없었다."

朴씨 부인은 남편의 삼년상을 마친 뒤에 제사 받드는 일은 맏아들 잠潛에게 맡기고, 그 곁에 집을 따로 짓고 살면서 농사짓기·누에 치고 베를 짰다. 갑자년·을축년에 나라에서 세금 징수가 몹시 혹독하여 가계가 파산되는 가문이 많았는데도 능히 먼 앞을 내다보면서 목전의 난관을 처리해 나갔기 때문에 구업舊業을 잃지 않고 지켰으며, 여러 남매 자식들이 점점 자라남에 이르러서는 가난한 생활 속에서도 먼 데나 혹은 가까운 데 가서 공부하도록 하였다. 매양 자식들을 훈계하되, 문예에만 힘쓰지 말고 더욱 몸가짐과 행실을 삼갈 것을 중요하게 가르쳤다.

외기러기 쌍기러기 짝을 잃고 우는듯다.

절로 굽은 신나무는 헌신 한 짝 달려 있고,

베틀 놓던 삼일 만에 금주 한 필 다 짜내니,

앞집이야 金선비야, 뒷집이야 李선비야.

우리 선비 돌아올 제 바늘 한 쌈

실 한 타래 사가지고 오라 하소.

뒷도랑에 씻어다가 앞 냇물에 헤와(헹궈) 내어

돋은 양지 은줄에다 하루 이틀 사흘 나흘 바래여서

닷새 엿새 풀을 하여 이레 여드레 다듬어 직령 도포 지어서라.

새 담지개 담아놓고 앞 창문을 반만 열고 밀창문을 밀쳐놓고,

저기 가는 저 선비야 우리 '황滉'이 언제 오노.

단원 김홍도, 베틀, 국립중앙박물관

어린 서홍瑞鴻은 베틀 아래에서 잠자고 어머니의 베틀노래(안동 지역 口傳)를 들으며 자랐다. 어머니의 〈베틀노래〉는 고통을 견디는 노동요勞動謠였지만, 자식들에게는 자장가요, 안심가요, 희망의 노래였다.

"철거덕, 탁탁!"

바디와 북, 끌신과 잉앗대의 움직임이 시적 운율로 들려왔다.

어린 서홍은 삼 삼는 어머니 무릎에 기대어 잠들고, 봄볕 내려앉은 마당에서 아장아장 걸었다. 어머니가 뻿불 피워 날실에 풀을 먹이는 '베날기' 마당에서 서홍은 아장아장 나비 따라 맴을 돌고 강아지는 서홍瑞鴻 따라 살랑살랑 꼬리치며 나선다.

서홍이 배가 아플 때면 어머니의 따뜻한 손은 약손이 되었고, 아들의 작은 기침, 미열微熱에도 아픈 자식보다 어머니가 더 고통스러웠다. 소쇄掃灑한 방에 아들을 눕히고, 목욕재계沐浴齋戒한 어머니는 정갈하게 옷을 갈아입고, 좁쌀 종지에 숟가락을 꽂아 들고,

"상제上帝(하느님)여, 상제여. 신유辛酉생이 객귀客鬼인지, 영금을 내이소."

어머니는 지극정성으로 빌었다. 어머니의 간절한 주술呪術에 숟가락이 꼿꼿이 서면, 아들의 고통도 사라지고 어머니의 근심도 사라졌다. 홍역紅疫은 누구나 한 번은 건너야 할 유년幼年의 강, 다

섯 살 서홍에게도 천역天疫은 피해 가지 않았다. 유년의 강을 건너지 못하고 삼동네에 곡성이 퍼지고, 사흘 후 새벽에 서홍의 얼굴에 열꽃이 피었을 때, 그의 옆에 어머니가 쓰러져 있었다. 대나무 상자에 역청을 발라 강을 건너게 한 어머니, 어머니의 노래와 주술은 생명의 노래가 되었다.

사촌 누이 송松이와 난蘭이, 수령과 서홍을 번갈아 업어주고,
서홍이 네 살 때, 큰누나 송松이는 대구부사 조치우曺致虞가
아들 효연孝淵을 데려와서 혼인하였으며,
난蘭이는 의령현감 오석복吳碩福의 아들 언의彦毅와 혼인하였다.

조선 사회의 반가班家에서는 혼례식을 올리면 신랑이 신방을 치른 뒤 신부를 친정에 두고 혼자 집에 간다. 신부가 시집[媤家]으로 신행을 하지 않고 친정에서 보내는 동안 신랑이 몇 차례의 재행 걸음을 한 뒤 신부가 신행을 간다. 혼례식을 올린 뒤 달을 묵히거나 해를 묵혀 신행을 한다. 해묵이를 하게 되면 자녀를 출산하여 자녀와 같이 시가媤家에 가게 된다.

조효연曺孝淵과 오언의吳彦毅는 곧바로 신행하지 않고 청량산에서 글을 읽었으며, 아들 윤구允懼가 태어나자 조효연曺孝淵은 고향 회산檜山(창원)으로 돌아갔으며, 오언의吳彦毅도 아들 수정守貞이 태어난 후 함안 모곡茅谷의 시댁으로 신행했다.

서홍瑞鴻은 누나들이 시댁으로 떠난 후, 종제 수령壽苓과 둘만 남아서 마땅한 장난감이 없던 시절, 서재에서 책장 넘기기, 책 권수 세기, 책 쌓기 놀이를 하였다. 어린 서홍은 책 읽는 선비 흉내를 내어 중얼거리고 몸을 좌우로 흔들며 책장을 넘겼다.

서홍은 여섯 살 때 글을 배우기 시작하였다. 마을에 서당은 없었으나, 《천자문》을 가르치는 노인에게 형들과 함께 글을 배웠다. 서홍瑞鴻은 마치 엄한 스승을 대하듯 그 노인 앞에 공손히 부복하여 가르침을 받았다. 소학小學의 쇄소灑掃하는 절도와 효제孝悌의 도리를 이미 알았던 서홍은 스승의 집 담 밖에 도착해서는 반드시 전날에 공부한 것들을 외워본 뒤에 안으로 들어갔다. 글을 배울 때는 학자들이 스승에게 수업 받는 태도와 같이 글을 읽을 때는 좌우로 몸을 흔들면서 외웠다.

"시비종일유是非終日有라도, 불청자연무不聽自然無니라."

서홍의 낭랑한 목소리가 울타리 너머 베틀에 앉은 어머니의 귀에 미풍을 타고 노래가 들려왔다.

어머니는 언제나 그날 배운 것을 물어보았다.

"오늘은 무엇을 배웠느냐?"

서홍은 몸을 좌우로 흔들면서 외웠다.

"是非終日有　옳고 그름을 따지는 일이 종일 있더라도,

不聽自然無　듣지 않으면 저절로 없어지니라."

베를 짜면서 아들의 글 읽는 소리를 듣던 어머니는 바디를 멈추고 서홍을 돌아보았다.

"남의 말을 듣고도 시비를 말하지 않는 이유는 무엇이냐?"

"서로가 자기 생각이 옳다고만 하면 말싸움이 됩니다."

어머니는 친정 마을의 '말 무덤' 이야기를 해주었다. 대죽리(한대 마을)에는 '말 무덤'이 있는데, 말(馬) 무덤이 아니라, 말(言)을 묻어 둔 무덤이란다. 김·박·유·최·채 씨가 대를 이어 살았는데, 사소한 말 한 마디가 씨앗이 되어 싸움이 그칠 날이 없었다고 한다.

마을 앞을 지나던 어떤 이가 마을의 소문을 듣고,

"말 무덤(言塚)을 만드시오."

마을 사람들이 모여서 의논하여 시비의 단초가 된 말(言)을 종이에 써서 그릇에 담아 땅속에 깊이 묻으니, 마을이 평온해지고 두터운 정을 나누게 되었다고 하였다.

서홍은 어머니의 이야기를 듣고 나서,

"말을 삼가서 해야 하는 뜻을 알겠습니다."

어머니는 자세를 바로 하고 아들에게 준엄하게 일렀다.

"말이 나자 화 따르네(言出禍隨)라 않더냐. 혀는 불(火)이니 조심하지 않으면 삶의 수레바퀴를 불사르리니라. 담에도 귀가 붙었으니(垣屬耳), 누구든지 함께 있을 땐 공경하고 그가 없을 때는 칭찬하여야 하느니라."

"네, 어머니. 말을 삼가겠습니다."

서홍의 배움은 그리 오래 가지 않았다.《천자문》을 시작으로《동몽선습》과《명심보감》을 읽고《통감》을 겨우 넘어서자, 스승의 기침소리 그친 날, 스승의 상여가 고샅을 돌아 국망봉 골짜기로 사라졌다.

배움의 바다에서 항로를 잃어버린 서홍은 꽃 피고 종달새 노래하는 봄날에도 기쁘지 않았고, 개인 날 오후 건지산 위로 무지개가 떠올라도 즐겁지 않았으며, 만추에 풀벌레 소리는 서홍을 더욱 쓸쓸하게 했다.

아버지를 일찍 여의고 형님들은 숙부를 따라서 공부하러 떠난 뒤 혼자 남은 서홍에게 어머니는 생명줄이요 스승이며 우주宇宙 전체였다. 어머니의 말씀이 道가 되고, 어머니의 노래는 詩가 되었다.

서홍이 여덟 살 때, 둘째 형 서귀를 따라서 염소를 먹이러 들에
나갔다. 그때 서귀 형이 풀을 베다가 칼에 손을 다쳐 피를 흘렸다.

서홍이 형을 안고 울었다.
"네 형은 손을 다치고도 울지 않는데, 너는 왜 우느냐."
"형이 울지는 않지만 피를 저렇게 흘리는데, 어찌 손이 아프지
   않을 수 있겠습니까?"

어머니 박씨 부인은 살림이 넉넉지 못했지만 자식 교육과 훈도에 힘썼는데, 부인께서 사람들에게 이렇게 말한 적이 있다.

"사람들이 '아이들은 아버지의 가르침을 받아야 한다.'고 말하지만 꼭 그런 것은 아니다. 나는 이 아이를 별로 가르치지 않았지만, 옷을 단정하게 입지 않거나 다리를 뻗고 앉거나 기대거나 눕거나 엎드려 있는 것을 본 적이 없다."

맹자 어머니와 박씨 부인은 비슷한 점이 많다. 맹자는 어렸을 때 아버지를 여의고 어머니 급仉씨와 가난하게 살았다. 베를 잘라 아들을 가르치는 '단저교자斷杼敎子', '맹모단기孟母斷機'에서 짐작하듯이 베를 짜면서도 자식의 행실을 바르게 가르치기 위해 세 번이나 집을 옮겨 다녔다. 맹자는 자신감 넘치는 소년으로 성장하였다.

저녁노을이 국망봉 위에 비단처럼 펼쳐졌다가 사라지면, 영지산 위로 뭇 별이 반짝인다. 서홍은 청용등에 앉아 별을 쳐다보며 아버지 생각에 잠겼다. 넷째 형 서봉이 저 별들 중에 가장 밝은 태백성을 가리키며 '아버지의 별'이라고 하였다. 해가 넘어간 초저녁과 해 뜨기 전 새벽 여명黎明에 반짝이는 태백성은 금성, 계명성 그리고 샛별이라고도 하였다.

서홍의 아버지 이식은 마흔 해의 생애를 살면서 주경야독晝耕夜讀으로 향시에 일등하고 진사시에 급제하였다. 사람의 운명은 하늘에 달린 것, 아버지 이식李埴이 서홍에게 마지막 남긴 말,

"내 아들아, 나의 가업을 이을 아들아…."

영재를 모아 가르치려던 아버지의 소망을 강보襁褓에 싸인 아들은 알아들었을까.

온혜 마을은 용수사 동고의 은은한 종소리가 하루를 열면, 들판에 감자와 보리가 익어가고 안개와 노을이 감도는 들판에 학과 사슴이 노니는 평화로운 마을이었다.

서홍의 지붕 아래 집을 짓고 살던 제비가 새끼들을 데리고 강남으로 가듯이, 숙부 이우李堣 공이 진양 목사로 갈 때 서귀와 서봉 두 형님이 숙부를 따라갔으나, 서홍은 아직 어려서 따라갈 수 없었다.

"형님이 보고 싶어요."

"타향에서 공부하는 형들은 어미가 얼마나 보고 싶겠니. 이 어미도 네 형들이 보고 싶지만 참는단다. 너도 글을 읽어 학업을 성취하려면 마땅히 참아야 하느니라."

송재공은 진양 목사를 마치고 조정으로 들어가 이조참판을 맡았으며, 중종반정의 정국공신靖國功臣으로 송재공은 청해군靑海君, 할아버지 계양공은 진성군眞城君에 책봉되었다. 퇴계 집안은 그때부터 진성군眞城君을 근거로 본관을 '진성眞城 이李'씨로 쓰기 시작했다.

송재공은 경오년(1510)에 강원도 관찰사로 나갔을 때, 추운 겨울 날씨에도 새벽부터 서둘러서 어머니를 뵈러 먼 길을 달려올 정도로 효성이 지극하였음을 그의 詩〈고향의 어머니를 뵈러 가는 길歸觀途中紀行〉 126행의 장편 서사시에서 짐작할 수 있다.

영원성(치악산 남쪽 산성)에 해 저물어 가니
꽉 찬 음기가 북방으로 이어졌네.
집 떠난 아들의 어머니 뵈려는 맘 급하니
겨울밤이 긴긴 줄을 더욱 깨닫겠네.
추위에 떠는 닭 울지 않아 답답한데
잠 못 들며 속 타는 이 마음
텅 빈 창에 희미한 새벽 달빛 비치니
홀연히 아침 햇빛인가 의심하네.
옷 끌어당기며 놀라 일어나 앉으니
등불 다 탔는데도 오히려 환하네.
아이 불러서 밖에 나가 보라 하니
밝은 별이 동상(동쪽 행랑)에 뜬 것이라 알리네. (…)

임신년(1512)에 송재공은 임금에게 간곡히 청하여 강원도 관찰사를 사임하고 고향에 돌아왔다. 숙부는 자질子姪들을 마을 앞 청음석에서 놀게 하고, 詩를 지어보도록 하였다.

형님들이 시를 짓는데, 서홍瑞鴻은 우두커니 앉아 있었다. 그는 시인이 따로 있어, 누구나 '시인이 지은 시를 읽기만 하는 줄 알았다.

"저도 시를 지을 수 있사옵니까?"

"누구나 시를 지을 수 있느니라."

"시를 짓는 방법을 모르옵니다."

"생각(志)을 말(言)로 펴내면 詩가 되느니라."

詩의 글자는 言과 出이 합쳐서 새싹이 땅에서 돋아나는 형상, 詩는 志와 言으로 표현되는 현상을 뜻하는 글자로 풀이할 수 있다.

"뜻을 말로 펴내다니……."

서홍瑞鴻은 숙부의 말을 이해할 수 없었다.

"네 진정 시를 지어 보겠느냐?"

"네, 숙부님."

"자연과 친구가 되어야 하느니라."

"……."

"무엇이 보이느냐?"

서홍瑞鴻은 주위를 둘러보았다. 소나무가 있었다.

"소나무가 보입니다."

"소나무와 친구가 되어라."

"……."

"바람이 보이느냐?"

"……."

"바람이 부는 것이 보이느냐?"

소나무 가지가 바람에 흔들리었다.

"소나무 가지가 조금 흔들립니다."

"바람과도 친구가 되어라."

서홍瑞鴻이 한참 생각하더니,

"바람과 소나무도 친구가 되옵니까?"

"모두가 친구이니라."

서홍瑞鴻은 가만히 생각에 잠겼다.

"지금 네가 생각한 것을 말해 보거라."

"바람이 소리도 없이 소나무에게……."

서홍瑞鴻은 머뭇거렸다.

"지금 네가 말한 것을 글로 써 보거라."

서홍瑞鴻은 '松因風, 微動, 無聲'이라고 썼다.

송재공은 미소를 지었다.

숙부는 자질들이 지은 시를 각각 발표하도록 하였다. 서홍瑞鴻
도 자기가 적은 것을 큰 소리로 읽었다.

송재공은 조카들이 지은 시를 들은 후 자신도 〈조카들을 데
리고 도계 반석에서 놀다率兒輩遊陶溪磐石〉를 지어서 조카들에게
들려 주었다.

欲得溪山妙 시내와 산의 아름다움을 얻고자

松門獨自回 솔문에 나 홀로 돌아왔다.

淸吟還敗意 맑게 읊어도 도리어 흥이 나지 않으니

誰遣督郵來 그 누가 독우督郵(찰방)를 보냈는가.

그날, 붉은 옷 입은 한 관인이 송재공을 뵈러 왔다.

"관직에 나가지 않고 왜 산속에서 사십니까?"

송재공은 대답하지 않고 그냥 웃기만 하더니, 자질들에게 이백의 詩 〈산중문답山中問答〉를 읊어 주었다.

問余何事棲碧山 나더러 무슨 일로 푸른 산에 사냐기에,

笑而不答心自閑 웃으며 대답 않았지만 마음만은 한가롭네.

桃花流水杳然去 복사꽃 흐르는 물에 아득히 떠내려가니,

別有天地非人間 인간세상 아니라 별천지라네.

송재공은 그해 3월 6일 경상도 관찰사로 임명되고, 3월 23일 가선대부에 오르고 청해군에 봉해졌으며, 가을에 영해 부사를 임명 받았으나 모두 부임하지 않고 송당골에 집을 지었다.

송당골에는 소나무가 많아서 송재松齋라 하고, 자신의 호를 송재松齋로 정했다. 송재松齋에서 지병持病인 혈소환血素患(고혈압)을 다스리면서, 자신의 처지를 〈탄식하다自嘆〉라는 시로 읊었다.

병을 고치고자 고향에 돌아왔으나,
삼 년 동안 화조의 봄을 보지 못하였다.
하늘이 이수를 죽이지 않는다면,
청산에 들어온들 회춘하지 못하리라.

송재공이 고향으로 돌아왔을 때, 서홍은 열두 살이었다. 서홍은 숙부가 아버지를 닮았을 것으로 여겨서 숙부를 뵙는 것이 즐거웠다. 서홍은 형들과 함께 송재공에게 《논어》를 배웠다.

송재공은 조카들에게 각각 자字를 지어 주었는데, 서귀를 언장彦章, 서봉을 경명景明, 서란을 정민貞愍, 서홍瑞鴻(황滉의 아명)을 경호景浩로 바꿔 주었다.

경호景浩는 숙부님과 형들이 돌아왔고, 배움의 길을 찾았으니, 하루하루가 즐거워 유월의 신록처럼 쑥쑥 자랐다.

《소학》은 터전을 닦아 재목을 갖추는 것이요, 《대학》은 그 터전 위에 커다란 집을 짓는 것이라 하여, 자질들을 교육함에 《소학》을 중시하였다. 넷째 형 해瀣와 함께 숙부에게서 《論語》를 배웠다.

「學而篇」의 효제孝悌 대목을 읽고 스스로 경계하였다.

弟子入則孝 집에 들어와서는 부모님께 효도하고,

出則悌 집 밖에 나가서는 공손해야 한다.

"사람의 자식 된 도리는 마땅히 이와 같아야 할 것이다."

"집에서는 웃어른께 효도하고, 밖에서는 모든 이들을 공경하여 행동에 거스름이 없이 행하며, 틈나는 대로 글을 읽으며, 이치를 궁구하고 몸을 닦아야 하고, 영가詠歌(노래)하고 무도舞蹈(운동)에도 생각이 지나침이 없어야 하는 것이 이 학문의 큰 요지이다."

숙부의 가르침에 경호景浩는 고개를 끄덕이면서 말했다.

"學而時習 不亦說乎. 배우고 익히면 즐거운 일입니다."

숙부는 학습 과정을 엄격하게 세워서 가르쳤고, 경호景浩는 공부하는 것이 무엇보다 즐거워 조금도 게을리하지 않고 열심히 따랐다. 새로운 것을 배우면 반드시 다시 익혀서 1권을 마치면 1권을 완전히 외우고, 2권을 마치면 2권을 완전히 외웠다.

〈자장子張〉편에서, 질문하고 이理를 스스로 터득했다.

"일의 옳은 것이 바로 理입니까?"

"그렇다."

이 말을 듣는 순간 마음속의 의문이 풀리면서, 멀었던 눈이

해를 봄 같았다.(曉然若披盲而見大曜也)

송재공은 엄격하여 자식들을 칭찬하는 일이 적었으나, 경호景
浩가 이치를 따져 가면서 공부하는 태도에 놀랐다.

'이 아이는 가르치지 않아도 스스로 길을 아는구나. 가문을 크
게 번성하게 할 자는 반드시 이 아이다.'

숙부는 이마가 넓은 경호景浩를 광상廣顙이라 부르고 본이름을
따로 부르지 않았다. 숙부는 가르침에 엄격하였고, 배운 것을 돌
아앉아서 배송背誦하게 하였다.

"광상아, 외는 것은 글자를 기억하는 것이 아니라, 선현의 뜻을
가슴에 흐르게 하는 것이니라."

선비의 자세로 바르게 앉아서 외우되, 몸을 흔들어서도 안 되
고, 착란하지 말고 중복하지도 말며, 너무 급하게 굴면 조급하고
너무 느리면 정신이 해이해져서 생각이 뜨게 된다.

《논어》와 《집주》를 배송하면 잡념이 없어지고 머리가 맑아졌다.
경호는 열세 살에 《논어》를 마쳤다. 그는 책을 읽거나 혼자서 명
상에 잠겼으며, 도연명陶淵明(陶潛, 五柳선생)의 시를 좋아하였고 그
사람됨을 흠모하였다. 비록 어렸지만 사람들이 많이 모인 자리에
서도 선비처럼 행동하였다.

훗날, 퇴계는 자신이 학문을 게을리하지 않게 된 것은 숙부 송
재공의 가르침과 독려 덕분이라고 하였다. 송재공의 교육은 알묘
조장揠苗助長이 아니라, 사람답게 사는 길을 스스로 터득하도록 하

였다.

"학문의 길에 각고도 중요하나, 심신의 휴양 또한 중요하다."

자연을 소요하며 물아일체의 호연지기浩然之氣를 길러 자유의지와 정의로운 품성을 갖춰야 한다고 했다.

"알기만 하는 사람은 좋아하는 사람만 못하고,
좋아하는 사람은 즐기는 사람만 못하다."

知之者不如好之者 好之者不如樂之者

송재공은 자질들을 용수사에 보내 하과夏課를 즐기게 했다. 그는 하과夏課를 떠나는 자질들에게 용수사 경내를 그림 그리듯 〈용수사〉라는 시를 지어 주고, 〈하과夏課〉를 독려하는 시를 지어 보냈다.

푸른 재 병풍처럼 에워싸고 눈 누대 때리는데,
부처 깃발 깊숙한 곳 기름 태울 만하네.
세 가지 많음 세 해면 풍부히 할 만한데,
한 가지 이치 마땅히 하나로 관찰함에서 구해야 하네.

경서 공부 청색과 자색 인끈의 도구라 말하지 말라,
학문을 염두에 두고 닦음, 입신양명의 계책으로 세워야 하리.
예로부터 훌륭한 일 일찍부터 갖추어야 하나니,
홰나무 저자 앞머리까지 세월 빠르기만 하다네.

계유년(1513) 2월, 송재공은 사위 조효연曹孝淵, 오언의吳彦毅를 청량산에 보내면서 수령과 경호景浩를 비롯한 자질들을 함께 딸려 보내면서 '공부하는 것은 산에 오르는 것'(讀書人道若遊山)이라 했다.

공부하는 것은 산에 오르는 것이라 하지만
깊고 얕고 넉넉히 익혀 가고 오는 것 믿어라.
하물며 청량산은 깊고 경치 좋은 곳이니
나도 일찍이 십 년간 거기서 공부했느니라.

야송 이원좌, 청산유흥도 68×43cm, 야송미술관

경호景浩는 16세 때 종제 수령壽苓과 권민의權敏義와 강한姜翰이 함께 천등산 봉정사에서 글을 읽었다. 봉정사는 예안 온혜에서 50여 리 서쪽에 있어, 온혜에서 제비실로 들어서서 녹전 사신 마을을 지나 검제 태장 봉정사까지 책을 짊어지고 걸어갔다.

봉정사 계곡의 작은 폭포 건너편에 낙수대 정자가 있었다. 경호와 친구들은 낙수대에서 놀면서, 폭포에서 떨어지는 물소리가 옥을 굴리는 듯하다고 하여 명옥대鳴玉臺로 고쳐서 불렀다.

청년 경호는 '유산여독서遊山如讀書'라 하여 산에 오르는 것은 글을 읽는 것과 같아서 심성을 닦는 일, 학문을 하는 일이라고 할 정도로 퇴계는 산을 즐겼다. 그와 친구들은 학가산鶴駕山에 올라 안동·예천·영주의 산세를 살피고, 골짜기를 비집고 흐르는 낙동강과 내성천의 강줄기와 풍산의 너른 들판을 내려다보면서 호연지기浩然之氣를 길렀다.

부처가 천등산에 내렸다는 천등사에 올랐다. 정몽주가 공부하였다던 천등사를 안동부사 맹사성이 중수하면서 개목사開目寺로 하면서, '장님이 안 생길 것'이라고 이름을 바꾸었다. 당시 안동 지역에는 장님이 많았다고 한다. 부처가 천등산에 내렸다는 전설은 허황된 이야기일 뿐이나, 태장이란 지명은 어느 왕의 태를 묻은 곳이라 하였다.

검제(金溪村)는 금지金池, 금음지金音池, 금제琴堤로 불리기도 하며, '열두 검제'라는 말이 있듯이 학가산에서 발원한 금계천金溪川

을 따라서 태장, 능곡, 만운, 복당, 사망, 알실, 부로동, 금장동, 효자문, 미산, 춘파, 봉림 등 골짜기마다 대여섯 채의 촌락이 옹기종기 마을을 이루고 있다.

'열두 검제'에는 왕건을 도와 견훤을 물리친 김선평金宣平(태장)·권행權幸(능동)·장정필張貞弼(성곡) 등 삼태사三太師의 묘와 제사, 사육신 단계 하위지河緯地의 후사後嗣를 이은 하원河源, 무오사화 때 억울하게 죽은 용재慵齋 이종준李宗準 등 나름대로 문벌에 얽힌 애사哀史를 지닌 마을들이다. 용재慵齋 이종준李宗準은 이시민李時敏의 아들로서 송재 이우 공의 처남이니, 수령壽苓의 외숙이며, 경호景浩 어머니 춘천박씨의 외숙外叔이기도 하다.

을해년(1515) 10월 3일, 송재공은 안동 부사로 부임하였다. 송재공은 안동웅부 자성 서북쪽 삼태사묘 앞 연못가에 애련정(6.25때 폭파)을 지어서 자질들이 공부하는 서당으로 삼았다. 송재공은 자질들을 가르칠 때 詩〈외영당畏影堂〉을 지어, 자질들에게 신기독愼其獨의 자세로 거경궁리居敬窮理하는 삶을 가르쳤다.

내가 있으니 형체가 있고,
그림자는 형체에서 둘이 되네.
어두우면 숨고 밝으면 나타나며,
움직이고 그침에 서로 놓지 않는다.

날마다 품행이 백 가지도 되지만,

하나하나 본떠서 비슷하다네.

어디서고 좌우를 떠나지 않아,

가만히 속일 수 없다.

삼갈 바가 어찌 혼자뿐이랴,

방구석도 오히려 환하다.

너를 보는 내 마음 두렵구나.

안으로 살피며 성품을 다져,

내 말을 너는 소리 없이 아니,

내 몸은 너의 허상일 따름.

한 방에서 돌아다니면서,

너는 종일토록 내가 우러러본다.

경호는 일생 동안 새벽에 일어나 조용히 여명을 맞이하면서 숙부의 가르침대로 남들이 보지 않는 곳에서도 삼가며, 남들이 듣지 않는 곳에서도 조신操身하였다.

戒慎乎其所不睹 恐懼乎其所不聞 (中庸)

정축년(1517) 7월, 당시 경상도 관찰사 모재慕齋 김안국金安國이 경상감사로서 안동 향교에서 유생들을 모아놓고 《소학》을 바탕으로 유학의 기풍을 변화시켜야 한다고 하였다.

김안국이 강학을 마친 후 유생들에게 준 詩에 송재공이 차운하여, 김안국의 학문이 김종직 이래《소학》을 통한 성리의 체험을 바탕으로 유학의 기풍을 변화시키고자 함을 표현하였다.

> 백년의 우리 도가 동쪽에서 성행하니
> 염락濂洛의 연원을 계승할 수 있네.
> 《소학》 한 편에서 성리의 행적을 찾고
> 남쪽을 순시하며 유풍을 바꾸네.
> 지금까지 너무 방치한 일 후회되니
> 이제야 공의 학문이 종지가 있는 줄 알겠네.
> 그저 어린 제생의 학업 연마시킬 뿐 아니라
> 늙은 나도 외려 노년의 공부를 하게 되는구나.

김안국은 경호景浩의 학문적 성숙을 칭찬하면서, 경호景浩와 경명景明에게 책과 식량을 주어 산사에서 글을 읽게 하였다.

정축년(1517) 8월, 송재공은 어머니의 수연壽宴을 베풀었는데, 송재공은 어린아이처럼 때때옷 입고, 노기老妓가 부르는 〈어부사〉에 맞춰 춤을 추어 노모를 기쁘게 해드렸다.

경호景浩는 이날 수연壽宴에서 늙은 기생이 부른 농암聾巖의 〈어부사〉를 처음 듣고 마음속으로 감흥을 느껴서 이를 적었다.

이 듕에 시름 업스니, 어부漁父의 생애生涯이로다.

일엽편주一葉扁舟를 만경파萬頃波에 띄워 두고,

인세人世를 다 니젯거니, 날 가는 줄롤 안가.

구버난 천심녹수千尋綠水 도라보니 만첩청산萬疊靑山

십장홍진十丈紅塵이 언매나 가려 있는고.

강호江湖에 월백月白하거든 더옥 무심하얘라.

청하靑荷에 바발 싸고 녹류綠柳에 고기 게여

노적화총蘆荻花叢(갈대꽃 우거진 곳)에 배 매야 두고

일반 청의미一般淸意味(맑은 뜻)를 어늬 부니 알 것인가.

산두山頭에 한운閑雲 기起하고 수중水中 백구白鷗이 비飛이라.

무심코 다정하니 이 두 것이로다.

일생에 시르믈 닛고 너를 조차 놀리라.

장안長安을 도라보니 북궐北闕이 천리로다.

어주漁舟에 누어신달 니즌 스치 이시랴.

두어라 내시람 아니라 제세현濟世(救世)賢이 없으랴.

그해(1517) 11월 18일, 송재공은 안동 부사 재임 중에 혈소환으로 갑자기 별세하였다. 아들 수령壽苓이 상喪을 받들어 온계 수곡溫溪樹谷 선영 곁에 장사하고, 예안의 청계서원清溪書院에 봉안되었다.

송재는 성종 시대(1469)에 태어나서 연산군과 중종의 시대(1517)를 살면서, 무오사화(1498)가 일어나던 해에 대과에 급제하여 승문원 권지 정자가 되고 갑자사화(1504)가 일어나던 해에는 사간원 헌납을 맡고 중종반정(1506) 때는 승정원 동부승지로서 참찬관參贊官·춘추관 수찬관修撰官을 겸하여 왕과 가장 가까운 거리에 있었다.

송재는 왕과 신하는 물과 물고기와 같아서 서로 떨어질 수 없는 관계인데, 왕이 신하를 원수처럼 여겨 마구 죽이고 몸의 해충인 이蝨처럼 여긴다면 유교국가의 이상이 어떻게 실현될 수 있겠는가 탄식하였다. 〈대궐문闕闈〉에서 의도를 짐작할 수 있다.

궁궐 앞에 대궐문이 겹겹이 서 있으니

땅에 있는 외로운 신하는 서캐(蟣蝨)처럼 보잘것없네.

한번 소를 올려 만 가지 한을 풀 길 없으니

봄비 맞아 울부짖는 두견새나 되려네.

송재공은 갑자율시방甲子律詩榜 정시庭試에 뽑혔으니, 나라에서 인정하는 최고의 '시인詩人'이었다. 그는 강원도 관찰사 때, 〈빙허루〉, 〈삼척 가는 길〉 등의 詩 100여 수를 지었다.

- 주천현에서, 평창에서, 홍천에서, 천감역, 인제 가는 길, 마노역, 양구에서, 청평산을 지나다, 소양정, 모진강, 산양역, 안협 가는 길, 옥곡을 지나다, 옥동역, 화천현 가는 길, 철령에서, 총석정, 흡곡 동헌, 통천 동헌, 양진역, 삼일포에서, 대강역 척약재, 간성루, 명파역 고송, 간성에서, 양양 가는 길, 선유담, 강릉동헌, 경포대, 영월루, 양양동헌, 한계산, 인제 남강, 봉의루, 영월 주문촌, 용화역 가는 도중, 청간역 가는 도중, 추지령 넘어 화천현에서, 단양 이요루에서 등 주옥같은 시들을 읊었다. -

1510년에 《관동행록關東行錄》을 엮었으니, 이는 송강 정철의 《관동별곡》(1580)보다, 70년 먼저 지은 것이다.

훗날 퇴계가 숙부 송재공의 시를 모아 직접 필사하여 《관동행록》, 《귀전록》 두 권으로 묶었는데, 퇴계에게 사승師承이 없다고 말하는 이가 있지만, 숙부에게서 논어論語를 배웠고 詩적 소양 또한 송재공으로부터 계승되었다고 볼 수 있다.

송재공은 정국공신靖國功臣으로 청해군靑海君, 그의 아버지 계양공은 진성군眞城君에 책봉되었다. 퇴계 집안은 송재공에 의해서 본관을 '진성眞城 이李'씨로 쓰기 시작했다.

송재는 진성李씨 문중에서 최초로 문과에 급제하였으며, 가문에서 처음으로 문집을 남겼다. 그는 서당이나 우수한 스승이 없는 두메산골에서 문과에 급제하였으니 더욱 빛난다.

송재공의 삶은 진성李씨 집안을 명문가로 일으켜 세우는데 일생을 바쳤었다. 송재 이전까지 학문이나 정치에 뚜렷한 족적을 남긴 선조가 없는 형편이었다. 퇴계의 맏아들 준寯을 봉화훈도 금재琴梓의 딸과 혼인시킬 때 굴욕적인 혼사를 참을 수밖에 없을 정도로 안동지역에서 한미寒微한 집안이었다.

송재는 형 이식이 40세에 별세하자, 형을 대신하여 조카들을 자신의 임지인 진주에 데려가서 청곡사에서 공부를 시켰으며, 지병인 혈소압(고혈압)을 앓으면서도 안동부에 애련정을 지어서 자질들을 직접 지도하였다.

생명은 동일성을 유지하는 개체의 성격을 띠며 개체에서 개체로 이어지면서 비결정성의 폭을 넓혀가는 어떤 흐름이다. 송재는 모체의 우수한 유전자가 자손에게 유전되지만, 이는 불변이 아니라 내부 상황(학습)에 따라서 개인별로 정체성正體性(Identity)은 달라진다는 것을 알고 있었다. 안동 관아 인근에 애련정을 지어 자질들을 직접 가르치기도 하고, 때로는 산사에 보내어 호연지기浩然之氣를 기를 수 있는 기회를 마련해 주었다.

송재는 생전에 경호와 문경동의 외손녀의 혼인을 이미 정해놓았으며, 경호가 학문에 전념할 수 있도록 안정적인 바탕을 마련해

주었다. 그 결과 송재 자신을 비롯하여 이해와 이황이 문과에 급
제하고 대대로 훌륭한 후손들이 끊어지지 않는 명문가 반열班列에
오를 수 있었다.

송재공이 49세를 일기로 갑자기 운명하자, 경호景浩는 충격에
서 벗어나지 못했다. 태어난 지 일곱 달 만에 아버지를 여읜 그에
게 송재공은 숙부가 아니라 아버지이며, 하늘같은 스승이었으며
닮고 싶은 학자였다.

"부군은 풍채가 깨끗하고 뛰어나셨으며, 품위가 고아하시고 원
대하여 온화하고 여러 아비 없는 조카들을 어루만지고 가르치심
이 친아들과 같았다."

송재 이우, 松齋集에서 발췌.

정신적 지주를 잃은 경호景浩는 홀로된 절망감을 딛고 새로운 결의를 다지지만, 스승이 없는 학문은 망망대해의 조각배처럼 갈 길을 잡지 못했다. 경호景浩는 '자신은 무엇이며, 어떤 삶을 살아야 하는지' 한동안 딜레마(dilemma)에 빠졌으나, 꿈속에서 숙부의 일 갈—喝이 있었다.

"광상아, 네 어찌 성리의 理를 알겠느냐?"

깜짝 놀라 깨어난 이후 그의 곁에는 늘 송재공이 있었으며, 자신을 가다듬고 점차 학문에 정진하게 되었다.

경호는 집안에서만 공부하지 않고 안동향교에 유학하였다. 숙부의 후임으로 안동 부사에 부임한 농암 이현보李賢輔가 향교에 유학하는 선비들을 불러 모아 학문을 장려하였다.

그는 혼자 독서하기를 좋아하였는데, 도연명의 詩를 사랑하고 그의 사람됨을 흠모하였고, 경서經書만 공부한 것이 아니라, 詩 문학에 관심을 가지고 직접 詩를 짓기도 했다.

경호景浩는 18세 때, 봄에 제비실(燕谷)에 갔다가 산골짜기 작은 연못을 관찰한 후 무엇에 홀린 듯 집으로 뛰어오자마자 단숨에 詩 한 수를 지었다.

이슬 맺힌 풀잎은 물가에 우거졌는데
고요한 연못 맑디맑아 티끌 한 점 없네.
떠가는 구름 나는 새는 본시 연줄이지만
다만 저 제비 발길에 물결 일까 두렵네.

露草夭夭繞水涯 小塘淸活淨無沙
雲飛鳥過元相管 只怕時時燕蹴波

제비 발길(욕망)이 맑고 고요한 마음에 물결 일으킬까 두렵다고 하였다. 구름과 새의 본래 모습과 상관없이 자기 본위로 물결을 일으키는 것은 천리에 배반하는 것이며, 이는 마음이 지향하는 것에 따라서 제멋대로 굴절시키는 욕심에서 비롯된 것이라 하였다.

19세 때 읊은 詩에서 당시의 퇴계의 심정을 짐작할 수 있다.

獨愛林廬萬卷書 유독 초당의 만 권 책을 사랑하여
一般心事十年餘 한결같은 심사로 지내온 지 십여 년
邇來似與源頭會 근래에는 근원의 시초를 깨달은 듯
都把吾心看太虛 내 마음 전체를 태허太虛로 여기네.

19세가 되면서 경호는 넓은 세계로 나아갔다. 영주의 의학강습소와 성균관에서 선비들을 만나고 다양한 학문을 경험하면서 퇴계가 일생 동안 가장 많이 '녀던 길'은 '도산陶山 – 영주榮州' 길이 되었다.

처음 길은 청운의 꿈을 안고 걷던 길이었고, 초혼 때 부부가 아들 준雋을 안고 걷던 인생에서 가장 행복한 순간은 고작 7년이었다.

초배 許씨 부인을 사별하고 암자에서 글을 읽고 있었다. 어느 날 어머니는 아들을 불러들였다.

"속현(續絃, 끊어진 거문고 줄을 새로 잇다. 재혼)은 절차와 시간이 걸리지만, 아이들에게 당장 어미가 있어야 한다."

경호는 먼저 허씨 부인의 모습이 떠올랐다. 죽은 아내에 대한 절의와 효도 사이에 갈등이 일었다.

'자식으로서 상처喪妻한 것도 불효가 아닌가?'

유모를 측실로 들인 것을 알게 된 문중 어른들이 놀랐다.

"출생에 귀천이 있고 신분에 위계가 있는 법, 너는 종문宗門의 가례嘉禮를 무너뜨리는구나."

경호는 침묵했으나, 어머니는 당당했다.

"속현續絃이 아니라, 측실側室일 뿐입니다."

측실과 속현이 다른 세상에 살고 있었다. 속현과 측실은 해와 달이었다.

낙동강이 안동을 지나서 풍산에 이르면 풍산들에 막히어 역류하면서 화산을 왼쪽으로 돌아서 병산서원 앞을 흐르다가 하회마을을 한 바퀴 돌아서 흐르지만 다시 풍산들에 막히어 왼쪽으로 또 돌아서 구담으로 흘러간다. 낙동강의 흐름을 막아서 돌아가게 하지만 낙동강의 거듭된 범람으로 상류에서 흘러온 기름진 토사土砂들이 쌓이고 쌓이면서 풍산들은 기름진 평야를 이루었다.

그 풍산들의 끝에 나지막한 언덕이 정산鼎山과 소산素山이며, 왼쪽의 정산은 화산 안동 權씨 화산 권주의 가일마을, 오른쪽의 소산은 안동 김씨 청음 김상헌의 소산마을이다. 낙동강의 거대한 흐름을 막아서 하회로 돌아가게 하고 드넓은 풍산들을 품은 풍요로운 가일 소산 두 마을은 국난을 극복한 동량棟樑을 배출하였다.

가일佳日 마을의 화산 권주는 대과급제하여 참판까지 올랐으나, 당시 왕이었던 성종이 폐비 윤씨에게 사약을 내릴 때, 그는 단지 주서注書로서 왕의 명에 따라 사약을 전했을 뿐이었다. 연산이 왕이 된 후 그의 어머니 폐비 尹씨의 복권이 삼사三司에 견제 당하자, 연산燕山은 왕도를 일탈逸脫하여 전횡과 보복의 칼을 휘둘렀다.

"그때 내 나이 일곱 살이었으니, 신하들이 옳지 않다고 굳이 간쟁諫諍하였더라면, 어찌 회천回天할 도리가 없었겠느냐? 오늘날에는 작은 일에도 합문閤門에 엎드려 해를 넘기거늘, 하물며 이런 큰일로도 굳이 간쟁하지 못하였느냐? 주柱는 살더라도 내가 부릴 수 없으며, 주도 나를 섬길 수 없으니, 율문律文에 따라 시행하고, 그 자식은 해외海外에 위리안치圍籬安置하도록 하라."

권주權柱의 형제자매를 모두 외방으로 귀양 보내고, 그의 가산家産을 적몰籍沒하였다. 폐비 윤씨의 아들 연산은 그 앙갚음을 사약으로 되갚았으나, 권주는 연산이 내린 사약을 마시느니 누각에서 뛰어내렸다. 권질의 어머니 고성 李씨도 순절殉節을 택했다.

그후 중종반정으로 권주의 형제자매들은 복권되었으나 권주의 아들 권질權礩은 권전權礩의 사건에 연루되어 예안으로 유배당하고 그의 아우 권전은 장살杖殺당했다. 이들 형제는 송사련宋祀連이 조작한 신사무옥의 희생자가 되었다.

예안에 귀양 온 권질權礩이 경호를 조용히 불렀다. 권질은 잠시 귀양 온 처지이긴 하지만, 화산花山 권주權柱의 장남으로 그의 집안은 당시로서는 안동 지역의 명문가名文家이었다.

"부인의 삼년상을 지냈지 않은가?"

권질은 경호의 속마음을 떠 보았다.

"자네 알다시피, 우리 집안이 말이 아닐세."

경호는 말없이 듣고만 있었다.

"자네가 미더워서 하는 말인데, 내 여식이 성혼할 때가 됐는데, 어디 믿고 맡길 데가 없을까?"

경호는 참으로 어려운 결정을 내려야 했다.

"어머님께 여쭈어보겠습니다."

1531년, 권질의 딸과 혼례를 올렸다. 權씨 부인은 눈매가 서글서글하고 선량한 인상이 말해주듯, 성정性情이 양처럼 온순하며, 자신의 생각을 내색하지 않고, 상대가 누구든지 언제나 밝은 미소로 상냥하게 대했다.

숙부가 장살당하고 아버지가 귀양갈 때 혼절하였다. 마음(心)이 버금(亞) 자를 품으면 '악할 惡'자가 된다. 마음에서 亞자를 빼고 善만 남은 사람이 숙맥菽麥이다.

卜築芝山斷麓傍　영지산 끊어진 기슭에 새 집 지었는데,

形如蝸角祇身藏　달팽이 같아도 몸은 감출 수 있네.

北臨墟落心非適　북쪽 낭떠러지 마음에 들지 않아도,

南挹烟霞趣自長　남으로 안개 노을 운치가 넘치고,

但得朝昏宜遠近　아침저녁 문안인사 드리기 가까우니,

那因向背辨炎涼　뒷산은 둘러앉아 춥고 더움 다 가리랴.

己成看月看山計　달 보고 산 바라보는 꿈 다 이뤘으니,

此外何須更較量　이 밖에 또 무엇을 이에 비할까.

서른한 살의 경호는 영지산 기슭에 달팽이같이 작은 집을 지어, 권씨 부인과 함께 따로 나와서 살게 되었다.

경호는 비록 달팽이 같은 작은 집이지만 어머님 거처와 가까워 문안드리기에 좋고, 달 보고 산 바라보는 꿈 이뤘다고 했다.

"달 보고 산 바라보는 꿈 다 이뤘으니, 이 밖에 또 무엇을 이에 비할까."

공자의 제자 안회가 말했다.

"저는 벼슬하지 않겠습니다. 저에게는 성 밖 밭 오십 이랑이 있어 죽을 공급하기에 충분하고, 성 안 밭 열 이랑이 있어 명주와 삼베를 만들기에 충분하며, 거문고를 타고 즐기기에 충분하고, 선생님께 배운 도는 자신을 즐겁게 하기에 충분합니다."

공자는 이런 안회가 어리석지 않았다고 했다.

천명天命은, 곧 자연의 섭리이다. 천명에 순응하는 삶은 선한 본성에 충실한 삶이며, 이를 실천하는 방식은 '존천리알인욕存天理遏人慾'이니, 즉 선한 본성에 충실하고 탐욕을 삼가는 것이다.

1532년 가을, 경호는 곤양 군수 관포 어득강魚得江의 편지를 받았다.

"내년 산 벚꽃 피는 계절에 삼신산 쌍계사를 나와 함께 유람하시기를 바라고 바랍니다."

경호는 당시 시인으로 널리 알려진 어관포의 詩에 관심이 있었으며, 대사간을 지낸 63세의 현직 군수가 30세 아래의 자신을 초청한데다, 아직 급제도 하지 못한 자신에게 관심을 가진 것에 호기심이 발동하기 시작했다.

관포 어득강은 詩에 대한 생각이 남달랐다. 대사간으로 있을 때,

"대체로 詩는 계산溪山·강호江湖에서 많이 나옵니다. 근세 사람 김시습이 출가出家하여 방방곡곡을 다니며 지은 시문詩文이 그 당시 제일이었습니다. 젊고 시문에 뛰어난 사람을 가려 사절使節처럼 금년에는 관동지방을, 이듬해에는 영남지방·호남지방·호서지방·서해지방·관서지방·삭방朔方을 차례로 드나들면서 모두 탐방하게 하되, 마음대로 실컷 유람하면서 그 기氣를 배양하게 해야 합니다."

어득강의 편지는 강남에서 날아온 한 마리 제비와 같았다.

강호를 모르고 단지 한 움큼의 산속 옹달샘 속에 살아온 그에게 제비가 파문을 일으킨 것이었다.

生涯一掬産泉裏 不問江湖水幾何 只怕時時燕蹴波

경호景浩는 산속 옹달샘의 한 마리 가제(石蟹)를 보고 詩를 지었다. 옹달샘 속에서 살아가는 한 마리의 가제를 관찰하고 일생을 작은 옹달샘에서 살아가는 가제의 삶을 자신의 감정에 이입移入하여 읊은 것은 15세 소년답지 않게 자연에 대한 호기심과 관찰력이 남달랐음을 알 수 있다.

負石穿沙自有家　돌을 지고 모래 파면 저절로 집이 되고

前行却走足偏多　앞으로 가다 물러나 달리니 다리가 많구나.

生涯一掬産泉裏　일생을 한 움큼의 산속 옹달샘 속에 살며

不問江湖水幾何　강과 호수 물 얼마인지 묻지도 않는구나.

어관포와 詩를 수창酬唱할 수 있는 기회, 경호의 시벽詩癖을 자극하였다. 그러나 어관포의 초청에 선뜻 응할 수 없었다.

서른세 살인데도 아직 대과에 급제하지 못했으며, 측실을 들이고 속현으로 권씨 부인을 맞이하여 형님 댁에 어머니와 아이들을 두고 지산와사에 따로 나왔고, 대죽리 외가에서 외손봉사外孫奉祀하던 언장 형이 별세하여 아직 상喪 중인 데다가, 조카들을 가르치고 있었다.

넷째 형의 삼백당三柏堂에 계신 어머니가 아들을 불러 앉혔다.

"우물 안 개구리는 바다를 알지 못하느니라."

"때가 아닌 듯합니다."

"기회는 새와 같으니라."

"아직, 글을 더 읽어야 합니다."

"여행도 공부니라, 네 어찌 백면서생白面書生만 할 것이냐?"

경호景浩는 계유년(1513)에 송재공이 청량산에 보내면서, '공부하는 것은 산에 오르는 것'(讀書人道若遊山)이라 했던 말씀이 생각났다. '산에 오르는 것이 공부라면 여행도 공부가 아닌가'

여행은 목적지에 도착하는 것만 목적이 아니다. 만남과 헤어짐이 있고, 보고 듣고 생각이 깊어질 것이다.

"버리고 떠나야 채울 수 있느니라."

"……."

자만自滿에 사로잡혀 원천을 두고 지류에서 방황하고 있는 것은 아닌지, 고행苦行을 통한 깊은 성찰이 필요하다는 것을 깨달았다.

경호는 1533년(계사년) 1월부터 4월까지 여행할 예정이었다. 맏형 잠潛에게 어머니를 부탁하고 남행南行 길에 오르기로 했다. 노정路程은 도산에서 의령, 곤양 그리고 쌍계사까지 천릿길이다.

여행은 기동성이 있어야 하고 자유로워야 하지만, 겨울철 빙판길에서 예측할 수 없는 위험도 있으니 젊은 말구종을 데리고 길을 나섰다.

나는 온혜 노송정을 나와서 온혜천의 천변길을 걸었다. '지산와사' 옛터에 들어선 웅부중학교를 지나면 용수사길과 녹전길의 갈림길에서 온천교를 건너 온혜 온천 앞을 지났다.

1896년(고종 33) 6월 28일 승정원일기의 암행어사 장석룡의 상소에, "청량산 오산당은 문순공 이황李滉이 강학講學하던 곳으로 그 종손宗孫의 집도 그 아래 있는데, 모두 병란兵亂을 만나 잿더미가 되었습니다. 이 통에 300년 동안 전해 내려오던 3,000권의 서책이 하나도 남은 것이 없으며, 내사內賜 《주서朱書》 등 허다한 서적 또한 모두 그 속에 있었으니, 이것은 사문斯文의 일대 재앙에 해당하는 일입니다."

온혜의 용계마을은 병인양요 당시 경상도 소모사 운산雲山 이휘재李彙載의 고택이 있었는데, 그가 홍주목사를 지냈기에 홍주댁이었다.

1907년 왜병의 방화로 퇴계의 종택이 불타버리자, 13대 종손인 하정공霞汀公 이충호李忠鎬 공이 솔가하여 용계마을 홍주댁에 임시로 거처하였던 적도 있다. 운산의 손자 중린中麟·중봉中鳳 형제도 부조父祖의 위정척사 정신을 이어받아 향산 이만도와 함께 구한말의 구국척사로 의병활동에 뛰어들자, 일제의 방화로 홍주댁도 소실燒失되고, 지금은 그 별서別墅인 침천정枕泉亭만 남았다.

퇴계家가 명문가(noblesse)인 의미를 알 것 같았다. 고택의 규모나 벼슬이 아니라, 신분에 상응하는 도덕적 의무(oblige)를 솔선수범 여부가 명문가 반열에 오를 수 있기 때문이다.

1557년 22살의 이숙헌(율곡)이 성주 처가에 갔다가 강릉으로 돌아가는 길에 계당에서 사흘간 머물렀다. 떠나기 전날 밤 두 사람은 마주 앉았다.

한동안 말없이 찻잔을 기울이던 율곡이 거경과 궁리는 같은 지 별개의 것인지 궁금하였다. 퇴계는 은근히 미소 지으면서,

"거경과 궁리는 마치 물가에서 자기 스스로 물을 마시는 격과 같아서 누구라도 마음을 전일하게 하면 참됨을 얻을 수 있게 되지요."

퇴계는 율곡이 범상하지 않음을 한눈에 간파하고, '명불허전, 과연 소문이 그냥 나는 법이 없다. 일찍이 내 먼저 찾지 못해서 부끄럽네.始知名下無虛士 堪愧年前闕敬身'

"알곡은 쭉정이가 익어가는 것을 용납하지 않고 먼지들은 깨끗한 거울을 두고 보지 못한다오. 지나친 시구들은 반드시 깎아내고 각자 열심히 공부와 친할 일이네."

사흘째 되는 아침에 율곡은 말 위에서 스승에게 작별 인사로 詩를 읊었고, 스승은 이에 화운하였다.

活計經千卷　살림이라고는 경전 천 권 뿐이요.
生涯屋數間　사는 집은 두어 칸뿐일세.
襟懷開霽月　가슴에 품은 회포 비 갠 뒤의 달 같고
談笑止狂瀾　하시는 말씀 세찬 물결 그치게 하네.

從來此學世驚疑　예로부터 이 학문을 모두 놀라 의심하고
射利窮經道益離　이익 좇아 글 읽으면 도는 더욱 멀어지네.
感子獨能深致意　고마워라, 자네 홀로 그 뜻 깊이 두었으니
令人聞語發新知　그 말을 듣고 나서 새 지각이 생기누나.

겸재 정선, 계상정거도. 천원권

도산에서 영주榮州 가는 길은 용수재를 넘고 녹전면소재지에서 방하재를 넘으면 원천 삼거리로 갈 수 있다. 또 다른 길은 녹전면 소재지를 거치지 않고 둠버리〔遁煩〕에서 매정으로 가는 길이 있다.

나는 둠버리〔遁煩〕에서 매정으로 가는 길을 택했다. 용계마을을 지나 작은 고개를 넘어서 효잠마을 앞을 지나서 몇 굽이 돌아가니, 요성산 산기슭에 아담한 둠버리 마을에 닿았다.

마을 앞에 세워진 표지석과 정려각이 양반가의 집성촌임을 짐작하게 했다. 그 마을은 의성 김씨 평장사공파 둠버리〔遁煩里〕 마을이었다. 거석에 새겨진 마을 표지석 '遁煩'에서 좌측으로 난 길 안쪽에 의성 김씨 삼대종택三臺宗宅 둔번초당이다. 종손 김종구金宗九・김난순金蘭淳 종부가 있었다.

"신라 경순왕의 넷째 아들이자, 왕건의 외손인 김석金錫 선조가 의성군義城君에 봉군되어 크게 번창하였는데, 고려가 망하자 김을방金乙邦 선조가 고향인 예안의 모란(沙川)으로 옮겨 왔다가 다시 이곳으로 와서 둔번초당을 지어서 은둔하였지요."

둔번초당遁煩草堂(김종호의 글씨) 현판과 거석에 새긴 마을 앞 표지석 '遁煩'(35세손 김태균의 글씨)에서 대대로 명필 집안임을 짐작할 수 있었다. 둔번리는 의성金씨 삼대종택을 '안둠버리', 진성李씨 촌 문평을 '바깥둠버리'라 한다.

노노재魯魯齋 김만휴金萬烋의 詩 〈경제선조둔번초당敬題先祖遁煩

草堂)에서 당나라의 재상 이덕유가 그의 별장인 평천장平泉莊을 절대로 남에게 넘겨서는 안 된다고 자손에게 당부했다는 고사를 들어서 후손들에게 경계하였다.

城市非無可福宅　성 안에 살만한 집터가 없지 않지만
先人獨愛此田園　선조께선 유독 이 전원을 좋아하셨네.
地名亦有遁煩意　지명〔遁煩〕도 번잡한 세상 피한다는 뜻이니
始覺平泉戒子孫　비로소 평천의 자손 경계한 뜻 깨달았네.

둔번리 김만휴金萬烋의 7세손 김재숙金載璛은 온혜마을의 운산雲山 이휘재李彙載의 문인이다. 김재숙은 봉화 명호 역개(麗浦)마을의 송죽재松竹齋 박제형朴齊衡과 서로 왕래하면서, 김재숙은《성학천자문聖學千字文》을 지었고, 박제형은《후천자문後千字文》을 지었는데, 형식은 주흥사의 백수문을 모방한 것이지만, 그것과 한 글자도 중첩된 곳이 없다.(後模千字, 與周氏白首文, 無一字重疊.)

고려 건국과 공민왕의 안동몽진을 계기로 안동을 관향으로 하는 金·權·張의 삼태사를 비롯하여, 전통적인 권문세가權門勢家들이 안동 지역을 중심으로 형성되었다.

퇴계는 농암聾巖의 맏아들 벽오碧梧 이문량李文樑과 둔번리 요성산 너머의 성천사聖泉寺에서 함께 글을 읽기도 하였는데, 당시 권문세가인 삼대 종택을 피해서 먼 길을 돌아서 다녔다.

퇴계가 돌아서 다닌 길이라 하여, 둔번리 옆 골짜기를 지금도 '돌은 골'이라고 한다.

향산 이만도가 구국척사로 의병활동에 뛰어들자, 일제는 퇴계 종택, 홍주댁 등을 방화하고 도산지역의 인물들을 검거했지만, 1910년 향산 이만도의 망국 순국 이후, 퇴계 후손들을 자극하여 1919년 3월 예안장날 만세운동은 3월 27일까지 안동지역에서 3,000여 명이 참가하였다.

1916년 조부가 별세하면서 가세가 기울기 시작하자, 만 16세의 이육사李陸史 시인이 도산공립보통학교를 졸업하고 1920년 대구로 나가기 전에 진성李씨촌 '바깥둠버리' 문평에서 잠시 머물렀던 때는 만세 운동이 들불처럼 번지던 시기이다.

이육사는 이 시기부터 '청포靑袍를 입고 오는 손님'을 기다렸을 것이다. 녹전면 일대는 골짜기마다 사과밭이다. 나는 문평마을 사과밭을 지나면서 흥얼거렸다.

　　내 고장 칠월은 사과가 익어가는 시절
　　이 마을 전설이 주저리 주저리 열리고

문평리에서 굴티재(葛峴)를 넘으면 원천 매정마을이다. 굴티재는 내성천과 낙동강의 분수령으로 봉성 미륵재를 넘지 못한 토일천이 봉화琴씨의 문촌文村을 지나서 녹전면 원천리로 흘러서 두월리에서 내성천으로 들어간다.

토일천을 따라서 들이 넓은 원천元川에 송재 이우李堣의 현손玄孫 이지형李之馨의 아들 충청도관찰사 반초당反招堂 이명익李明翼의 종택이 있으며, 퇴계의 문인 간재艮齋 이덕홍李德弘의 묘소를 지나 신라리 가는 길가에 퇴계의 〈신암폭포〉 시비詩碑가 있다.

1567년 3월 8일, 67세의 퇴계는 산 너머 원천의 신암폭포에 갔

다가 허씨 부인의 묘소 인근의 신암마을 폭포를 연상하여 〈신암에
서 노닐다獨遊新巖六絶〉 詩를 지어 읊었다. 병으로 부인의 묘소에
갈 수 없으니, 그윽한 짝 없음을 한스러워 하였다.

해 산의 꽃 비추니 눈부시게 현란한데,
시내의 빛은 막막하고 버들은 짙푸르네.
절름거리는 나귀 병자 태우고 어디로 가는 건가?
샘물과 바위 같은 자연이 사람 부르니 흥 그치지 않네.

어지러운 산 깊이 드니 물은 빙빙 도는데,
들의 살구꽃 산의 복사꽃 곳곳에 피었네.
늙은 농부 만나 산수 좋은 곳 물었더니,
고개 돌려 흰 구름 포개진 곳 손가락으로 가리키네.

야송 이원좌, 상운폭포도, 492×187cm, 1988. 야송미술관

희끗희끗 기이한 바위 두 겹으로 우뚝 솟았는데,
구름 샘 으르릉거리며 떨어져 맑은 웅덩이 되었네.
내 찾아옴 때마침 봄 3월을 맞았으니,
붉고 푸른색 어지러이 덮이고 새 지저귀며 답하네.

두견화 만발하니 놀 빛 찬란하고,
비취빛 벽 가운데 열리어 비단 병풍 펼쳤네.
온 귀에 샘 소리뿐 오래도록 잠자코 앉았자니,
속세의 생각 씻어져서 몹시도 개운하네.

빼어난 곳 찾았다는 자랑 이군(李宏仲, 이덕홍)에게 전해 들어,
몇 년이나 혼 꿈속에서 산의 구름 맴돌았던가?
가고 오며 도리어 그윽한 짝 없음 한스러우니,
자네는 산 서쪽에 있어 들을 수 없으리.

조물옹 옹호하여 이 기이함 만들어 놓았는데,
천만 년 만에 비로소 내가 오게 되었구나.
이름자 벼랑의 바위에 적지 않으리니,
원학猿鶴들에게 구름 사이에서 처음으로 의심받게 될 가보네.

日照山花絢眼明　溪光漠漠柳靑靑　蹇驢馱病向何處　泉石招人興未停
亂山深入水洄洄　野杏山桃處處開　逢著田翁問泉石　回頭指點白雲堆
白白奇巖矗兩層　雲泉吼落湛成泓　我來正値春三月　紅綠紛披鳥喚應
杜鵑花發爛霞明　翠壁中開作錦屏　滿耳泉聲仍坐久　洗來塵慮十分淸

搜勝誇傳自李君 幾年魂夢繞山雲 竭來卻恨無幽伴 君在山西不及聞
造物雄豪辦此奇 千秋方得我來時 莫將名字題崖石 猿鶴雲間創見疑

　　원천리 매정마을에서 도마티재를 넘으면 귀내(龜川)마을에 닿
게 된다. 휴계休溪 전희철全希哲은 단종 유배시 호종관으로 수행한
뒤 벼슬을 버리고 옥천沃川으로 귀향했다가, 세조의 부름을 피해
서 처가妻家 곳인 영주 초곡으로 숨어들었다. 그는 단종을 호송한
것을 크나 큰 죄로 여기고 일생동안 속죄의 뜻으로 칠성산에 망배
단을 쌓고 북향망배 했으며, 후손들에게 유언을 남겼었다.
　　"해마다 장릉에 참배할 것과 벼슬에 나서지 말 것"
　　전응전全應房은 약관에 사마시를 통과했으나, 조부의 유언을 따
라 영주에서도 하룻길이나 더 깊은 산속인 귀내(龜川)로 들어가 정
착했다. 호를 야옹野翁(촌늙은이)이라 하고, 스스로 땅을 일궈 의식
주를 해결했다.

　　은거한 늙은이 거칠고 제 몸조차 가누지 못하는데
　　발 달린 봄 자주 만남 스스로 기뻐하네.
　　산 경치 함께 하니 짙었다가 또 맑아졌다 하는데
　　세태의 인정이야 묵었다가 새로워졌다 하니 어찌 알겠나.
　　근심 백발 재촉함 약속이나 한 듯
　　흥취 맑은 시에 어울림 그대 신선 같네.
　　듣자 하니 사나이는 스스로 설 수 있어야 한다니

권컨대 그대 부디 책 읽는 사람 되게나.

野翁疎散不謀身 自喜頻逢有脚春 共對山光濃又淡 寧知世態故還新
愁催白髮吾如約 興適淸詩子若神 聞道丈夫能自樹 勸公須作讀書人

퇴계는 영주로 가는 길에 원천에서 구천마을에 들러 야옹정에서 점심식사를 하고 두월리로 향했다.

원천에서 토일천을 따라가면 영주시 평은면 천본리 오계서원 앞을 지나게 되는데, 간재艮齋 이덕홍李德弘을 배향하는 서원이다. 간재는 19세에 퇴계 문하에 들어가서 30세 때 스승의 명으로 선기옥형璿璣玉衡(천구의)을 제작해 천리를 연구했으며, 거북선의 원형이라 할 수 있는 구갑선도龜甲船圖를 제작하였다.

나는 귀내 야옹정에서 두월까지 고갯길을 굽이굽이 돌아나간 끝에 영주시 이산면 두월리 내성천에 닿았다.

봉화 문수산에서 발원하여 내성리에서부터 '내성천'이라 불리면서 범들(虎野)이와 신암들을 적시면서 영주군 이산면 두월리로 흘러온 것이다.

두월리에서 내성천을 건너면 그의 처가妻家가 있던 영주 초곡이 지적이다. 500년 전 도산과 영주를 오갔던 스물한 살 신혼의 퇴계 부부는 내성천 맑은 물에 '자맥질하는 한 쌍의 물총새(翠羽刺嘈感師雄)'였다.

두월리 내성천은 퇴계가 건너던 때의 그 강이지만, 자맥질하던 한 쌍의 물총새(翠羽刺嘈感師雄)는 봄이 되어도 보이지 않는다. 도산에서 두월리까지의 여정旅程은 인간의 일생 과정을 함축한 것이라면, 두월리 내성천에 닿는 것은 인간의 생로병사生老病死의 과정 중 마지막 과정이다. 초배 허씨 부인을 떠나 보낸 후 내성천은 건너고 싶지 않은 강이었다.

허씨 부인의 묘소가 바라보이는 우금방友琴坊 초입의 언덕에는 지금 이산서원 이설移設 공사가 진행 중이다.

이산서원伊山書院은 설립 당시 휴천동 번천蕃川 고개의 '양정당養正堂'이란 거접居接(강습소, 하계학교)의 장소에 있었다. 퇴계는 〈백록동규도白鹿洞規圖〉와 〈후서後敍〉에 나타난 교학의 이념을 서원교육에서 실현시키기 위하여 몸소 〈이산원규伊山院規〉을 지었는데, 원규院規는 학교의 교칙과 같다. 서원의 기문記文과 원규院規를 지었을 정도로 퇴계가 특별히 관심을 가지고 있었다. 퇴계가 별세한 이듬해 1572년 퇴계의 위패를 이산서원에 봉안하고, 1574년 사액賜額을 받았다.

1558년 번천蕃川(휴천1동 남간재) 언덕에 이산서원이 설립되었는데 터가 습해 서까래가 썩어, 1614년 춘향전의 실제 모델이었다는 성안의가 이산서원 원장으로 있으면서 구서원묘자舊書院廟子를 내림임고內林林皐(수구리)로 독단이건獨擔移建 하였다. 영주댐 건설 수몰지역이 되면서 말암리末巖里 우금방友琴坊 초입의 언덕으로 옮기게 되었다. 이제 이산서원의 퇴계의 위패와 내성천 건너편 사금골

의 허씨 부인의 묘소가 마주 바라보게 되었으니, 이는 천공天功이
아니라 할 수 없다.

雪消氷泮渌生溪　눈은 녹고 얼음 풀려 푸른 물 흐르는데
淡淡和風颺柳堤　살랑살랑 실바람에 버들가지 휘날린다.
病起來看幽興足　병 중에 와서 보니 그윽한 흥 넉넉한데
更憐芳草欲抽荑　꽃다운 풀 싹트는 것 더욱더 어여뻐라.

류윤형, 연못

1521년 여름날, 신혼의 부부가 도산에서 온종일 걸어와 시원한 강물에 발을 담그던 사금골의 하얀 모래톱, 버드나무 그늘에 앉아 흐르는 강물처럼 도란도란 얘기꽃을 피우던 강가 언덕, 수줍어 수줍어하는 아내를 덥석 업어서 강을 건네주던 내성천 맑은 물은 햇살에 반짝이며 쉼 없이 흐르는데,

'물총새 암수가 어울려서 시끄럽게 날갯짓하네.翠羽刺嘈感師雄'

스물한 살의 동갑내기 물총새의 날갯짓은 겨우 7년으로 끝이었다. 그러나 퇴계는 일생동안 부인을 잊지 못해 이곳을 찾으면, 묘지 오르는 길에서 한 무더기 연분홍 진달래가 먼저 반겼었다.

진달래의 꽃말이 '애틋한 사랑'인 것을 퇴계는 알았을까? 아직 찬바람 가시지 않은 외론 골짜기에서 봄도 오기 전에 화사하게 꽃단장하고 자신을 기다리고 있었음을 알았으리라.

박팔양 시인은 그의 시 〈봄의 선구자 진달래를 노래함〉에서 '오래오래 피는 것이 꽃이 아니라, 봄철을 먼저 알고 피는 것이 꽃이라.' 했다. 그래서 眞달래를 '참꽃'이라 부른다.

퇴계의 詩 〈관물觀物〉에서, 500년 뒤의 오늘을 위해 미리 준비한 듯한 생각이 들었다. 퇴계의 자연은 무위無爲가 아니라 자연과 더불어 마음의 질서와 평화를 이루는 유위의 자연이다. 그는 자연을 단순히 객관적 대상으로 보지 않을 뿐 아니라, 자연을 거스리지 않고 담담하고 맑고 밝은 마음으로 자연과 더불어 흐른다.

끝없이 흐르는 자연의 이치는 알 길이 없지만
그윽히 홀로 자연을 바라보노라면 마음자리 즐겁고나.
그대 동녘으로 흐르는 물을 보라 부르는 뜻은
이처럼 밤낮없이 달려가는 뜻이 무엇이겠는가.

天理生生未可名 幽居觀物樂襟靈
請君來看東流水　晝夜如斯不暫停

인간의 조상인 아프리카 남방 원인은 약 200만 년 전으로 추정된다. 우주의 탄생 200억년에 비하면 우주의 1/1만의 짧은 시간으로 2시간 상영 영화에서 '끝'이란 자막이 사라지기 직전에 등장한 배우로 비유된다. 빛은 순식간의 빠르기지만 아직 빛이 지구에 도착하지 않은 별도 있다.

구름을 타고 구만리 장천을 날아 간 손오공은 부처님 손안에 있었다. 광활한 우주에서 부처님도 손오공도 그냥 자연이다.

자연과학의 이론은 뉴턴의 중력이론에서 아인슈타인의 상대성이론으로, 그리고 오늘날 양자역학으로, 자연법칙의 패러다임은 '룻렛게임'처럼 예측할 수 없이 계속 변하고 있다.

시작도 끝도 없는 우주는 계속 팽창하고 있으며, 무한한 에너지를 품은 블랙홀은 빛까지도 빨아들인다고 하는데, 태극의 음양이 소용돌이치는 천명도설天命圖說은 우주의 블랙홀의 존재를 이미 알고 있었던 것이 아닐까.

어느 해 여름 날 비오다 그쳤을 때, 미국에서 고향 찾아온 훈이 부부와 월천서당 앞에 서서 안동호를 바라본 적이 있다. 멀리 동쪽 끝 도산서원 앞 의인촌의 청보리밭이 낙동강물에 잠길 듯 흐르고 발아래 호수에 잠긴 부라촌(浮浦) 건너편 역동마을이 물안갯속에 잔잔했는데, 고향 찾은 훈이의 눈에는 청보리 물결이 어리었다.

이제, 영주댐의 물이 차오르면 사금골에 잠들어 있는 허씨 부인의 묘소와 우금방友琴坊 언덕의 이산서원이 호수에 찰랑일 것이다. '삶과 죽음', '이승과 저승'이란 서로 다른 시·공간에 존재하다가, 이제 내성천을 사이에 두고 같은 시·공간에서 퇴계는 이산서원 뜰에 매화로 피어나고 허씨 부인은 사금골 언덕에 진달래 피어나게 되었으니, 아들을 낳고 저승길에 나섰던 허씨 부인의 한恨과 아내를 떠나보낸 상실감에 가슴 저린 퇴계의 한恨이 500여 년이 지난 오늘에야 풀리게 되었다.

　"카톡, 카톡… "
　우금방 언덕에서 사금골 許씨 부인에게 보낸 카톡 문자,
　"看東流水. 退溪 ♡"

쌍계사 가는 길 의 연작을 시작하면서

소설 《쌍계사 가는 길》은 왕권 중심에서 백성을 위한 정치를 고민했던 젊은 날의 퇴계 이황이 낙동강 상류의 도산에서 땅 끝 곤양까지 천릿길을 詩를 읊으며 여행하였습니다.

500여 년 전의 그 길은 전란의 폭풍우가 몇 차례 휩쓸었어도 강 언덕에 정자가 있고, 나루터마다 사연을 품은 주막이 있었으며, 억새같이 다시 일어서는 민초들의 삶과 은어처럼 펄떡이던 무용 담이 배어 있고, 사금파리 같이 반짝이는 詩가 있습니다.

육당 최남선은 그의 《심춘순례尋春巡禮》에서, "조선의 국토는 그대로 역사이며, 철학이며, 詩이며, 정신입니다. 문자 아닌 채 가장 명료하고 정확하고, 재미있는 기록입니다. 이르는 곳마다 꿀 같은 속살거림과 은근한 이야기와 느꺼운 하소연을 들었으며, 그럴 때마다 출렁거림을 일으키고 실신할 지경이었다."고 합니다.

사도 야고보의 전도 여행지 〈산티아고 데 콤포스텔라〉 순례길은 파울로 코엘료의 자전적 소설 《순례자》로 인해, '자아自我의 표지標識'를 찾기 위한 순례자들이 몰려들고 있습니다.

퇴계의 《쌍계사 가는 길》은 청량산 예던길에서 옛 영남대로로 이어지는 길입니다. 퇴계는 상주에서 솔티를 넘어서 낙동강 관수루에 오르고, 구미·성주·고령·의령·진주·사천까지 가야의 옛 땅을 낙동강을 따라가면서 시를 읊었습니다.

길이 가진 가장 중요한 기능은 소통입니다. 길을 통해서 원근이 교류하고, 과거와 현재가 소통하고, 길 위에서 자신의 내면과 소통합니다. 이희춘 시인은 콜로라도 덴버의 〈시에나의 길〉에서, "물소리를 들으면 지혜가 돌아오고, 바람소리를 들으면 귀가 어질다. 바람 속에는 언제나 빛이 들어 있어 내가 들은 바람소리를 누구에겐가 보여주고 싶다. 길을 가다가 길을 만나면 길이 반갑고 헤어진 두 길이 다시 만나면 나는 그곳에 사원을 짓는다."

저는 언어를 문학적으로 창출하는 뛰어난 문필가가 못되며, 사실을 비판하고 조망할 수 있는 역사가는 더욱 아닙니다. 퇴계가 걸었던 《쌍계사 가는 길》을 따라서 걷게 된다면, 누구나 우리 국토에 대한 사랑이 저절로 생겨나도록 글을 쓰는 것이 목적입니다.

퇴계는 《쌍계사 가던 길》에서 돌아오면서, 여행의 소회를 읊었습니다.

집 떠날 땐 목말라 맑은 얼음 깨진 걸 찾았더니,
돌아올 땐 말안장 위에서 청보리 물결 詩 읊으며 거닐었네.

삼동三冬의 매서운 계절을 건디고 봄바람에 일렁이는 청보리밭 길은 청정의 길이며 희망의 길입니다. 해마다 도산서원 강 건너편 의인마을에는 싱그런 '청보리밭 축제'가 열리고 있습니다.

《쌍계사 가는 길》의 순례 길에서 누구나 퇴계처럼 詩 읊으며 싱그런 청보리밭길을 걷기를 바라는 뜻에서 《시 읊으며 거닐었네》로 정하고 여정을 구간별로 연작을 써나갈 계획입니다.

《신화의 땅》은 공민왕 사당을 둘러싸고 KOREA의 원형을 간직한 채 금강송 같이 올곧은 선비와 낙동강과 내성천을 거슬러 오르는 은어처럼 자유를 갈망하던 의병, 송이 향을 품은 봉화 사람들이 살아가는 청량산을 퇴계학의 발상지로 보았습니다.

퇴계와 그의 문도들에게 청량산은 강학의 연장이었기에 이들은 산을 오르는 것을 독서에 비유하면서 학문에 대한 뜻을 돈독하게 하였으며, 유성룡의 아들 류진柳袗은 「遊淸凉山日記」에서,

"하늘이 우리 노선생을 낳았으나, 선생은 이 산에서 밝은 도를

강하고 학문을 바로 세웠다."라고 했습니다.

지난 5월, 퇴계의 귀향길 재현이 봉은사에서 출발하여 뱃길과 육로로 320km를 걸어서 도산서원에서 막을 내렸습니다.
68세의 퇴계가 국가에 마지막 봉사로 〈성학십도〉와 〈육조소〉를 바치고 귀향하던 날, 온 조정의 배웅을 받으며 동호의 배 위에서 이별의 심정을 '愁'와 '留'로 화운和韻하였습니다.

고봉 : 不盡離腸萬斛愁　이별하는 마음 끝없는 시름 다할 길 없습니다.
퇴계 : 歸心終日爲牽留　돌아가고픈 마음 종일 끌리어 머뭇거려집니다.

退·高의 '사단칠정 논변'에서, 고봉은 당인불양어사當仁不讓於師로 의연한 논리를 펼쳤고, 퇴계의 변증과 수정이 뒤따랐지만 연하의 제자에게 불치하문不恥下問의 겸허하고 열린 자세는 학문적 인격으로 회자膾炙되고 있습니다. 사람이란 무엇인가의 근본 문제는 곧 사람의 마음이 무엇인가라는 인성본질 문제입니다.
퇴계의 〈사단칠정론〉은 도덕률의 정언명령법을 분석적으로 정립함으로써, 칸트의 순수이성비판보다 200년 앞선 것입니다.
젊은 날 퇴계가 詩 읊으며 걸었던 《쌍계사 가는 길》에서, 누구나 '자아의 표지標識'를 찾게 되기를 바라는 마음입니다.

오용길의 '쌍계사 벚꽃길'이 실경보다 더 화사한 것은 순수한 수묵과 신선한 담채가 화가의 치밀한 용필을 만나서 수묵이 생동하는 생명을 얻게 된 것입니다. 누구나 그의 그림을 대하면 고향 마을의 서정을 느낍니다. 미국의 클린턴이 국무장관 시절, 오용길의 그림 앞에서 한국의 정취에 흠뻑 취했다고 합니다.

세한도가 추사의 발문과 청유십육가의 제찬題讚이 받쳐주듯이 詩와 그림의 조형적 효과를 창출하려는 필자의 의도를 이해하고, 오용길 교수(이화여대명예교수/서울예술의전당 강사/후소회장)가 화사한 봄 그림들을 주었으며, 상암월드컵 경기장을 설계한 세계적 건축가 류춘수의 드로잉화와 야송의 청량대운도(4,800×670cm)를 흔쾌히 제공받았습니다.

만운 선생의 문집을 국역해 주신 이창경 형, 한문을 고증해 준 장광수 선생과 한국국학진흥원 임노직 박사, 어려운 여건에도 졸고拙稿를 출판해 준 명문당의 김재열 님께 감사드립니다.

이제, 《시 읊으며 거닐었네》의 대장정의 출발점에 섰습니다. 마지막 여정까지 완주할 수 있도록 독자 여러분들의 성원을 기대합니다.

2019년 가을 박대우

【부록】 소설에 인용된 詩

순	제 목	쪽	시 인
1	끝없는 강물이 흐르네	10	김영랑
2	가노라 삼각산아	12	김상헌
3	최명길 김상헌 화운시	13	
4	전원으로 돌아가다	15	김상헌
5	석실서원 달구경	16	김창협
6	고향 그림 그리기	18	다산
7	솔피의 노래	19	다산
8	송별送別	22	다산
9	고향집에 돌아오다	24	다산
10	배 안에서 읊다	25	퇴계
11	명문銘文	26	퇴계
12	광명壙銘	27	김상헌
13	들꽃 언덕에서	31	유안진
14	남한산성	33	이육사
15	어느 방랑자	37	이희춘
16	심우도	38	禪詩
17	중앙선	40	신필영
18	원주 빙허루에서	42	퇴계
19	의림지에서	45	금원당
20	도담	47	퇴계
21	옥순봉기	49	퇴계
22	죽령을 넘다 비를 만나다	50	퇴계

23	쌍계사 십 리 벚꽃길	54	고두현
24	살구꽃처럼	56	김종한
25	오줌싸개 지도	58	윤동주
26	별헤는 밤	61	윤동주
27	산 너머 저쪽	65	정지용
28	삼림森林	67	윤동주
29	산에 사는 취미	70	퇴계
30	개나리 앞에 앉아	76	이희춘
31	환수정기	78	송재
32	인생은 운명이라 하였지만 -부분-	81	조병화
33	역驛	84	한성기
34	산山	88	김소월
35	승무	90	조지훈
36	승부역 詩碑	95	역무원
37	승부의 추억	98	신창선
38	이름없는 여인이 되어	100	노천명
39	절규絶叫	105	이육사
40	기도祈禱	107	구상
41	샛강의 소리	111	이희춘
42	심춘순례 中에서	113	최남선
43	수양산首陽山	114	홍익한
44	봄봄	119	신필영
45	엿장사 외영당畏影堂	122	김구
46	돌아오는 길	128	신필영
47	국군은 죽어서 말한다	130	모윤숙
48	방랑자의 마음	135	오상순

49	석천정사	142	권동보
50	윤사월	143	박목월
51	유곡 청암정	144	퇴계
52	청량산에 가봐요	148	김동억
53	권학시	150	김병모
54	길	152	김용석
55	어머니	156	양명문
56	풍락산구곡 중 서곡	162	박제형
57	갈래에서 청량산까지	166	김병모
58	강림대	170	김병모
59	물수제비	172	
60	독서여유산 詩碑	176	퇴계
61	청량산가	179	퇴계
62	보현암 전대	181	주세붕
63	천사에서 기다리며	183	퇴계
64	자질들을 청량산에 보내며 〔送曺吳兩郞與瀡輩讀書淸凉山〕	184	송재
65	청량산 宿	188	김병모
66	유리보전 주렴	189	禪詩
67	추천사 中 춘향의 말	192	서정주
68	까치집 召南	193	시경
69	적벽부	195	소식
70	초혼招魂	197	김소월
71	바라춤	199	신석초
72	청량산에 가면	201	김동억
73	후천자문後千字文	208	박제형
74	청량취소도	210	성대중
75	여산진면목	212	소식

76	청량산 가면서 말 위에서	216	퇴계
77	농암과 퇴계가 승려에게 준 시에 차운	222	이익
78	탄로가嘆老歌	225	우탁
79	징기스칸의 시	226	몽고
80	청산별곡	234	고려
81	청량산으로 가는 관선사	247	이색
82	윤가관 만사	248	정도전
83	기국碁局	250	이인로
84	송별 詩	256	김중청
85	고려사 공민왕기	260	송재
86	한낮의 두견새〔晴晝杜鵑〕	263	퇴계
87	연대사의 달밤〔蓮臺月夜〕	263	퇴계
88	눈 오는 밤의 소나무 피리소리〔雪夜松籟〕	264	퇴계
89	11월 청량산에 들어가다	265	퇴계
90	청량산에서 놀기로 약속하여 말 위에서 짓다	268	퇴계
91	산을 바라보며〔望山〕	270	김부의
92	귀천 천운루	272	김윤식
93	고향소식	273	왕유
94	산속에 무엇이 있느냐고요?	281	도홍경
95	바람만이 아는 대답	282	밥딜런
96	소나무	290	퇴계
97	노송정 종택 주렴 시	295	
98	〈퇴계〉 서사시	298	이희춘
99	베틀노래	305	
100	고향의 어머니 뵈러 가는 길	311	송재
101	도계 반석에서 놀다	313	송재
102	산중문답	314	송재

103	탄식 自嘆	315	송재
104	용수사	318	송재
105	공부하는 것은 산에 오르는 것〔讀書人道若遊山〕	319	송재
106	외영당	321	송재
107	소학	323	송재
108	어부사	324	농암
109	대궐문	326	송재
110	연곡燕谷에서	331	퇴계
111	향학 시	332	퇴계
112	지산와사	336	퇴계
113	가제 石蟹	339	퇴계
114	율곡과 퇴계 화운시	343	율곡 퇴계
115	경제선조 둔번초당	345	김만휴
116	신암에서 노닐다	348	퇴계
117	야옹	350	전응전
118	봄날 계상에서〔春日溪上〕	352	퇴계
119	관물	355	퇴계

글 **박대우**朴大雨 노정문학路程文學

- 부산에서 교학상장敎學相長
- 소설 '쌍계사 가는 길', '청량산길', 중·단편집 '배필'
- 소파인권연구소 / 국가인권위원회(인권교육)
- 퇴계의 민본사상 저술
  '백성이 근본이다', '세월호, 퇴계 선생이 아시면 어찌할꼬'

그림 **오용길**吳龍吉 실경산수화實景山水畵

- 서울예고, 서울대학교 미술대학원
- 전, 이화여자대학교 조형예술대학장(명예교수)
- 현, 후소회 회장
- 현, 서울예술의전당 아카데미 수묵풍경 강좌

드로잉 **류춘수**柳春秀 이공건축대표(팔라우총영사)

- 경북학생사생대회 대상, 공간사(김수근)수련
- 2002 상암월드컵경기장, 88올림픽체조경기장
  한계령 휴게소, 리츠칼튼호텔, 사라와크 주경기장
- '흐르는 세월 변하는 장소'

시 읊으며 거닐었네

① 신화의 땅

초판 인쇄 2019년 10월 4일
초판 발행 2019년 10월 10일

지은이 | 박대우
발행자 | 김동구
발행처 | 명문당(1923. 10. 1 창립)
주　　소 | 서울시 종로구 윤보선길 61(안국동)
　　　　　우체국 010579-01-000682
전　　화 | 02)733-3039, 734-4798(영), 733-4748(편)
팩　　스 | 02)734-9209
Homepage | www.myungmundang.net
E-mail | mmdbook1@hanmail.net
등　　록 | 1977. 11. 19. 제1~148호

ISBN 979-11-90155-21-2 (13810)
18,000원

젊은 날의 퇴계 이황이 시 읊으며 녀던 길

박대우 역사인물소설   오용길 실경산수화

A5판(150mm×210mm)/All Color/368쪽/값 18,000원

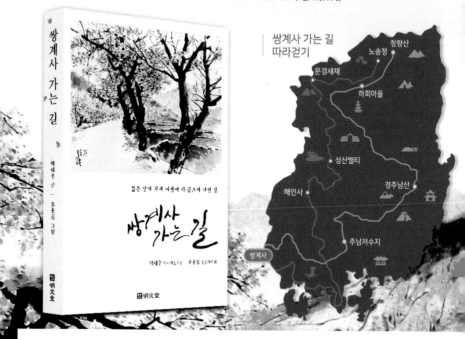

쌍계사 가는 길
따라걷기

청량산
노송정
문경새재
하회마을
성산별티
해인사
경주남산
주남저수지
쌍계사

How many roads must a man walk down Before you call him a man?

꿈(Vision)을 꾸는 사람은, 단 하나의 가능성을 위해 지도에도 없는 곳을 향해 무작정 길을 떠납니다.
밥 딜런은 〈바람에 실려서(Blowin in The Wind)〉 라는 그의 노래에서 "얼마나 많은 길을 걸어야 진정한 인생을 깨닫게
될까?(How many roads must a man walk down Before you call him a man?)" 를 노래하면서, 통기타를 둘러메고
길을 떠났습니다. 《쌍계사 가는 길》 은 젊은 날의 시인(퇴계 이황)이 사유와 통찰의 길을 찾아 떠난 고독한 여행이었으며,
그 길 위에서 별처럼 빛나는 詩를 읊었습니다. 눈덮인 도산 골짜기를 떠나 강물이 풀리는 관수루에 오르고, 산수유 꽃피는
가야산을 돌아 곤양까지 여행하면서 민초들의 가난한 삶을 애통해하고, 선인들의 충절에 감동하며, 불의의 권력에
분노하고, 존망이합存亡離合에 가슴아파하며, 별이 빛나는 성산星山의 별터를 넘었고, 가야의 고분에서 꿈을 꾸면서
천릿길을 여행하였습니다. 파울로 코엘료의 소설 〈연금술사〉 의 양치기 산티아고는 스페인 안달루시아에서 출발하여
지중해를 건너고 사막을 횡단하여 이집트의 기자 피라미드까지 여행하면서 양치기에서 장사꾼으로, 사막을 횡단하는
대상에서 전사로, 매번 자신을 둘러싼 상황에 따라 변신하지만, 꿈을 포기하지 않음으로써 우주의 신비인 연금술의 원리를
찾았습니다. 〈산티아고 순례길〉 은 남프랑스의 생 장 피드포르에서 시작되어 스페인 북서쪽 산티아고 데 콤포스텔라 대성당
야곱의 무덤에 이르는 약 700km의 길입니다.
청량산에서 벚꽃 피는 쌍계사까지의 〈퇴계의 녀던 길〉 은 서른세 살의 무관無冠의 처지에 한 무명 시인으로서 생애 가장
자유로운 여행이었습니다. 이 길은 낙동강을 따라서 걷다가 옛 가야의 땅으로 들어가 통영대로를 거치는, 퇴계의 詩 흔적을
찾아서 걷는 우리의 문화유산 순례길입니다.

明文堂   영업 733-3039/734-4798   편집 733-4748   FAX 734-9209
www.myungmundang.net   mmdbook1@hanmail.net